www.ingramcontent.com/pod-product-compliance
Lightning Source LLC
Chambersburg PA
CBHW010423120726
47992CB00008B/3306

تَحْتَ أقدام الأُمَّهات

تحْتَ أقدام الأُمَّهات

تَحْتَ أقدام الأُمّهات

رواية

بثينة العيسى

الدار العربية للعلوم ناشرون
Arab Scientific Publishers, Inc.

الطبعة الأولى: تشرين الثاني/نوفمبر 2009 م – 1430 هـ

الطبعة العاشرة: آذار/مارس 2021 م – 1442 هـ

الطبعة الحادية عشرة: كانون الثاني/يناير 2022 م – 1443 هـ

ردمك 978-9953-87-788-4

إصدار

الدار العربية للعلوم ناشرون م م ح

مركز الأعمال، مدينة الشارقة للنشر

المنطقة الحرة، الشارقة

الإمارات العربية المتحدة

جوال: 585597200 971+ - داخلي: 0585597200

هاتف: 786233 – 785108 – 785107 (1-961+)

البريد الإلكتروني: asp@asp.com.lb

الموقع على شبكة الإنترنت: http://www.asp.com.lb

التوزيع في المملكة العربية السعودية

دار إقـراء للنـشـر

 facebook.com/ASPArabic  twitter.com/ASPArabic 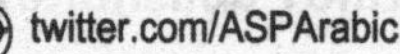 www.aspbooks.com 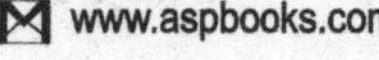 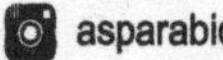 asparabic

الإهـداء

إليك

يا عشي الصغير
حيث أحمد..
حيث وخالد وعبدالمحسن

"لن يصحبَنا أحدٌ إلى تلكَ الحجراتِ المخنوقةِ المتربةِ، حيثُ لا مفاتيحَ ضوءٍ ولا نوافذَ نوارِبُها. ستكونُ الأمهاتُ مشغولاتٍ بإخوتِنا، أشباهًا جارحينَ كحوافِّ المرايا. سيذرِفنَ الحسرةَ دونَ انتباهٍ في الأواني، ليكونَ طعامُ العائلةِ مالحًا، مُرًّا، كالترابِ في أفواهِنا، كُلَّما ابتسمْنا لِملاكٍ يعبرُ عتمتَنا ويتوارى. أمّا الأصدقاء، فلا بُدَّ أنَّهم سيعونَ فكرةَ الموتِ مبكرًا ويرتبكونَ لِجاةَ التعلُّقِ والفقد. رُبَّما يتركونَ لنا بعضَ ورداتٍ على عتباتِ أبوابٍ لن تُفْتَح. سنذهبُ وحيدينَ إذًا، ترافقُنا الأجسادُ لحينٍ، ثُمَّ تُنْسَلُ ببطءٍ خيوطًا لا تلحظُها الستائر، تمامًا كالأرواحِ التي غادرتْنا."

- سوزان عليوان -

أَنهارٌ مِن لبنٍ

.. (تغيّر طعمه كثيراً!)

موضي

1

.. في جيبي قطعة شوكولاتة ملفوفة بقرطاسٍ أصفرٍ لمّاع.. يلمعُ يلمعُ! كلما أخرجتُ قطعة الشوكولاتة من جيبي وتأملتها شعرتُ بالدغدغة في قلبي، وأنا أرى الضوء يرقصُ على القرطاس ويعبئ حياتي بالبريق، وفمي بالعذوبةِ الداكنة، ورأسي بالسّكر والأحلامِ والكركرة، وكنتُ أعرفُ بأنني آتي المحظورَ عمداً، وأنتهك تابوهات جدتي قصداً، وأن عليّ أن لا أفعل ما أفعله، ولكنني كنتُ ملتزمة بمشروعِ العصيانِ هـذا حتى آخر قطرةٍ مـن دمـي، وأردتُ – بكل بربريتي وطفولتي – أن أرى حدقتي فطوم تتسعان، نعم! أن تتسع حدقتاها بقـدرِ المستطاع، وإن أمكـن أن تقفز عيناها خارجَ وجهها لترتميا بين قدميّ، فأنا أودّ أن أرى ذلك أيضاً، وإن كان في الوسع جعلها تبكي وتركل الأرض وتضرب رأسها بالحائط، وتبرطمُ وتزبدُ، فسيكون ذلك من دواعي سروري وحبوري وبهجتي، ولحسن الحظ، أو ربما لسـوء الحظ! جرى الأمر كما خططت تماماً: وقفتُ فطوم قبالتي مرتدية مريـول الروضـة الأزرق، وسألتني لمـاذا أنظر إليها بالطريقـة التي أنظرُ بها إليها، واضعة يدها اليمنى على خاصرتها، باذلةً جهداً مفتعلا في هزّ وسطها (على اعتبار أن لجسدها وسط!) حتى راح جذعها الهزيل يهتز مثل خيزرانة، فتحيّنتُ اللحظة الملائمة، لحظةَ الحلـم / لحظة الإيـذاء، وأخبرتها بكل بجاحة بأن في جيبي قطعة شوكولاتة واحدة!

– واحدة؟

- واحدة!

.. وكلنا - في البيت الكبير - نعرفُ ماذا يعني ذلك! كلنا نعرفُ، بأنه إما أن تكون في جيبي ثلاث قطع شوكولاتة، أو صفراً.

عندما اتسعت حدقتا فطوم دهشـة وذعراً (تماماً كما خططت) أضفتُ بأنها من أجل خطيبي وحبيب قلبي ونور عيني وروحي وحياتي وعمري فهّاد بن خالي علي! تلفظتُ باسمه مفتعلة كمـا هائلاً من الغنج، كمـا تفعـل حسناءُ الفيلـم العربي عندما تنادي حبيبها: فؤااااد، فتغنيتُ بدوري: فهاااد! وأعجبني وقع الاسم وموسيقاه وقابليته للاستخدام في هكذا مواقف تتطلب أسماءً خاصة! وكنتُ قد سرحتُ في اسمهِ، جرسِه وملاءمتـه لكل شيءٍ حتى.. حتى هجمت عليّ وطرحتني أرضاً، ثم تمـددت فـوق جذعي وهي تهرس قطعة الشوكولاتة بأصابعها، ويدها الأخرى تشدّ شعري إلى الخلف، لأن فطوم تسـتغل كل شِجارٍ ينشب بيننا لكي تستكمل مشروعها في تحويلي إلى طفلة صلعاء.

صرختُ وناديـتُ وبكيت وعندما نَهَضَـت مـن فوقي، ونهضتُ بدوري من على الأرض، كانت ملابسـي قد توسخت بالغبار والككاو الذائب، فرمقتها بنظرتي المخيفة - التي أخبئها لهكذا مناسبات وأتدرّب عليها قبل النوم - فانقضضت عليها وطرحتها أرضاً، رفعتُ تنورتها عالياً لأكشـف عن سروالها الداخلي العامر بالثقوب، عضضتُها بكل قوتي، غرزت أنيابي في طراوة لحم بطنها وأمعنت في الأمر حتى نتأت سرتها من ثقبها (ولم تعد إليه منذ ذلك اليوم)..

.. أخذت فطوم تبكي وتضرب رأسها بالأرض، ثم حملتنا إحدى المدرسـات بعيـداً، بعـد أن انتزعتنا بصعوبـة من بين جمهورنا العريض من أطفال الروضة الذين تكدسوا في المشهد وأخذوا في الهتاف، تارة باسمي، تارة باسمها، ولاحقاً بأسماء لا علاقة لها بنا: نادي القادسيةِ، ونادي برشلونه، وفيمَ أنا أُحمل بعيداً، منحتُ جمهوري بضع تلويحاتٍ

من يدي.. يدي الوسخة بالغبار والكاكاو الذائب.

* * *

حملتنـا المدرّسـة معـاً إلـى غرفـة النـاظرة، هنـاك وقفنـا قبالة مكتبها العريـض، بـرأسٍ مطأطئـة وكثيـرٍ مـن الخـوفِ لمـا تفاقمت إليه الأمـور، كانت فطوم تنظر إلى الأرض ففاتها أن ترى الشعرة السوداء التي تطل من منخر الناظرة. كانت الناظرة سيدة شبه بدينة ترتدي معطفاً كحلي اللـون، ونظـارات سـميكة بإطـار بنيّ غليـظ، وحجابـاً أسـود تلفه حول رأسـها، وبدت لـي - فيم عدا ذلك - بلا ملامح، لا شـيء يشـير إلى حضورها باستثناء المعطف والنظارات وشعرة أنفها، وصارت تحملق فينا بوجهٍ مصمت وفارغ، ثم سألتنا أخيراً، ما الأمر؟ فأخبرتها بالحقيقة: فطوم تريد أن تتزوج من فهادي، والكل يعرفُ بأنه خطيبي أنا!

احتجّت فطوم من فورها بأن فهاد قد أخبرها بأنه يحبّها أكثر منّي، فكيف يمكن أن يكون خطيبي أنا وليس خطيبها هي؟ رددتُ عليها بأنه أخبرهـا بذلـك قبـل أن يخبرنـي بأنـه يحبني أكثر منها، فزعِمت بأنه فعل ذلك قبل أن يغير رأيه بصددي، وهكذا كانت كل واحدة منا تجتهد لكي تبرهن للأخرى بالدليل بأنها الأخيرة، المختارة، الناسخة التي تجب ما قبلها، حتى تحول الأمر إلى تراشق بالسباب والشتائم: كذابة! غشاشة! غبية! وما إلى ذلك، فصارت الناظرة تضحك منا، وبدت عيناها من خلف نظارتيها ضئيلتان ومخيفتان، أسنانها كبيرة ونظيفة، والشعرة السوداء تتدلى من أنفها وتهتزّ مع ضحكاتها، كانت شعرة أنفها القبيحة تضحك منّا! شـعرتُ بالمهانة، ورأيتُ عيني فطوم تفيضان بالدمعْ فبكيتُ معها ولأجلها، بكينا بعضنا وإحساسنا العارم بالغربةِ والعارِ، بكينا بذاءة العالم وهو يضحكُ منا من خلال شعرةِ أنف، ولم أكن أفهم كيف يمكن أن تجد تلك الناظرة / الشعرة ما يُضحكُ في ألمي، أو في ألمِ فطوم، أو في ألمِنا معاً، ونحن نوجّه اغترابنا صوبَ العالم بكل حسن نية!

11

أرسـلتنا الناظرة إلى الفصـل بعـد أن جعلـتنا نعتـذر مـن بعضنا ومنهـا، ثـمّ فتحت لنا علبـة شوكولاتة ماكتـوش كانـت تخبئها تحت مكتبها كمكافأة لنا على حسـن اعتذارنـا، وهمّـت كلٌ واحدة بأخـذ ثلاث حباتٍ: من أجل فهاد والأخرى ونفسها، ولكن الناظرة شـجبت "جشعنا" وهمهمت بكلمات متبرمة حول تربيتنا السيئة وأصرّت "واحدة بس"..

اخترتُ قطعة شوكولاتة مغلفة بقصدير أصفر، تشبه التي هرستها فطوم داخـل جيبـي، ولكـن عندمـا انتقـت فطومة واحـدة حمراء فعلتُ مثلها وأنا أغلي غيظاً، (لماذا لم أنتقِ الحمراء أولاً؟ هل أنا عمياء؟!)، في رأسي ذو الخمسة أعوام: كان الأحمر هو ملكُ الألوان كلها، لأنه لون الفراولة والحب والدم.

في الطريق إلى الفصل تجاسرت فطوم وسألتني:

- مضاوي.

- نعم.

- شتسوّين لو قال فهادي إنه يحبني أكثر منك؟

- أتزوّج واحد ثاني.

- مثل منو؟

- مثل "نصّور"

- نصّور الأقرع؟

- هو يقول راح يطلع له شعرٌ بعدين.

- بس نصّور "أقرع"!

- "جسّوم" كان أقرع.. بس طلع له شعر.

بـدت منشـغلة الذهـن، إذ لـم يخطـر لها بـأن يكـون عندي خطيب

احتياطي، ذلك أمر لـم تحسب حسابه، وأحببـتُ أن أغيظها أكثر فأردفتُ:

– ناصر يعطيني دايما "الشيبس" الي تعطيه إيّاه أبلة نادية..

– أبلة نادية الوكيلة؟

– ناصر ولد الوكيلة.. ما تدرين؟

– لا!

– وسيارتهم حمراااا..

ثمّ رفعت قطعة الشوكولاتة ذات الغلاف الأحمر عالياً ولوّحت بها في الفضاء "مثل هذه!".. وتساءلتُ "لماذا لم أفكّر بذلك من قبل؟!"

– بس فهادي أحلى..

– لأنه ولد خالي علي.

– قولي الله يرحمه!

– الله يرحمه!

– وعنده "سيغا 2"..

– ويعرف يمشي على ايده.

– ويعرف تسع كلمات إنجليزية..

– وحافظ سورة "والشمس وضحاها"!

حسناً، حسناً.. أعترف! لا أحد مثل فهاد بن خالي علي، لا أحد في هذه الدنيا قريب ولو قليلا من أن يشبهه، والمشكلة أنه لا يوجد منه في هذا العالم إلا واحد لا يقبل القسمة على طفلتين مشحونتين بهاجس الزواج، كان عالمنا – بقدرِ ما يسعني أن أتذكر – يتمحور حول فكرة واحدة مفادها أن التي تتزوج فهاد بن علي هي التي تفوز بالسباق! والآن فطوم غيرانة لأنني أوجدت لنفسي بديلاً عنه، إنها تريدني أن أنافسها

(أو ربما أشاركها) حبه لأجل أن يستمر هذا الصراع القدريّ بيننا، إنها تذكرني بأسباب تغريني بالتمسك بموقفي إزاءه لكي لا تصبح رغبتها بالزواج منه بلا معنى، في ذلك الوقت، كان تقليد الواحدة للأخرى هو الطريقة الوحيدة لتجنب تفوقها، وهي لا تريد الزواج من فهاد بقدر ما تريد هزيمتي، لأنني غريمتها الأبدية، وصديقتها الوحيدة، وأختها التي لم تنجبها أمها أو أبوها، لا شيء يضاهي لذة الانتصار عليّ في النهاية!

هَمَسَتْ لنفسها:

- هو قال إنه راح يتزوجني.

- متى؟

- يوم الاثنين في سطح "أمّي غيضة"

- أنا بعدْ.. قال لي بيتزوجني يوم الثلاثا..

- أنا قال لي يوم الأربعاء إنه راح يتزوجني..

- وأنا قالي بيتزوجني يوم الخميس!

لابد وأن تفوز تلك التي حظيت بآخر تصريح من تصريحات فهاد الهوائية، المختارة التي سكنت على وجنتها الريح، وفي تلك الأيام، لم يخطر لنا أبداً بأن تلك الحلقة الملعونة ستدور بنا إلى الأبد. تبرّمت فطوم بكثير من الحنق:

- غشاش فهادي!

خبأتُ فمي بيديّ ورحتُ أضحك، ابتسمت فطوم، وبدت لطيفة بضفيرتيها الغليظتين وشعيرات رأسها الهاربة من تعسف دبابيس الشعر المائة المغروسة في كل رأسها، سألتني:

- ليش تضحكين؟

- تذكرت شي.

- شنو؟

14

- شي عيبْ!

وواصلت الضحك..

- شنو؟ قولي لي.. والله ما أقول حق أحد والله!

- قولي ورب الكعبة؟

- ورب الكعبة!

- قولي ورب المصحف؟

- ورب المصحف!

- قولي ورب أمي غيضة؟

- ورب أمي غيضة!

لأنها جدّتنا العظيمة، غالباً ما نقحمها في أيماننا الغليظة.

- أعرف كلمة "وسخة"..

- شنو؟

دنوتُ من أذنها وهمستُ: "زير نسا"

- زيرنسا؟

- زير نسا!

- شنو يعني؟

- يعني مثل فهادي كل ما يشوف بنت يقولها بتزوجك!

- وإنتي شعرّفك؟

- سمعت "رقية" مرة تقولها، بس لا تخافين.. سويت نفسي ما سمعت!

وبدأنا نضحك ونهمس بالكلمة السرية "زير نسا" ونتخيّل كيف سيبدو فهاد لو قذفناها في وجهه.. بالتأكيد! كانت لنا أيضاً تلك اللحظات المارقة من التواطؤ، لحظات مارقة! دخلنا غرفة الفصل

وجلست كل واحدة في مكانها: أنا على يمينه وهي على شماله، فقد وعدنا جدتنا بأن نجلس إلى جانب بعضنا في الفصل، أن نتحالف أمام الغريب الذي نصبناه عدواً لمجرد أنه آخر، أخبرتنا جدتي بأن "أطفال هذه الأيام" ليسوا أهلاً للثقة، وكأننا نجيء من خارج الزمن! كان علينا دائما أن نشكك في أخلاق الآخرين كما لوكنا ملائكة، أن نفترض فيهم سوء النوايا، وسوء التربية، وسوء الخلق، كان العالم سيئاً بما يكفي، إلا عندما يمد لي "نصور الأقرع" يداً عامرة بالعلوك والبفك والككاو، عندها كانت تتداعى كل نواميس جدتي!

كنت غالباً ما أتظاهر بالصمم عندما يتحدث إلي طفلٌ لا تجمعني به قرابة دم، كان الخوف يجثمُ على صدري من أي شيءٍ / شخص لا يمت بصلة إلى "البيت الكبير".. المكان الذي أتينا منه، المكان الذي هو محور الكون، المكان الحقيقي الوحيد الذي تتوالد الحكايا من رحمه، وتنتهي عند عتبته، وكان كل ما يحدث خارج جغرافيا بيتنا الكبير هو خدعة بصرية، الآخرون كانوا أقل حقيقية مني، أقل إنسانية مني، أقل وجوداً مني، وكان أمراً عادياً جداً بالنسبة لنا، فطوم وفهاد وأنا، أن نتصرف مع الآخرين وكأنه لا وجود لهم.

بعد عشر دقائق رددنا خلالها كل ما يمكن ترديده عن الشكل المربع، عن النافذة والكراسة وقابس الضوء، رنّ جرس الفسحة الثانية، ورأيت فطوم تخرج قطعة الشوكولاتة الحمراء وتعرضها على فهاد عندما قفزت من مكاني مادة قطعتي لأسبقها، صاحت فطوم:

- مضاوي الغشاشة!

- فطومة البومة!

عندها قاطعنا فهاد وأخذ القطعتين معاً وفي وقتٍ واحد، وبمنتهى الدبلوماسية قال: يم يم! وأزال الورق اللماع عنهما دون أن ينتبه حتى لكونه أحمر! شعرت لحظتها بأنه يدوس على قلبي وقلبها وقلبينا وقلبنا!

16

فيم هو يمسح الككاو المتسرب خارج فمه بأكمامه الوسخة.

جلستُ على يمينه، وجلست هي على يساره.. وبدا أن الفكرة ذاتها تراودنا لأن فطوم سألته:

- فهادي نبي نسألك سؤال.

.. يمصمص أصابعه..

سبقتها بسؤاله:

- فهادي.. مو صح إنت تبي تتزوجني؟

- صح!

قالها بالفم المليان بالشوكولاتة!

قالت فطوم وهي على وشك البكاء:

- لا إنت تبي تتزوجني أنا!

- لا أنا..

- أنا!

- أنا!

نهض فهاد وهو يمسح يده بالبنطلون لكي يزيل عنها الدبق وبقايا الشوكولاتة الذائبة، ثم نشق ومسح أنفه بكمّه الذي تجعّد وامتلأ بمخاط أنفه، ثم أصلح من وضع البنطلون على خاصرته وأخيراً وضع سـبابته على رأسِه وأخذ يحكه كما يفعل عندما يفكر:

- همممم

- ايه؟

- همممممممممممممممممممممممممم!

- اييييييه؟؟

ونتأت أعيننا الصغيرة من محاجرها بحماسة، فأدلى بدلوه:

- فطومة دايما تعطيني ككاو وحلاو وبفك.. بس شعرها خشن..
وأطول مني..

وبدأتُ أضحك (بكل ما عندي من لؤم) عندما أضاف:

- مضاوي نحيسة شويّ.. بس شعرها ناعم! وتعرف توقف على
راسها..

- يعني؟

- يعني أنا أبي أتزوجكم مع بعض.

وبدأنا نبحلق في وجهه طويلاً عندما ختم خطابه:

- أنا رجال.. الشرع حلّل لي أربع!

نظرت كلُّ منا إلى الأخرى في تواطؤ خفي، وهمسنا لبعضنا في
وقتٍ واحد: زير نسا! زير نسا!

2

.. ليس لأنه يحفظ سورة "والشمس وضحاها"، وليس لأنه يعرف تسع كلمات إنجليزية، وليس لأنه يستطيع المشي على يديهِ، وليس حتى لأن لديه غرفة خاصة بالألعاب لم أحظ بمثلها قط، وأنا شديدة الإدراك لحقيقة محدوديتي، خاصةً أمامه! ولكن الحقيقة.. أن للحقيقةِ وجوهاً أكثر غوراً وإيغالاً مما يبدو، تمتدّ عميقاً صوب الجغرافيا المحرّمة، إلى المكان القديم الـذي تنبعُ منهُ الحكايا، حيث التابوهاتِ والتوابيتِ والشـهداء والصمـتِ المتواطىء، كان وجـه فهـاد بـن علـي يبزغ من كل مكان وبكل شكل، يشبه لوحة تهبها كل عينٍ معنى آخر.

كان فهاد – بالنسبة لجدتي غيضة – هو رجل البيت الذي لما يصير رجلاً بعد، الولد الوحيد ابن الولد الوحيد، الفحل المبعوث في قطيع الإناث، السليل الوحيد للنسلِ الشريف، ملك الملوك وأمير الأمراء وشيخ الشيوخ وفارس الفرسان، بدون عرش أو صولجانٍ أو سيفٍ أو فـرس، كان الشـاعر بـلا قصيـدة، العالـم بلا علـم، المحارب بلا قضية، البقية الباقية من الابن الذي ذهب، والذي هو كل هذا وأكثر، كان يجيء إلى الدنيا لكي يتربع على عرشِ السيادة المطلقة، ويمارس حقوقه التي اكتسبها بموجب أعضائه التناسلية، لكي يحقق لجدتي البهجة والحبور برؤيته يقرر ماذا نفعل، وكيف نفعل، ولماذا نفعل.. فإذا ما أرادت واحدةٌ منـا أن تخرج إلـى الحديقـة لتلعب بالأرجوحةِ، أو لتطارد الدجاجات، وجب عليها أن تأخذ الإذن منه، وإذا ما أرادت إحدى أمهاتنا أن تذهب إلى السوق لشراء البيض والمايونيز، وجب عليها أن تحدد معه موعداً لكي يكون محرمها في تبضعها، وإذا ما خطر لنا أن نغادر المجلس ببساطة، كان علينا أن نحصل منه على الصك الذي يجيز لنا ذلك!

.. وكان لفهـاد بـن علـي وجهٌ آخـر، يرجـع الفضل باكتشافه إلى

19

خالتي هيلة، فهو – على الأقل كما تزعم هي – أحد الأولياء الصالحين المارقين من الأزمنة المقدّسة، ممن يعرجون في أزماننا الصدئة، أزمان النأي والدنس، ويشيعوا فيها حضورهم النورانيّ، فقط بفعل الرحمة الإلهية! كانت خالتي قد حضرت بضعة من مجالس الذكر، وقرأت بضعة كتيباتٍ دينية عثرت بها صدفة في غرفة انتظار المستشفى، ثم تعرفت على نساء على شاكلتها من التدين لتجتمع معهن كل يوم جمعة لتلاوة الأذكار وإنشاد الشعر الديني، نصبت خالتي نفسها منصب فقيهة البيت الكبير، وصارت تصدّر الفتاوى والتشريعات، تحلل وتحرّم، وتمنطق كل شيءٍ رجوعاً إلى قاعدة لاهوتية، أو خاطرة إيمانية، أو رؤيا تمظهرت لها في أحلامها التي تؤمن بأنها مصدرٌ موثوقٌ من مصادر الوحي، كانت خالتي هيلة تستقي من ثقافتها الدينية أسباباً لكي تؤكد على استثنائية فهاد بـن علي، فليـس كافياً أن يكـون الابن الوحيد للابن الوحيد، الولد ابن الولد، عامود البيت وربه الأعلى، بل ينبغي أن يكون مؤيداً من لدن الله في عليائه! وانطلقت في حبك حكاياها التي تبرهن بها على خصوصية الولد التي تتجاوز كونه ولد، وصارت تزعم بأن انفلاتة فهاد إلى العالم التي حدثت بدون صرخة الميلاد هي وجه من وجوه الكرامة الإلهية، وبأن صرخات الوليد في مهده كان بسبب تعرض المردة والشياطين له، وبأن الحليب الذي تفجر من ضرع أمه يشبه تفجر الماء من الحجر بعد أن ضرب بعصى موسى، كانت خالتي هيلة قادرة على ربط أي شيءٍ، بـأيّ شيء، ولـم يكـن بمقـدور أي واحـدة منـا أن تشكك في كلامها، مخافة أن تتهم بالتجديف.

الوجه الآخر لفهاد ابن علي، كان الوجه الذي تراه أمي نورة، فقد كان فهاد بالنسـبة إليها هو ابن الأخ المتوفى: اليتيم المسكين الوحيد المحروم من حنان الأب، الذي تتقطع نياط قلبها إذا ما بكى أو اشتكى، والذي تفيض عيناها بالدمع لمجرد رؤيته يغني، أو ينكش أنفه بسبابته،

أو يتراكض في جنبات المكان، والذي مهما فعلنا له، فلن نستطيع أن نرمم له يتمه أو نردم له حرمانِه، كان فهاد بن علي هو الطفل الحزين الذي لما يتعرف حزنه بعد، اليتيم الذي لم يفهم وحشية يتمه بعد، الوحيد الذي لا يعرف بحقيقة وحدته لفرط ازدحام عالمه، كانت أمي تشفق عليهِ من آتيه، من زمنٍ جائر يجابهه مدججا بالأمهاتِ الثكالى، تشفق عليه من حياةٍ مصادرة سلفاً من قبل قوى الحبّ العليا، لنقل بأن أمي كانت أكثر مـن يحبه، إن لـم تكـن الوحيدة التي تحبه، كانت الوحيدة التي لم تطالبه بأي شيءٍ، كأن يكون رجلاً أو أن يكون نبياً، ولو كان فهاد بن علي قد ولد بنتاً، مثلي، لكانت أحبته بالقدرِ ذاتِهِ أيضاً.

كانت مسحة الشفقة هذه هي كل ما يلزم المشهد لكي تصبح بطريركية جدتي، وخزعبلات خالتي، مقبولة لدي! والحقيقة أن جدتي لم تكن تؤمن (أو بالأحرى تكترث) بنظريات خالتي هيلة عن كرامات فهـاد، بقـدر مـا هـي لـم تمانـع أو تعتـرض على خالتي إذا ما شـحنت رؤوسـنا الصغيـرة بقصصها التي تـدور حول الحـرب الأزلية بينه وبين الشيطان الرجيم! وبالقدرِ نفسه لم يسع جدتي أن تشفق على فهاد كما تفعل أمي، لأن الله الذي أخذ منه والده، قد وهبه في المقابل مملكة مـن الأمهـات والجنـة التي تحت أقدامهن، ولكنها مع ذلك لم تعترض على دموع أمي التي تقابل بها وجه فهاد حين يطلب منها أن تشتري لـه لعبـة، كان لـكل أم طريقتهـا الخاصـة في النظر إلى الصبي، والتي لا تتداخل مع نظرة الأخـرى ولا تنفيها، لنقل بأنه كانتِ لدينا دائماً ثلاث طـرق متوازيـة للنظـر إليـه، نظرة الذكر الأعلى، نظرة الولي القريب إلى الله، ونظرة اليتيم غير المدرك ليتمه.

فاطمة

1

.. ظلت مضاوي تتباهى بأنه يوم الثلاثاء! اليوم الذي تصحبنا فيه أمها إلى من المدرسة إلى البيت، لتجلس هي في الكرسيّ الأمامي وتستأثر بفتحات التكييف الكبيرة، وتشعرُ بأنها ملكة سيارة "الفولفو"، كان عليّ أن أنصت إلى مباهاتها التافهة وأنا أصرفُ بأسناني، وأراها تتخلل شعرها بأصابعها الصغيرة مرة بعد مرة، وترفعه في الهواء كي تراهُ الشمس فيصبح لسواده معنى، كانت تفعل كل الأشياء التي تغيظني، والأسوأ من ذلك، أنني كنتُ مستعدة لفعل أي شيء من أجل أن تكف عن لؤمها وتلعب معي!

أمضت ليلتها عندي بالأمس، ووقفت ببابي مرتدية بيجامتها الوردية وحاملة "الباربي" الشقراء بيدها، استقبلتها وأنا أهز وسطي بتحدٍ، واضعة يداي حول خصري: نعم؟ شتبين؟ كان عليّ أن أكون لئيمة معها بحكم العادة، ولكنها تعرفُ سلفاً بأنني سعيدة بحضورها.

أحب أن تبيت مضاوي في بيتي، أحب أن نختبئ تحت اللحافِ ونحكي قصصاً، أحب أن نغمس أصابعنا في مصهور الشمع، وأن نعد للباربي عرساً ونستجلب باقي العرائس للرقص، قالت ببساطة "بنام عندكم"، ويبدو أنها سوت الأمر مع أمها لأنها أحضرت حقيبتها وجهزت مريولها المدرسي وفرشاة أسنانها.

وقفتُ مكاني وأنا أراها تدخل صالة الجلوس، تمشي مشيتها الصغيرة المتباهية، تتجه إلى أمي، تجلسُ بين قدميها وتطلبُ منها

أن تحكي لهـا حكايـة، تجيء مضـاوي إلى بيتي من أجـل القصص، فأمهـا لا تخبرهـا بالكثيـر، وحدهـا أمـي هيلة تجيد قص حكايا فهاد بن علي ومغامراته المدهشة، بالأمس قصت علينا قصة "فهادي والشيطان الرجيـم" المفضلـة عندي، والتي تسـمعها مضاوي – على مـا يبدو – للمرة الأولى، لأنها تصنمت في جلسـتها، صامتة تحدق في وجه أمي وهي تضم قبضتيها إلى ذقنها.. حكت لنا أمي حكاية الشيطان الجالس على عرشه المصنوع من الجماجم، يتفقد أخبار الشر في العالم، أخبار الطـلاق والغيبـة والصلـوات التي أُخلِف ميعادهـا، ثم يدخل عليهِ أحد المردة ليخبره بأن أوان مجيء فهاد بن علي قد حان! وهنا تتسع حدقتا أمي وتتساءل معنا:

- يا ترى! ليش الشيطان الرجيم يسأل عن فهاد؟ ليش الشيطان يحسب حساب لفهاد؟ ليش الشيطان يخطر في باله فهاد؟

- ليش؟! ليش؟!

تتساءل مضاوي وأجيب أنا، بكثير من الاعتزاز:

- لأنه ولد الشهيد!

.. وأشـعر بالحبّ والإيمان يتدفقان ملء صدري لفهاد بن خالي علي، وأمتلئ غبطة! أردفت أمي بأن هذا هو قدر أبناء الشـهداء الذين أهم أحياء عند ربهم يرزقون، ألا يحق للشيطان أن يخاف من أن يشب الابن على أبيه؟

وترجع بنا أمي إلى الحكاية: في غمضةٍ عينٍ يذهب الشيطان إلى غرفة الولادة، حيثُ "شهلة" تكابد مخاض الوليد المنتظر، جدتي غيضة على رأسها، أمي هيلة عن يمينها، وخالتي نورة عن شمالها، مضاوي ما تزال في بطنِ أمها، وكنتُ أنا قد أتممت الشهرين من عمري، ملفوفة بمهـادٍ أبيـض قطني، نائمـة بين ذراعـي "رقيـة" التي تنتظـر وحيدة في البيت.

تقولُ أمي بأن "صرخة الميلاد" هي قدر أبناء آدم، وبأن كل آدمي حتما سيصرخُ في لحظة ولادته، لأن الشيطان يلكز المواليد في تمام لحظة انزلاقهم إلى الوجود، فهذه هي طريقته في الانتقام من أعدائهِ البشر.. عندما ولد فهادي لم يصرخ، شيءٌ ما حدث وأجبر الشيطان على التراجع! وكانت هذه أولى كرامات فهاد التي اكتشفتها أمي بفهمها وسعة إدراكها.

ظلت مضاوي تحدق في وجهِ أمي فاغرة الفاهِ، وترمقها بكثير من الشك:

– أمي هيلة إنتي شفتي فهادي يوم طلع من بطن أمه؟

– ايه شفته.. يا زينه كنه القمر، كله أبوه..

– وشفتي الشيطان؟

– لأ، البشر ما يشوفون الشياطينْ.. هم في عالم وحنا في عالمْ..

وراحت تجادل من فورها: كيف عرفتِ بأن الشيطان يكره فهادي أكثر مما يكره غيره من البشر وأنت لم تري الشيطان في حياتك؟

كانت لدى أمي حجتان على صحة ما ذهبت إليه، الأولى هي أن الصغير كان يصرخ كالملدوغ بمجرد أن يغط في النوم، وفي هذا دليل على أن الشياطين كانت تتعرض له في مناماته، لأن صراخه المفزع لم يكن يشبه بكاء رضيع يعاني من آلام البطن! والثانية هي أن الصغير كان يمعن في البكاء عندما تأخذه أمه إلى مغسلة الحمام لكي تغسل مؤخرته بعد أن يوسخ حفاظه، لأن الشياطين تتعرض له في الخلاء حيث هي في أوج جبروتها، فاضطرت أمه في النهاية إلى الاكتفاء بتنظيفه باستخدام القطن المبلل، وهكذا، بحسب أمي، كانت الشواهد كلها تدل على أن فهاد مستهدف بشكل خاص من قبل الشياطين!

- وبعدين شصار؟

.. لم تكن مضاوي لتسمح للحكاية بأن تقف عند هذا الحد، وطالبت بأن ينتقل الحكي إلى الضفة الثانية، إلى فهاد الذي ولد بدون صرخة الميلاد، وتغير شيءٌ في وجه أمي، تقطيبة خفيفة علت جبينها إذ هي تجاهد في استجماع تفاصيل ذلك اليوم، قالت أمي بأن الفزع قد أخذ منهم كل مأخذ، وبأن الشكوك قد ساورتهم بأن يكون ابن علي قد ولد ميتاً، أو مريضاً، أو متعباً بما يتجاوز القدرة على الصراخ، ولكن شيئاً من ذلك لم يكن، كل ما في الأمر أن الصغير ولد دونما أي رغبةٍ بالصراخ، وحتى عندما حملتهُ الممرضة من قدميهِ وضربته على ظهره عدة مرات.. لم يبكِ، ووضع بمنتهى الدعة في حضنِ أمه، وشرع من فورهِ في لعبة البحلقة، وراح يمتص العالم بعينيهِ الهائلتينِ السوداوينِ، يتفحص الوجوه التي تتفحصه بدورها: ثلاث أمهات وجدة واحدة! وهتفت الأصوات: كنه علي، كله علي! امتدت ذراع جدتي لتنتشل الوليد ولم تكن قد شوهدت سعيدة وجميلة بهذا القدر قط، كانت جدتنا هي أجمل نساء الأرض في يوم ولادةِ حفيدها، وظلت تجوبُ ممرات المستشفى طويلاً، تنثر الدنانير فوق رؤوس "الهنديات" من عاملات النظافة والممرضات، وتلقنهن: دفعة بلا عن ولدنا، دفعة بلا عن ولد علي! كانت تجبر كل فقير ومسكين وعابر سبيل يتلقاها في الممر بأن يرفع يديهِ ويبتهل لأجل الصغير الوليد، بمعنى آخر: اشترت جدتي آلاف الدعواتِ - التي لا يفصل بينها وبين الله حجاب - بآلاف الدنانير، تكدست جموع العاملين من حولها وقد دوختهم الأموال المنهالة فوق رؤوسهم، أموالٌ تكفي لكي تعيدهم إلى أوطانهم، لكي يمتلكوا بيوتهم ويعالجوا أمراضهم ويفعلوا كل الأشياء التي جاءوا إلى الكويت ليفعلوها.

- وأنا، يوم ولدتني أمي.. بكيت؟

- ايه، بكيتي لما شبعتي، ولا رضيتي تسكتين..

- لا ما بكيت.

- إلا بكيتي، فضحتينا قدام الله وخلقه!

وبدا لي أن مضاوي تحسدُ فهاد على بدايته المميزة، كانت تشعرُ بالخسارة لأنها أطلقت في وجه الحياة صرخة ميلادها، مثل الناس العاديين، لأن الشياطين لا تكرهها بشكلٍ خاص، ولا تتعرض لها في المنام، أو في الخلاء، أو بأي صورة كانت، نهضت واقفة، ومشت بخطوات صغيرة وخائفة إلى جهاز التليفون، "شتسوين مضاوي؟" ولكنها تظاهرت بالصمم، وبدأت تهمسُ في أذن سماعة الهاتف وهي تضمها قريبة من فمها: ماما يوم طلعت من بطنك وزعتوا فلوس على "الهنود"؟

2

عندما بلغ فهادي شهره الخامس، لم تعد شهلة راغبة بإرضاعه، كانت آلامُ ظهرها قد تغلبت على مشاعر أمومتها كما تقول أمي، فاستبدلت بثدييها العظيمينِ الدافئينِ الرضّاعات الزجاجية الباردة، وحلمات السيليكون القاسية، واستبدلت بودرة "السيميلاك" المفتعلة بـزلال حليبها العسليّ، وأصرت بـأن عليـه أن يتعلـم (طريقـة المـص الجديدة) لحليبهِ الجديد.

لم يتجاوب فهادي مع رغبة أمه، ولم يكن ثمة شيء أبغض إلى قلبهِ مـن تلـك الزجاجـة الملعونة، والسائل الأبيض المفتعل، والحلمة البلاستيكية الكاذبة، والملمس اللا إنساني لهذه الرضّاعة التي لا تشبه الأم في شيء، كان بمجـرد مـا يـرى زجاجـة الرضاعة في يد أمه حتى يأخذ في الصراخ، يهز رأسه، يركل برجليه، يلوح بذراعيهِ، يفعل كل ما يمكنه فعله الطفل ذو الخمسة شهور لكي يبدي اعتراضه! كان رفضه قاطعاً، حتى عندما جربت أمه حليباً تزعم بأن طعمه جيد، وحتى عندما اشترت حلمة صناعية تحاكي الخواص الإلهية للحلمة الطبيعية، أو أيا كانت الحيلة التي جربتها، لم يكن الصغير ليقبل ببديل أقل عن ثدي أمـه مهما حاولـت، وتحولـت وجبـاتِ إرضاعه إلى نوبـاتٍ مفزعة من الذعر والبلبلة، وكان الأمر ينتهي به غالباً إلى أن يسكر في بكائه حتى يعجز عن التنفس، ثم يتقيأ كل قطرة حليبٍ تسربت - بالخطأ - إلى معدته.

أصرت شهلة بسذاجة بأنه سيرضخ للحليب الصناعي في النهاية، لأنه خيارهُ الوحيد! ومع مضي الوقت راح اللبن الإلهي في ثدييها يفتر ويفقد زخمه، وصار فهادي هزيلاً وكئيب الشكل: نحل عوده وشحب لونـه وتقعـر وجهـه حتى فقد الرغبة بالحركة واللعب، لم يعد يضحك

أو يرفس برجليهِ أو يلوح بيديهِ أو يطلق في الهواء أصواته الطفلة، كان يُرى على الدوام ممدداً على الأرض دونما أي رغبة بفعل أيّ شـيء، كمن نفي في قعر الجوع والتضوّر، بأعينٍ ناعسة ونظراتِ اللا مكان.

لـم تكـن جدّتـي راضيـة عـن حالـه، ولكنهـا لـم ترغـب بالضغط على كنتها حديثة العهد بكونها أما، وحديثة العهد أيضاً بكونها أرملة، فكبتت رفضها في أعماقها وتفرغت للابتهال، وطوال شـهره السـادس، كان الصغير يحصد أقل قدر ممكن من الوجبات غير الشهية عن طريق تقطيـر الحليـب الصناعيّ فـي فمه بالقطارة وإرغامه إلى ابتلاعه، وكان معظمه يسيل على ذقنه ورقبته، وسط نوبات البكاء المحموم التي تثيرها هذه الوجبة المزعجة، ومع ذلك، أصرت شهلة بأنه سيرضخ للزجاجة الصناعية ويقبل بها "من أجل مصلحته".

ما زالت جدّتي تعتقد بأنه كان أكثر اعتقادات كنتها غباءً!

ذات مسـاء، وبعـد صـلاة المغـرب، دخلـت أمـي هيلـة إلى غرفة الجلوس مرتدية جلال صلاتها وهي تتلو أذكار المساء، عندما وجدت فهادي ذو الأشهر الستة يغطّ في النومِ على الأريكة وقد حاصرته الوسائد من كل صوب لحمايته من السقوط، ولم يكن ثمة حاجة لهذه الحماية لأنه ببساطة لم يعد يتحرك، كان الصغير في أكثر حالاته ضعفا وشحوبا وشـبهاً بأبيه المرحوم، وراود أمي خاطرٌ بأن عليها أن تفعل شـيئاً من أجل الصغير قبل أن يقتل على يدي أمه البلهاء، حملته أمي بين ذراعيها بتردد وهي تنظر يمينا ويساراً لتتأكد بأنها في مأمن من أمه، ومن جدّتي أيضاً، لأنها تعرف في قرارتها بأنها على وشك أن تأتي المحظور: أن ترضع ابن أخيها!

خلعت أمي جلال صلاتها وفتحت أزرار قميصها وأخرجت ثديها الأيمن وألقمته له منتصبة في وسط الغرفة، التقطه الصغير بتوثب مرعبٍ اقشـعر له بدنها كله حتى فاضت عيناها بالدمع وضرعها باللبن، وراح

فهادي يرضع كما لم يرضع في يوم، يرضع بولهِ المشتاق، بكل الجوع الذي سكن عظامه الصغيرة الناتئة من جميع جسده، بكل شغف العالم وقسوته ونهمه وشراسته، كان فهادي يرضع!

بعد دقيقة، دخلت شهلة إلى الغرفة حاملهَ بيدها زجاجة الحليب الصناعي وهي ترجّها في الهواء، لتجد ابنها يرضع من صدرِ أمي بشغف و- أيضاً - بشيءٍ من اللا تصديق، فاستيقظت في جسدها فورة بكاء قديم، اقعشرّ جلدها وتشنجت أعضاؤها وطفرت دموعها، أمام حقيقة أنها حرمت الابن الوحيد من الحليب الرباني الذي قسمه الله له من خلالها، من هي لكي تمنع عن الطفل رزقه المكتوب؟ كانت الحقيقة واضحة، إذا لم تعد إلى إرضاعه فالأرجح أنه سوف يموت! انهارت الأم على ركبيتها وهي تعـض علـى يديها بنواجذها بقوة.. لم ترغب بإصدار صوت يزعج رضاعة الصبيّ الذي أنهكه جوعه وعنادها، ولكن جسـدها المغيّب في غياهب البكاء كان بحاجة لعضات مؤلمة، وبقعة دمٍ كبيرة تلوث السجادة، لكي يهدأ..

هيلة

1

ابنتـي المسكينة تريـدُ أن تلعـب، تمشـي خلـف ابنـة خالتها طوال الوقت حاملة كل ما يمكنها حمله من الدببة المحشوة والعرائس، تتبعها وتنادي عليها ولا تكل أمام تجاهل الأخرى وتظاهرها بالصمم، نلعب لعبـة كـذا؟ نجـرب لعبـة كـذا؟ أنـا أختبئ وأنتِ تبحثين عني، أنا أركض وأنـتِ تركضيـن خلفـي، أنـا أمشـط العروسـة وأنتِ تهندميـن العريس! ولكن الطفلة لا تريدُ أن تلعب، إنها ببساطة: لا تلعب! "أنا مشغولة! مشغولة!" تبحث عني في أرجاء الشقة، لا تطرق الأبواب ولا تستأذن قبل الدخول، سـواء كنتُ أقشر الخيار في المطبخ، أو أدهن جسـدي بالزيـوت فـي الحمـام، فهـي معـي أينمـا حللت، وتجدني أينما ذهبت، ولا مفر من مواجهة عينيها الشيطانيتين، عندها دائماً مزيدٌ من الأسئلة.. أتساءلُ لماذا لا تذهب بكل تلك الأسئلة إلى أمها؟ ما الذي يجعلها تأتيني كل ليلـة بسؤالٍ جديـد؟ والحقيقـة أنني لا أتسـاءل! أنا أعرف! أعـرفُ أختي! تجد صعوبـة في تصديق كل شـيء، وفي الامتثال لأيّ شيء، فكيف لا تكون هذه ابنتها؟ وأنا، كل ما عليّ فعله هو أن أكون لها أماً ثانية، هكذا تعاهدنا، أن نتشاطر أمومتنا مع الثلاثة أطفال: فطامي ومضاوي وفهادي، عندما تأتيني ابنتي التي لم أنجبها حاملة على كتفيها الصغيرين خطاطيف أسـئلة، فكل ما يمكنني فعله هو أن أجيب! نورة لا تحب أن تعطي إجابات لأي شـيء، والأرجح أنها لا تملك إجابات لأي شـيء، رأسـها غائمة وملوثة وفاسـدة، وينبغي عليّ الآن أن أحمي ابنتي من الفساد في رأس أمها، أن أربيها كما يجب، ينبغي للطفلة أن

تعرف من هي، وأيَّ عالمٍ هذا، وما الذي تتوقعه من حياتها وما الذي
ينبغي عليها أن تسعى من أجله.

– أمي هيلة!

صعِدَت على طاولة المطبخ، تربعت في وسط الطاولة وهي
ترشقني بالبريقِ الشيطاني في عينيها، تبعتها ابنتي ممثلة، ابنتي التي
لا تجد صعوبة في التصديق ولا في الامتثال ولا حتى في التقليد!
صعدت على الطاولة هي الأخرى وتربعت جالسة وعلى وجهها علائم
الإحباط، ليس هذا ما تريدُ فعله، الآن وقد تأهبت جميع الدمى للزفاف
الكبير..

– مضاوي تلعبين بالعروسة؟

– لأ.

– ليش؟

– لأني مشغولة!

– إذا إنتي كله مشغولة ليش تجين بيتنا كل يوم؟!

تجاهلتها الأخرى تماماً، وجهت أنظارها نحوي، أنا الغارقة في
مرق الدجاج ورأسي في بخارِ القدرْ، واضح أن عندها سؤالٌ جديد!
"أمي هيلة! أمي هيلة!" تناديني طوال الوقت، تناديني "أمي" أكثر مما
تفعل طفلتي: أمي هيلة قصي عليّ كيف رضع فهادي منك؟ ولماذا
توجد بقعة دم سوداء في سجادة الصالة؟ لماذا وكيف وماذا وهل..

2

أعرف بأن شهلة ما انفكت تتداعى وتتساقط قِطعاً.. رأيتُ الدماء تتفجر من كفيها، رأيتُ قطع لحمها تتساقطُ على الأرض تبعاً، رأيت أسنانها تقشر جلدها وتمضغه، رأيتُ القاني يصبغُ أسنانها ويديها وثوبها ويترك لطخته المميزة في سجادة الغرفة، ولكن ماذا كان يمكنني أن أفعل لها؟ كان ابن علي يرضع من ضرعي!

انتصبتُ في وسط الصالةِ مثل جذع: أحمل الصغير بيمناي وأثبت ثديي بيسراي، لم تكن ثمة قوة قادرة على سلبي تلك اللحظة إلا أن يحول الله بيني وبينه.. ابن علي يستجيب لضرعي ويشبعُ من لبني ويتنشق رائحة جلدي بعد أن حَرُمت عليهِ المراضع وانقطع لبنه السماويّ ونهشه الجوع، ورغم أنها سقطت بين قدمي تعض على يديها ندماً، لم أكن لأفعل شيئاً من أجلها، هي التي حكمت عليه بالتضور، هي التي كابرت على حساب لحمه ودمه وعظامه، وكانت ثورة البكاء التي تستيقظ أخيراً في كل شبرٍ من جسدها، هي توبةٌ متأخرة لأم آثمة، واستجابة الجسد الترابي للعقاب الإلهي.

مرت دقائق، ثم دخلت أمي إلى المجلس، لم أرَ وجهها: كنتُ أولي ظهري للباب وقد تسمرت عيناي على الرضيع، وسمعتها تبتهل "لا إله إلا الله".. وكانت شهادة! تقدمت أمي بخطواتٍ هادئة لكي تساعدني على الجلوس، وضعت الوسائد حول ظهري وتحت ركبتي، وأومأت إليّ، بعينين متواطئتين، كي أظل هادئة، ثم التفتت إلى شهلة التي جنتها آلام ضميرها، حملتها على الوقوف وأخرجتها من الغرفة فيم الأخرى تكيل الاعتذارات اليائسة للطفل وروح أبيهِ والله في عليائه..

مضت نصف ساعة حتى شبع الصغير، غفا على جلدي وحلمة صدري تملأ فاه، اعتدلت أنفاسه وهدأت وكان قد شرع في الحلم..

حملته عائدة إلى المجلس، كن جميعاً هناك، ينتظرن بصمتٍ متواطىء، أن أفرغ من رضاعته، أمي وأختي وأرملة أخي وحتى رقية، رأيتُ شهلة قد هدأت وفتر بكاؤها، رأيتُ نورة متورمة العينين محمرة الأنف، رأيتُ رقية تخبئ رأسها داخل شالها الأسود، ورأيتُ أمي، وجهها العميق الموغل في الأسى، ترفع إلي عينيها الحادتين وتسأل: شبع؟

– إيه يمه شبع.

– الحمد لله.

وبسرعة استعادت طبيعتها الآمرة:

– لا تعودينها.

لم تكن أمي بحاجة لتذكيري بذلك، لأن خمس رضعات مشبعات من شأنها أن تحول فهاد بن علي إلى ابن لي، مما يعني حرمة زواجه من ابنتي، وبذلك كانت رضعة واحدة، رضعة وحيدة!

رفعت شهلة رأسها بكثيرٍ من التضرع صوب أمي وسألتها:

– خالتي ممكن يرجع الحليب؟

– شاللي يرجعه؟! الحليب إذا راحْ.. راحْ!

... ومع ذلك، أقسمت شهلة في ذلك المساء أن تجترح المعجزة وتعيد اللبن إلى ضرعها مهما كان الأمر متعذراً ومستعصياً على ثدييها الذابلين، لم يلتفت أحدٌ لما بدا أنه تخاريف ندم لأمٍ آثمة، كانت تلك الرضعة اليتيمة كافية لكي تخدر ألمنا على الصغير ولو لحين.

أمضت شهلة أسبوعاً في أكل البرسيم والشعير، ملأت بطنها بطسوتٍ كبيرة من التمر والرطب، الرهش والسمسمية، الجرجير والبربير والبقدونس، رأيناها تمشي كالمسرنمة في الحظيرة بصحبة عنزاتِ أمي وتشاركها أكل العلف بدون أن تكشر أو تقطب أو تتأفف أو تتقيأ: كانت تأكل بقدرِ من تستطيع في النهار، وتلقم الصغير ثدييها في الليل لكي

33

يقوم بدوره في استدعاء الحليب من منابعه.

بعد ثلاثة أيام، كان الدم يتفطر من حلمتيها المتشققتين لا الحليب، ملأ الـدم بطـن الصبيّ وفمـه حتى صـار يتقيأ دماء أمه، كانت تلك هي اللحظة التي فاقت كل احتمالها، فبكت حتى غلبها الإعياء ونامت.. نام ابن علي على صدر أمه بعد أن أرهقه الجوع والمصّ بلا جدوى، نامت معه على الأرض، إلى جانب المناديل وأكياس البلاستيك والقيء.

.. ثمّ حدثت المعجزة.

كانت شهلة غارقة في النوم عندما صرخ الصغير بذعر فاستيقظت ملتاعة تتفحصه، لم يكن الشيطان هذه المرة! كان تسرّب الحليب من صدرها هو ما بلل ملابس الصغير وأفزعه في نومه، وراحت تتفحص نهديها غير مصدّقة، تحمل في كل يدٍ نهد... وتضغط الحلمتين لينقذف الزلال العسليّ في سبعة خيوط حريرية تطعن الهواء وتحطّ على وجه الرضيـع الولهـان، وكان فهـاد ابـن علي يمـلأ بطنه مرة أخرى من اللبن الإلهي.

استمرت شـهلة فـي إرضـاع ابنـها حتـى أتـمّ العامين مـن عمره، أرضعته حتى ما عاد راغباً بصدرها، وصار يفضل عليهِ البطاطا المقلية والهامبورغر.

34

نورة

1

كانت تقف على البابِ، تمص إبهامها وتحاصرني بعينيها، أخافني حضورها المباغت، نهرتها: مضاوي؟ شتسوين عندك؟!

أرسَلَتْ عينيها نحو أبيها الممدد على الأريكة في غرفة الضيوف، ذراعه تغطي عينيه، شخيره يتردد في المكانِ خافتاً تارة، عالياً تارة. همَسَتْ متواطئة مع هدوء المكان:

- ماما ليش بابا ما ينام معاك في السرير؟

ولم أكن أملكُ رداً شافياً لابنتي، كانت الأشياء قد تخلت عن وضوحها في عالمي، رددتُ هامسة:

- بابا يحب ينام في الصالة علشان الصالة أبرد من داخل..

- بابا حرّان؟

- إيه، بابا حرّان.. شفيك ماما؟

- أبي أنام عند فطومة.

.. وكما أفعل كل ليلة، أجهز حقيبتها المدرسية، فرشة أسنانها، مشطها الـوردي، مريـول الروضة ومـا يكفي من العرائس المحشوة، وأرسـلها إلى شـقة أختي في الطابق السفليّ، أتسـاءلُ إن كانت تدركُ بأنهـا في دخيلتهـا تهربُ مني، من الفتور الذي يتمدد ثقيلاً على صدرِ المكان، الصمت المطبق والأشياء التي تجمدت وتيبست وجفت، عللتُ لنفسي بأن هذا أفضل لها، أن تذهب إلى مكانٍ تقدر أن تلعب فيه، مكان يشغلها عما يحدث لي وبي، لم أكن أريد لها أن تعتاد مشهد الأب /

الزوج الذي تخلى عن امرأته بدون سبب، بدون معنى، ومشهد الأم / الزوجة المهجورة بدون سبب وبدون معنى، لم أكن أريدُ لها أن تشبّ في عالمٍ كهذا، وكنتُ أعول على طفولتها كثيراً كي لا تتنبه للأمر، أو هكذا ظَننت، حتى خضت دوراتٍ تدريبية وقرأتُ كتباً عن أسرار "العقل الباطن"، عوالم مهولة ومفزعة تفتقت أمامي، عرفتُ بأن عليّ أن أحميها مـن قـدري، مـن لعنـة أن تشـب البنـت علـى أمها، مهجورة ومتروكة بلا سبب ولا معنى! وطوال ليالي الصمتِ تلك، ليالي الوحدة والهجرانِ والخيباتِ والأسرة الباردة، كنتُ أفكر بها وأتساءل.. يا إله السماوات، لو كنتُ أعرف للحظة بأن حياتي ستؤول إلى هذا الشكل، هل كنتُ لأنجب إلى هذا الوجودِ طفلة؟ أنا التي انتظرت حدوث ذلك لخمس سـنوات، وسـبع إجهاضاتٍ مؤلمة، وما يكفي من الإبر والعقاقير لقتل بقرة، كيف يسعني الآن أن أشكك في رغبتي بالأمومة؟

2

كانت تلك ساعة الشاي السيلاني والفستق الحلبي والدفء العائلي، تتكئ أمي على مساند "السدو" الأرضية حيث علي ممدد على يمينها، يكسر لها الجوز ويقشر لها الفستق ويعبئ فنجانها بالشاي الأحمر كلما فرغ نصفه، امرأته على يمينه وهيلة على يسار أمي، دخلتُ إلى المجلس حاملة ثلاثة علب كرتونية تحمل كعكاً ومعجنات وعصائر وكل ما هو ملائم للاحتفالْ، وقد كانت حياتي – حتى ذلك اليوم – مليئة بمناسبات الاحتفالْ، منذ عملي الـذي يزدهر وحتى زواجي الذي أورق والجنين الذي لم يتخلّ عني، أمعنت في إرسال السلامات والتحايا، أمرر عينيّ على الوجـوه جذلـة، وخزتني أمي بعينيها وهي تميل ذقنها على كفها، تغطي بعض فمها بإصبعينِ.. كان في صوتها صوت مختلف:

– حامل بعد؟

– اذكري الله يمه!

أطلقت هيلة في الفضاء زغاريد لاهبة، نهض علي من مكانه وقبّلني بين عيني، ومن بعده شهلة، توالت التباريك "مبروك! مبروك!".. يعرفون كم طال انتظار ذلك، وبسخاء أدلقوا على روحي دعواتٍ بتمام النعمة وبقاء العافية، وحدها أمي تسـمرت في مكانها تنظر إلينا، هيلة وشهلة وأنا، بشيءٍ من القلق، تمتمت: الله يستر.

كانت ردة فعلها على خلاف ما توقعت..

– وش دعوة يمّه!

– يعني كان لازم تحملين وخواتك بعدهن؟

كيف يمكنها أن تقول لي شيئاً كهذا؟ ألسـت أحق بالأمومة من هيلة التي سـبق وأنجبت صبيين من زوجٍ سـابق، وها هي تحبل لمرة

ثالثة من زوجٍ ثانٍ؟ وشهلة التي ما فتئت تردد طوال عام بأنها لا تريد أن تحبل لكيّ لا يفسد قوامها؟ بعد خمس سنواتٍ من الانتظار واللوعة، تطلب مني أمي أن لا أحبل بالتزامن مع أختي وزوجة أخي!

– كله بأمر الله يمه! يعني علشان هيلة وشهلة حملوا أنا ما أحمل؟

– حنّا ناقصين حسد؟

– ماكو إلا العافية يمه بس إنتي فرحي لي!

توسدت فخذها الأيمن، قبلت كفها وألصقته بخدي..

– تكفين يمه قولي مبروك! ولا ترى بزعل وبروح بيتي.

– مبروك يا أمك

– وإكلي كيك.. يا رقية جيبي عصير!

– ما اشتهي، إكلوه انتم.. بالعافية.

.. نهضت بتثاقل، تئن من آلام ركبتيها وظهرها ورقبتها، كانت أمي قد أصبحت عجوزاً في ذلك الوقت رغم كل السعادة من حولها، بحثت في المكان عن بقعةٍ خالية، غير ملوثة بالسعادة، بالدفء والعائلة، أطفأت أنوار غرفة الجلوس وتمددت على جنبها الأيمن، تتوسد يديها وتصرعها الفكرة: ثلاثة مواليد مرة واحدة!

رقية

1

هدأ المكان. العجوز غفت، البنتان خرجتا للعمل، الأرملة تراكمت في سريرها وأغمضت، الأطفال في الروضة. كنتُ أغسلها الأواني والقدور، أتشاغل بها لحين عودة الأبطال إلى جسد الحكاية.

بعد ساعتينِ سيعودُ الأطفال من الروضة، سيتحدثون عن حربٍ جديدة نشبت بين الصغيرتين، ستكون فطومة قد انتزعت من رأس مضاوي خصلاتٍ أخرى، وستكون مضاوي قد غرزت في زند فطومة أظفاراً أخرى، وسيكون الصبي قد اكتفى بالصمتِ والتفرّج بدون أي نوع من الانحياز، الصبي الذي لا يشعر بشيءٍ إزاء المعارك التي تفتعل في سبيلهِ، فهو في أقصى حالاتِ اكتماله، والقلق ليس من ضمن خصاله.

زارني الأطفالُ بالأمس، في غرفتي الخلفية في أقصى حوشِ العائلة، عندما لا يجد أولئك الصغار شيئاً يخربونه يأتون إلى أمهم السوداء المقصية في هامشِ الحكاية، يبعثروا سريري وينبشوا أدراجي، كان فهاد يقفز على فراشي ويهبط على مؤخرته ليعاود القفز، يردد "سأطير! سأطير في السماء!".. عندما يلعبُ الصبي فهو يتحدث بلغةٍ فصحى، مثل أبطاله المفضلين في أفلام الكارتون، الذين لا يتداولون إلا اللغة الرفيعة التي لا تنتمي إلى هاجس اليومي والرتيب. كانت مضاوي تتفحص أدراجي ودولابي، استخرجت علبة كريم "نيفيا" الزرقاء وفتحتها، تنشقت رائحتها وغمرت وجهها تعابيرُ الغرابة، أتساءل، ماذا كانت تتوقع أن تجد في علبة كريم مرطب؟ استخرجت من درجي

السـفلي "مصحفي" المهترئ، بحثت تحتـه وحولـه وفي داخله.. عمّ تبحث؟ ولماذا تبحث على الدوام؟ رفعت عينيها الهائلتين إلى وجهي ثم سلكت في كبدي تلكم الأسئلة:

- رقية عندك قلم "حمرة"؟

- لأ..

- ليش؟

- ما أحبها!

- ما تحبين الحمرة؟

- ايه..

- ليش؟

- بس! ما أحبها..

- ولا تحبين الكحل؟

- إيه..

- ولا البودرة؟

- مضاوي! ما أحب المكياج.

- ما تحبين المكياج؟

- إيه يا قلبي، ما أحب المكياج.

- طيب تحبين "الشباصات"؟

ضحكتُ، أدرتُ رأسي لأريها مشبك شعري:

- أحب الشباصات..

- كم شباصة عندك؟

- واحدة.

- بس؟

- واحدة كافي.. أصلاً شعري كله يطيح وبيخلص.

- أنا عندي ثلاثة!

لم أكن أعرفُ كيف أردّ، ولكنها لم تنتظر رداً بأي حال.

- رقية!

- نعم؟

- عندك عروسة؟

- لا يا قلبي أنا صرت كبيرة.. ما ألعب بالعرايسْ.

- وإنتي صغيرة لعبتي بالعروسة؟

- ايه..

ولسبب ما، احمرّ وجهي، وصرتُ أمعن في تجديل شعر فطومة التي جلست بصمتٍ بين فخذيّ لأسرح لها شعرها..

- رقية!

- هلا يمه...

- عندك صورة حقك وإنتي بالروضة؟

ازدردتُ ريقي، قاسياً ومؤلماً، طأطأتُ رأسي واستغرقت داخل الشعر المنكوش الـذي انطلـق في جميـع الجهات، هل أردّ؟ أصمت؟ أهـرب؟ كيـف أعلـل لهـؤلاء الأطفـال غياب الذاكرة وغياب الطفولة، وحتى غياب الأنوثة؟ غياب التفاصيل التي تبحثُ عنها هذي الصغيرة بنهم؟ كيف أفسر لها خلو حياتي وأدراجي من الصور والعرائس وأقلام الكحـل، وكيـف أبـرر لهـا ولـي كل هذا الفـراغ؟ من أين أتيت؟ وكيف صرتُ بينهم؟ كيف أستطيع أن أحكي لها عن شيء كهذا دون أن أفزعها من العالم؟

تدخل الصبيّ بعفويته المعهودة:

- أنا أمي صورتني وأنا لابس "باتمان"..

- أيواااه يا باتمااان!

هتفتُ، سعيدة بمداخلتِهِ وسذاجته وغيابِ انتباهه..

- كان عمري سنتين!

- وألحين كم عمرك فهادي؟

- خمسة!

- صح!

- أمي حطت الصورة في الجريدة.

أذكر تلك الصورة، والبلبلة التي أحدثتها، والهواتف التي لم تكل
مـن الرنيـن، تهنـئ الأرملـة والجـدة بالصغيـر الوسـيم الذي يشـبه أبيه،
الكويتُ كلها تتذكر علي، الكويتُ كلها تحب ابن علي!

تدخلت مضاوي:

- أمي عندها "ألبوم" صور وهي صغيرة في الروضة، وعندها ألبوم
صور وهي عروسة وبابا عريس، وعندها ألبوم صور حقي "مقي" وأنا
بيبي وعمري شهرين بس!

- بس ما حطوا صورتك في الجريدة!

- أنا بقول حق ماما تحطها في الجريدة باكر!

تألمـتُ مـن أجلهـا، هوسـها بـأن تكـون مثلـه، بـأن تحظى بحياتِهِ
وتحصد امتيازاته، هذي الشقية التي تركض وراء خيبتها، تنهشها الغيرة
من الداخل. أدرتُ دفة الحديثِ صوب الأخرى التي أمعنت في الصمت
وقد تخدرت من مرور الأمشاطِ على فروة رأسها..

- فطومة إنتي عندك ألبوم؟

وبـدون سـببٍ مبرر، أدارت وجهها نحـو وجهي، كانـت عيناها

دافئتـان عميقتـان، ثـم لفـت ذراعيها حـول جذعي وقالت وهي تضمني بقوة "رقية أنا أحبك واجد!".. كان صوتها نقياً وحقيقياً وبلا مناسبة، تماماً مثل حبها.

عادت موضي إلى تشمم علبة الكريم المرطب مثل قطة.

2

أقفلتُ بابي بالمفتاح، توكأتُ عليهِ بظهري ورفعت رأسي إلى السقف، إلى بقع البلل الصفراء وقشور الصبغ التي تقشعت عن وجه المكان، حاولتُ أن أتغاضى عن الفكرة التي تنخرُ رأسي، أسرعتُ إلى دولابي، أخرجتُ قطعة القماش وجلال الصلاة والسجادة المطوية،كريم نيفيا والمشط وعلبة الفازلين.. صارت أدراجي خالية، بما يشبه حياتي وحقيقتي، كنتُ أشبهني كثيراً وأنا أحدق في الفراغ، وأعود لأتفحص مقتنياتي الهزيلة منذ ولادتي المزعومة وحتى اللحظة، ثلاثين سنة أو أكثر، أحب أن أفكر بأنني في الثلاثين، منذ ثلاث أو أربع سنوات وأنا أفكر بأنني في بداية الثلاثين، ولأنني لا أعرف متى ولدتُ بالضبط، فأنا ما زلت في بداية الثلاثين، كل عام يمرّ وأنا لا أزال في بداية الثلاثين، أحياناً في الثالثة والثلاثين، أحياناً في الرابعة والثلاثين، وأحياناً أفكّر.. ما المانع في أن أكون في السادسة والعشرين؟ ما الذي يمكن أن يمنع حدوث ذلك؟ أن تجهل تاريخ مولدك يعني أن تفقد علاقتك بالزمن، أو لنقل.. أن يفقد الزمن علاقته بك، لأن الزمن يحب لعبة العد والحساب، يحتاج الزمن إلى نقطة بداية، إلى تاريخ ميلاد.. ما الذي يحدث عندما لا يجد الزمن عتبة ينطلق منها في جريه الولهانِ صوب التناهي؟ إنه يكف عن الجري ببساطة، لهذا السبب، ما زلتُ في أول الثلاثين، منذ أربع أو خمس سنوات، وأنا في أول الثلاثين وبكامل رغبتي.. وأمام هوس هيلة ونورة وشهلة إلى تصنيف تواريخ ميلادهن كمعلومات غاية في السرية، كنتُ أضحك عليهنّ وأنا أتمزق في داخلي، لو أمكنني أن أعرف فقط متى ولدتُ لصار بوسع جسدي أن يشيخَ باطمئنان، وأن يستسلم لحقيقة الموت، وأن يحبّ الحياة.

أن لا تعرف موعد ميلادك يعني أن تعيش حياتك كما لو أنك تعوم

في حلـم غريـب، هـل وجدتُ أصلاً؟ أم أن وجودي – آلام مفاصلي وغبـشِ ذاكـرتي – هـو مجرد خدعـة بصريـة محكمـة؟ هل أنـا هنا، أم أنني كذبةٌ أخرى؟ كيـف يمكن أن أكـون حقيقة فيم كل شـيءٍ أعرفُ عنـي هـو محـض كـذب؟ منذ لحظة الميلاد، وحتى الاسـم المسـتعارْ، والأبوين المجهولين والتاريخ الفجيعة، لا داعي لأن يعرف الصغارُ من أنا، ستكون تلك هي اللحظة التي يفقد فيها العالم أمامهم سمعته الطيبة، فلأبق هكذا إذاً، في الغرفة الخلفية من الحوش، أشرّع لهم عالماً من الخواء والأدراج الفارغة، أقص عليهم قصصاً لم تحدث، أسمع منهم قصصاً لم تحدث، أساعدُ حيواتهم على المضي، الحيوات التي تمشي على عكازين، كنتُ أنا.. طوال سني وجودي هنا، مع هذه العائلة، مجرد عكاز مرمي في الغرفةِ الخلفيةِ من الحوش، الأم السوداء التي وجدت قبـل أن يوجـدوا، التي هـي جـزء مـن هذا العالم دون أن يفهموا كيف وصلـتُ إليـه، وإذا مـا كنـتُ قريـبة أو جـارة أو ابنة أو صديقة أو عدوة، هؤلاء الأطفال – ولله الحمد – لا يتساءلون بما يكفي، فلتبق الأمور هكذا إذاً، في الغرفةِ الخلفيةِ من ذاكرة العائلة.

سـأكون جزءاً من هذا المكان لأنني جزءٌ من هذا المكان، أساعد المشـاهد على الاكتمال وأمنحها واقعيتها الفجة، سـأكونُ النافذة التي تفضي على الباب الخلفي من العالم، على المكانِ الآخر الذي لا يتسق مع مثاليةِ العالم الذي دشـنته غيضة هنا، الأمومة المقتسـمة والموزعة بمساواة بين ثلاثة أطفال يرتعون في عالم الأحضانِ والحليبِ والعرائس، يوماً ما سيكتشفون بأن الحياة خارج هذا المكان لا تشبه هذا المكان! بـأن ثمـة أطفـال ولـدوا ليموتـوا، وثمـة آخرين لم يحظوا بأب أو بأم أو حتى بجدة مسيطرة، وأنه يوجد في هذا العالم أطفالٌ لم يجربوا الطفولة كما ينبغي، وكان عليهم – أحياناً – أن يركضوا في الشوارع حفاةً مع البهائمِ، تحت وابلٍ من الرّصاصْ، مثلي.

أعيـد أغراضـي الهزيلـة إلى الأدراج فاغـرة الفـاه، أداري حقيقتي وأمضـي مثقلـة بالتواريـخ والذكريـات والأجـداد المفتعلين، أمضي إلى العجوز في ركنها المهيب، أدلك لها قدميها وأسألها عما يمكنني فعله لكـي تصبـح حياتهـا أفضـل، هـل أتبـل الدجاجة من أجل العشاء؟ هل آخذ الدواء إلى شهلة؟ هل آخذ الصبيّ إلى الحلاّق ليقصر غرته؟ ماذا أستطيع أن أفعل لكِ، أيتها العجوز الهائلة، كيف أساعدك للسيطرة على العالـم؟ كيـف أسـاعد عالمـكِ علـى أن يتحرك على هـوالِكِ؟ ماذا أفعلُ لكِ، يا أمّي، كي أسعدك؟

3

.. غيضة العجوز تشكّ في القدر، تسائل نواياه، تستشف خفاياه، تستنبط مغازيه، تتفحصُ أسبابه، تحاكم طرائقه، وهي تعرف كيف تتعامل معه، بدون فناجين مقلوبة، ولا نرد، ولا أوراق لعب.. بل بالسني الطويلة التي أفنتها في محاولات تستبسلُ لحل شيفرة الحياة وتفكيك ألغازها، كيف يعمل هذا العالم؟ ما هي الآلية التي تمضي وفقها الأمور، الآلية التي نسميها "سنة الحياة"؟ كيف يستطيع المرء أن ينفذ إلى هناك؟ كيف يمكن للمرء أن يجعل العالم في صفه؟ لا أعتقد بأن غيضة تقدر – ولو للحظة – على إقصاء العالم من رأسها، على التوقف عن التفكير فيه وتحليل مجرياتِه، فكل شيءٍ عندها بمقدار، بسبب ومن أجل سبب، لو انكسر برواز صورة العائلة، لو اصطدمت حمامة بنافذة غرفتها، لو انقطعت علاقة حقيبة يدها، لو داست على طرفِ عباءتها، كل شيءٍ يحدث بسبب، ومن أجل سبب، كل شيءٍ ملغوم ومدجج بالمغازي والعلل، غيضة لا تؤمن بالعشوائية، ولا بالمصادفات، فكيفَ يمكنها – الآن – أن تفسر أنها على وشك أن تحظى بثلاثة أطفال؟!

عندما تزامن حمل هيلة وشهلة ونورة شعرت غيضة بأن سوءاً ما سيحلّ بأسرتها، لأن الحياة لا يمكن أن تعطي بهذا السخاء دون أن تسلبك شيئاً في المقابل يكونُ بذات الحضور وذات الأهمية، ثلاثة مواليد تعني ثلاث حيوات ستحط على الأرض لتطالب بحقها من المساحة والوجود، الحيوات الجديدة ستزيحُ في الغالبِ تلك الأقدمْ، الميلاد وجه الموت، الموت قفا الحياة، لا شيء مجانيّ في هذه الدنيا، عندما تمنحك الحياة شيئا فهذا لا يعني أنها تحبك أو تؤثرك، بل يعني ذلك – وببساطة متناهية – أنها تعقد صفقة معك، وسيكون ثمة ثمن لكل شيء: لا أستطيع أن أدفع ثمن ثلاثة مواليد! فكرت غيضة..

بعد تلك الليلة، اجتمعت العجوز بابنتيها وكنتها لتلقنهن وصاياها: أوصت غيضة الحوامل الثلاثة بأن يدخلن من أبواب متفرقة، أن يشتتن الأعيـن ويختفيـن أمـام انتبـاه الآخريـن، أن يرتديـن أحزمة عريضة تلف بطونهن وتخفف من ظهور الحمل، أن يلبسن جلابيات واسعة وزاهية وملونـة مـن شـأنها أن تمـوّه بـروز البطن، منعتهن مـن الذهاب معاً إلى الأسـواق والأماكـن العامـة، وأمـرت أن تراجـع كـلّ واحـدةٍ عنـد طبيب مختلـف، وعندمـا كانـت تطرأ مناسبة اجتماعيـة للتواصل مع المعارف والأقارب، كان الاختيار يقع على واحدة فقط لتأدية الواجب وبالتناوب، ولا يحدث ذلك إلا بعد أن تقوم بتلاوة المعوذات وتأكل سبع تمرات (عجوة) وتمرر بطنها على بخور العجوز ويديها وهي تردد المأثور من الرقية الشرعية من الحسد.

.. حدث مرةً واختلفت نورة وهيلة أيهما أحق بالذهاب إلى حفل زفـاف ابنـة عمهمـا، فقـررت العجـوز أن تحتكم إلـى القرعة! وبقدرِ ما يبدو الأمر عشوائياً إلا أنه لم يكن كذلك بالنسبة لغيضة التي لا تؤمن بالمصادفات، وقررت القرعـة أن تذهـب هيلـة إلى العرس وأن تمكث نورة في المنزل، فاستغرت الأخيرة في بكاءٍ عريض وهي تقسـمُ بأنه "دورها" وبأنها أقرب إلى ابنة عمها من أختها وبأنها قد أعدت نفسها للمناسبة منذ شهور وحجزت موعداً في صالون التجميل واشترت فستان سهرة.. ولكن الأمر محسومّ، فالقرعة قرّرت! جلست نورة على الأرض، عنـد قدمـي أمهـا وأقسـمت "تـرى والله إذا ما رحت العرس راح تطلع إلي فـ بطني دمها ثقيل وشينة!".. وكان ذلك كافياً لإرهابِ غيضة، وهي التي تؤمن بأن الأجنة تمتص عالمها المحيط، وبأن مزاج الأمهات هو الكيمياء التي تشكل أمزجة وطبائع ووجوه الأجنة! فقررت أن تقيم لنورة عرسـاً في غرفةِ الجلوس، طلبت منها أن تلبس فستان السـهرة الجديد وأن تتبـرج، طلبت منـي أن أرقـص بالعصيّ، علـى أنغامِ الراديو، وهذا

ما كنتُ أفعله دائماً: أساعدها في السيطرة على العالم.

صممت غيضة خطة محكمة تضمن لها أن لا تتواجد الحوامل الثلاثة في مكان واحد أمام غريبْ أو قريب أو جار أو عدو أو صديق طوال أشهر الحمل، وباستثناء الأماكن التي سمّتها هي، كنّ في الغالب يتشاركن مصمصة الليمون الأخضر بعد غمسهِ بالشطة الحارّة، ويتساءلنَ عما ستكون عليهِ وجوه الأجنة الثلاثة، فاطمة، فهّاد وموضي.

سارت الأمور بالشكل المفترض بالنسبة لها، ولم تخالف أي من النساء الحوامل وصاياها، مرّت الأيام بهدوء، لا يعكر صفوها إلا الدوخة والوحام! ورغم أن العجوز – في بداية الأمر – قد نجحت في تسريب توجسها إلى النساء الثلاثة، إلا أن هواجسهن سرعان ما تبددت، وركنّ إلى الاطمئنان إلى الحياة.

لم يبدُ لأحد بأن شيئاً ما سيحدث..

هيلة

كان يـوم جمعـة. تمـددتُ عـلى جنبي الأيمـن أفتـرش كفي عـلى مساند السدو الأرضية ورقية تدلك أسفل ظهري، نورة وشهلة تشرعان في إفطارهما الثقيل: حميسـة "كبدة" و"بيض عيون" و"بخصم" وشـاي بالحليـب، إضافة إلـى كل مـا زخـرت بـه المائـدة مـن شـرائح الخيـار والطماطم والجبن الأبيض، وفيما كانت الحياة عادية جداً سمعنا جرس الباب يرن، ثم تغير العالم.

كان المسئـول الأمنـي، صاحـب الصوت الغليـظ والجثة العملاقة والفخذيـن المتنفخيـن، يقـف عنـد بـاب البيت، يطلب التحدث مع أمي أو مع شهلة، ليخبرنا – ببساطة – بأن أخي علي قد ماتُ.

– وش تقول أنت؟ وش تهرج أنت؟ وش وش وش...!

تناثرت الأسئلة في كل مكان، دونما أي استجابة من ذلك العملاق البليد ذي الوقفة البلهاء، الذي لـم يكتف بأن يدعي موت أخي علي، بل وأخـذ يطعّـم الخبـر بمزيـدٍ من التفاصيل الغريبة! كانت الكلمات تتطاير مـن فمه مع رذاذ لعابه، تطنّ وتتلاطم في رؤوسنا، وصرتُ أسمعُ صفيراً حـاداً في شـق مخي الأيمـن، ورأيتُ أمي تلـوّح بذراعيها وكأنها تهش عـلى الذبـاب، فمـن أيـن جاءها هـذا العملاق الوقح ليخبرها بأن علي، لـم يفارق حياته في أوج شـبابه وحسـب، بل فارقها مقتولاً، في تبادل لإطلاق النار في قندهار، مسلحاً ومصنفاً ضمن جماعة إرهابية! ما عدنا نسمعُ إلا صوتُ أمي وهي تقرّع الرجل: يا قلبي أنتم غلطانين بالعنوان.. لأن الأمر بدا لنا مثل محض سوء تفاهم، خطأً في العنوان، تشابه في الأسـماء، أو مثل مزحة ثقيلة! فقد كانت المعلومات التي نملكها عن علي تتناقض بشكل سافر مع كل ما جاء في رواية المنحوس الأمنيّ،

فحسب ما يعرفه الجميع، كان علي في السعودية يحضر معرضاً للذهب والمجوهرات يخص محله، وهذا هو كل وأقصى ما يمكن أن يحدث له وللعالم الذي يتحرك فيه، لأن علي الذي نعرفه لا يمكن أن يكون صاحب تلك الميتة، ولا حتى في أكثر خيالاتنا جموحاً.

تجمدت الأفكار في رؤوسنا، ورفضت عقولنا، أو عجزت عن تصديق الأمر، ليس لأننا كنا أربع نساء مجنونات بحبه، ابتداءً بأمه ومروراً بأختيهِ وانتهاءً بزوجته، ولم نكن لنقبل ما من شأنه أن يمس اسمه بسوءٍ، بل لأنه ببساطة شديدة كان شخصاً شديد الخفوت، كان علي رجلاً ناعم العينين هامس الصوت حلو الوجه رقيق الأصابع، كان علي من ذلك النوع من الناس الذي لا يريد سوى أن يترك وشأنه ليمارس حياته بالطريقة التي يحب، بتصفح كاتالوغات الأحجار الكريمة، وتبديل اللبمات المحترقة، وصناعة مسابيح الكهرب، ومتابعة توم وجيري، وإتقان أحكام التجويد، وتعلم علم المقامات، لعبة العالم لم تكن مغرية بالنسبة له، لا يقرأ الجرائد ولا يكترث للسياسة ولا يحب التلفزيون، لم يحدث أن أطلق حكماً بخصوص أيّ شيء، لم يرفع صوته في محادثة قط، لم ينفعل لأجل أي شيء، لم يدافع عن رأي، ولم يهاجم رأياً، كنا نراه يذهب إلى المسجد مشياً رغم أنفاس الظهيرة اللاهبة وسخونة الأرض، وكانت أمي كثيراً ما تردد بأنه "حمامة مسجد بيضاء" وبأنه ينتمي إلى المآذن والسماء لا إلى الأرض، وهكذا جاء خبر موته بهذا الشكل المدوّي والمشوش جاعلاً الأمر يبدو سخيفاً جداً، حتى أنني رحتُ أضحك وشاركتني نورة تظاهرة الضحك، تمادينا وأخذنا نسخر من العملاق، صوته وبلاهة وجهه وجثته، كان كل ما فيه وقحاً ومستفزاً، حتى أن أمنا – وهي الصارمة فيما يخص آداب السلوك – لم تعترض، كانت المرارة تقطر في أفواهنا على مهل، فمن أين جاء هذا الحيــ... وان! لكي يطلب من أربع نساء تفيض قلوبهن بالحب أن

يصدقن المستحيل ويكذبن المنطق والبرهان العقليّ والحدس القلبي؟
كنا متيقنات من أن الأمور ستكشف لنا عن الوجه الذي نعرفه عنه، فهو
– حتماً – حيّ يرزق، يتجول في معرضه في الرياض، أصررنا بإلحاح
على أن الأمر مجرد تشابه أسماء، وبأن علي لا يمكن أن يكون مسلحاً
لأنه لا يعرف شيئاً عن الأسلحة، علي لا يستطيع قتل ناموسة ولا دهس
نملة، ولا يمكن أن يشتبك في حربٍ ما لأنه لا ينتمي إلى أي جماعة
ولا يحضر اجتماعات ولا يعرفُ إلا القليل من الأصدقاء ممن هم على
شاكلته من الخفوت والسمو، لا يعبأ بالأفكار الطنانة ولا تفتنه الدبابات
ولا السيارات ولا حتى الدراجات النارية، لأنه ببساطة غير مهتمّ بتجربة
العالم! ولكنّ المخبول الأمنيّ أصرّ على أمي أن تحضر معه لتتأكد من
هوية المتوفى ولأجل أن تستعيد أوراقه الثبوتية وما شابه..

رقية

1

لفت غيضة جذعها بعباءتها السوداء، أسدلت برقعها على وجهها وصار ليس ثمة إلا عينيها، نادتني آمرة "يا رقية تعالي معي".. تعالت صيحاتُ احتجاج الحوامل الثلاثة.. فكيف يمكنُ أن تنتقيني أنا، من بينهـن، لكـي أرافقهـا في أمـرٍ بهـذه الأهميـة؟ وبكل ما يحمله السؤال من دلائل مفجعة، تغاضت الأم عن البكاء والتباكي، وغرست سبابتها الغليظة في وجوههن حاسمة، ومرة أخرى: لم يكن ثمة إلا عينيها.

– كل واحدة تنثبر بمكانها وتبلع العافية..

– بس يمه..

– ولا نسيتوا انكن حوامل؟

وكانت تلك هي الحقيقة التي لا يمكن إجهاضها، والتي أصبحت الشيء الوحيد الثابت في العوالم الثلاثة / النساء الثلاثة، صمتنَ، طأطأن بمرارة، غادرتْ العجوزُ وأنا من ورائها، وفيم أنا أوصد الباب من دوني، رأيتُ شهلة تقف في آخرِ المكان، معلقة في الهواء، تترنح في غرائبية المشهد، وبطنها المتدلية أمامها تتمايل وتتهادى.

* * *

ذهبنـا بصحبةِ عبدالله / زوج هيلـة والمسئـول الأمنـي من أجل التعـرّف علـى القتيـل الإرهابـي الـذي يزعمون بأنه علي بن فهاد، قطعنا الطريق الطويل بصمت، دخلنا البناء الغريب بصمت، مشينا الممر الهزيل بصمت، أمام الأعين المرعبة للعساكر الذين يملكون قدرةً مخيفة على

قراءة الوجوه واستشفافِ مصائرها.

وهناك.. عندما سلموا لغيضة جواز سفر ابنها الوحيد علي بن فهاد وبقية أوراقه الثبوتية ظلت تحدّق في وجه العسكري بكثيرٍ من اللا فهم، علِقت العجوز في بطنِ اللحظةِ الغامضة، وسرحت نظراتها الموحشة في وجهِ الرجل الغريب، تمشط وجهه بالأسئلة الفادحة، تواطأ المكانُ مع صمتنا وعجزنا وقلة حيلتنا وهواننا: بس يا أمك.. ولم يكتمل السؤال! سمعنا صريرَ بابِ المشرحة يُفتح، أو أياً كان المكان الذي يضعون فيه الجثث الواردة من الخارج، تحركت أقدامنا، تقودنا هي، نتبعها أنا وعبداللـه، دخلنـا إلـى غرائبية اللحظـة والرائحة واللون الأبيض الكثير، شهقنا وابتهلنا - عبدالله وأنا - ولم تنبس غيضة بشفة، رأينا الجثمان المسجى وقد غطته الملاءة البيضاء، منذ رأسهِ وحتى أطرافه القصية.. ترنحت غيضة، تشبثت بذراعي بيمناها وهيَ تفحّ في وجهِ الرجل الغريب وتضم يده بيدها "لا تفتح الغطا! لا تكشف وجهه!"

- إجراءات يا خالة.. لازم نكشف الوجه!

- أعرفـه بقلبي يـا أمك، مـا لهـا داعي الإجـراءات.. هو ولدي علي!

- لازم يا خالة!

وفحّت في وجهه مرة ثانية: علي!

تجاسرَ عبدالله وسأل الغريب:

- فيه كسور أو جروح أو إصابات بالوجه؟

- لا.

وكان مـن شـأن ذلـك أن يخفـف علـى العجـوز وطأة المصاب، ترنحت فـي خطاها ماشية وسط ثلـة الرجال المشفقين والمحدقين، مـددت ذراعـاي فـي الهـواء علـى يمينها وعلـى يسـارها تحسباً لسقوطٍ

مفاجئ، وصـارت دموعـي تسـحّ بسـخاء، خطـت غيضـة ثقيلـة صـوب الـرأس، الوجـه، اليـد، القلـب، وفي لحظة، خطر لها بأنها تريد أن تراه، ليس لتتعرف عليه، فقد سبق وعرفته بكل قلبها، بل لأنها اشتاقت إلى رؤيته، وأرادت أن تتنشق جبينه وتقبّله في عينيهِ لمرةٍ أخيرة..

سأل عبدالله: ممكن تطلع العجوز وأنا أتعرف ع الميّت؟

ولكنها استبقت الأمر وكشفت الغطاء عن وجهِ القتيل، تتملى فيه.. في الوجه الذي طالما حافظ على طفولته وخبأها في وجهه بحيث لا نتبيـن حضورهـا ولا نفقـده، انحنـت غيضة على وجه علي وقبلته، قبلته في جبينه، في خديه، في أنفه، في عينيه، وما بين عينيه، في شعره، في كتفيه، في ذراعيه، في يديه، في ساقيه، في قدميه، في أصابعه، في أظافره في بطنه، في صدره، في أرنبة أذنه، قبلته كثيراً، كثيراً، كثيراً..

2

عادت غيضة إلى بيتها كما العائد من حربٍ خاسرةٍ، حربٌ كانت تخوضها طوال عمرها مع قدرها الخاص، وفي ذلك اليوم / يوم الفراق العظيم، أعلنت غيضة بنت مزعل بن شيخان لنفسها نبأ هزيمتها أمام القدر، وهي تجرجر خطاها المثقلة بقلبٍ مليء بالرضوض، والإصابات البالغة، والإعاقات المستديمة.

وقفت العجوزُ على شفةِ العتبةِ تتفحص المكان، تتساءل عما سيكون عليهِ العالم بعد الآن؟ وهل سيكون؟ كيف سيبدو وجهك أيها الكون، أيها الوجودُ الفسيح الأضيق من حذاء قديم، ما الذي يمكن أن يعبئ خواءك الفاحش؟ ثلاثة مواليد؟ هل يمكن ذلك فعلاً؟ خلعت العجوز برقعها وهي تعبر الحوش وألقت به على الأرض، تكشَّف وجهها للعالم ملطخاً بزرقة الموت، شاهقاً ومؤلماً بنا يتجاوزُ الفجيعة والحُب، كان علي بن فهاد يسكن البؤبؤين العظيمين، ويشعّ منهما بلا رحمة..

- وش فيك يمه؟ أساعدك يمه؟ تبين شي يمه؟ شتامرين عليه يمه؟

عبثاً كنتُ أبذّر الأسئلة في الهواء، في تلك اللحظة لم تكن العجوز ترى إلا ما تريد أن ترى / علي، ولم تكن تسمع إلا ما تريد أن تسمع / الصمت، رمت حقيبة يدها، عباءتها، غطاء رأسها، قذفت نعليها بعيداً، خيّل إليّ بأنها تريدُ أن تتعرى، أن تتخفف من نفسها، أن تخلع عن حضورها المكان والزمن، الحقيقة والوهم، الحياة والموت، وقفتُ غيضة أمام الدرجات السبع عند مدخل البيت، وقد تمدد صدرها وكبر كتفاها واستقام ظهرها.. وكأنها بمرور كل لحظة كانت تتحوّل إلى ذلك الكائن الخارق، الذي كل ما يحتاجه هو أن يفقد أحبّ شيءٍ

إلى قلبه، لكي يكتشف قوته!

فُتح باب البيتِ وخرجت البنتانِ تمشيانِ بصعوبة، كل منهما تقبض بيديها على تكوّر بطنها وتباعد ما بين ساقيها، وشرعتا من فورهما في قذف أنصال الأسئلة: وش صار يمه؟ وش فيك يمه؟ بشرينا يمه؟

رغم مضي الساعتين على معرفةٍ غيضة بمقتل علي، ما زال أهل بيتها يذودون في العماء.

* * *

كانت غيضة قد أمرتني وعبدالله أن نمتنع عن تلقي أي اتصالٍ مذعورٍ من أهل الدار، فكرتُ بأن في ذلك حكمة، فليس أمراً محبذاً أن تعرف ثلاثة نساء حوامل بخبر وفاة علي عن طريق سماعة هاتف! أكبرتُ في الأم حنكتها وحسن تدبيرها ونفاذ بصيرتها، لعلها تريد أن تهوّن عليهنّ المصاب بوجودها فلا يفجعن ويتعرضن أو يعرضن أجنتهن لخطر الانفعال.. وكنتُ قد أسأتُ فهمها تماماً!

فهمتُ (لاحقاً) أمام صمتها المخيف الذي جابهتْ به ذعر ابنتيها، والنظرات القاسية التي كانت تغرسها في الوجوه بلا توقف، بأنها لم ترد لهن أن يتلقين خبر موته بدون أن يتملين في وجهها وهو في أوج ألمه! أرادت غيضة لأسرتها أن تتشرب مرارة الموتِ من وجهها مباشرة، أن تقرأها صريحة، مكتوبةً بالقهرِ واللوعة، في العينينِ الهائلتينْ: أرادت غيضة لأسرتها أن ترى على صفحةِ وجهها البارد جثة علي!

لم تكن غيضة لتقبل بأن تعود إلى المكان لتجده ضاجاً بالبكاء وصنوف النياحة، لم تكن تريد أن تعيب أو تشوه ميتة علي بهذا الحزن "الناقص" الذي يسيلُ مع الدموع، أرادت غيضة لنا أن نفجع بعلي بطريقةٍ أكثر ابتكاراً: أن نختنق بموته! تجمدت الدماء في العروق، والدموع في المحاجر، لم يكن ثمة داعٍ لأن يسألن، كان الموت يؤثث كل وجهها،

57

حتى تساءلنا كيف لا تموتُ هـي، تهاوت البنتانِ تبكيانِ بين قدميها، تحتضنان بعضهما وتصيحان..

- آه يا علي!

- يا بعدي يا خوي!

- يا بعد قلبي يا علاوي!

- يا حبيبي يا علي!

- يا روحي يا علي!

- يا نظر عيني يا علي!

- آآآ.. آآآ..

انفجر طوفان البكاء، في لحظةٍ واحدة، وبكينا: هيلة، نورة، وأنا، انحزنا إلى حزننا النمطي وبكينا، ولكن العجوز ظلت منتصبة في وجوهنا مثل عامودٍ معدني، بوجهٍ معدنيّ، بقلبٍ معدني، تطلعنا إليها راجياتٍ أن تبكي معنا، ولكنها هشت علينا بيديها، كما لو أنها تهش على نعاج لا تكف عن الثغاء، ثم تجاوزتنا إلى داخل البيت، في تلك اللحظة، عرفنا كلنا بأن علي هو ابنها الوحيد، وكان كل ما عداه، وهذا العالم بأسره، وابنتيها القريبتين مـن قلبهـا، والأجنـة الثلاثة، والكنـة الزائغة الوجود، والربيبة السوداء.. بلا معنى.

عبرت الصالون إلى غرفة الجلوس، كانت شهلة هناك، تتربع على أحدِ مساند السدو وتسح دمعاً سخياً، بعد ما تناهى إلى سمعها صياحنا من "الحوش"..

- خالتي وين علي؟

- علي راحْ.

ثـم أولتهـا ظهرهـا، ومضـت إلـى غرفتها لكي "تبدأ" حزنها على عليّ على نحـو مـا تريـد، ولكنها التفتت إلى كنتها، وانفرجت شفتاها

58

لمرة أخيرة قائلة: غطي وجهك يا أمك!

منذ تلك اللحظة لم يعرف الرجال امرأة علي إلا من "بوشيّتها"،

إذ سافر وجهها - بأمر غيضة - مع زوجها إلى الغيب.

3

.. لم تجر الأمور كما أرادت غيضة، فبعد أن عجزت عن السيطرة على العالم، والتدخل في السنن الكونية، وتضليل الموتِ، واستبقاء الحياة، قررت أن الشيء الوحيد الذي بقي لها هو العجز ذاته، الشيء الوحيد الذي تستطيع أن تفعله هو أن تتعاطى مع هذا العجز / موت علي، بالطريقة التي تضمن بقاءه، ليست الحياة نقيضة للموت، بل مكمّلة له! الشيء الوحيد الذي يمكنه أن ينقض الموت، أو يجرده من جبروته هو الخلودْ! كيف يمكن أن يخلّد علي إذا ما استسلمت الأسرة لحقيقة موته بحيث تتعاطى معها بموجب الدمع والعويلْ؟ الدموع هي آلية دفاعية فطرية يستثمرها القلبُ البشري لاستجلاب التعافي، عندما يتألم القلبُ تبكي العين، وعندما تبكي العين يشفى القلبْ، هذه هي القدرة البسيطة المحضة التي نملكها كلنا، هدية الإله الرحيم لخلقه قليلي الحيلة، لكي يملكوا القدرة على مجابهة العالم، كما هي أجسادنا مزودة بالقدرة على الشفاء، مثلما يتجلط الدم فوق الجرح، أو يلتئم القطع في الإصبع، أو ينبت الإظفر الذي انخلع، أو ينبني العظم الذي انكسر، للروح أيضاً – منطق شبيه – لاستجلاب عافيتها، لكي تتجاوز فجيعتها الخاصة، ولكل منا فجيعته! ولكن.. إذا انساقت الأسرة وراء فطرتها، وراء نمطية الحزنِ وعاديته، فلن يبقى لعلي ذلك الوجود، وسيذكر اسمه بضع مرات في بعض المجالس، وسيلحق اسمه بطلب الرحمة له و.. هل ستكتفي غيضة بذلك؟ كانت الطريقة الوحيدة التي تضمن بها غيضة الخلود لعلي بعد موته هو أن تحرّم على أسرته البكاء عليه!

ولكن، ومرة أخرى، لم تجر الأمور كما أرادت العجوز! فبعد أن حرمت علينا الدمع والجزع والصبر وفرضت علينا حصاراً من

الصمت، وغـاص المـكان في غيبوبته، وصرنا نحدق في وجوهِ بعضنا كالغرقى، نموتُ كمداً بمنتهى اللا فهم، تداعى كل شيء لحظة علمت البلادُ بالخبر، هـذي البلاد الصغيـرة التي تنتشرُ فيها الأخبار بسرعةِ الضوءِ والسـرطانِ والطاعون، في لحظةٍ واحدة! صارت الهواتف ترن، والأجراس تغني، والفضول يغلي، وصارت الوجوه الغريبة تقتحمُ حزننا المقدس، كان ثمة أقارب لم نرهم منذ سنين يقفون عند باب البيت، يواصلون الطرق بكل بجاحة، وكان ثمة أصواتٍ لم نسمعها منذ الأبد تقرقع داخل سماعة الهاتف، بعضهم جاء لتقديم العزاء، وبعضهم جاء للشماتة، وأغلبهم جاء بسبب الفضول وحده، كنا نعيش في أوجِ حكاية، والناس يحبون الحكايا، الناس سئموا من حيواتهم الخالية مما يستحق الذكر فبدأوا يزاحموننا قصتنا الخاصة.

حدث كل شيء بسرعة، تفشى موتُه وملأ كل شيء، عرفنا لاحقاً بأن صورة علي بن فهاد تملأ الشاشات في نشرات الأخبار مرفقة باسمه وعمره، تخبر بأنه شارك في تبادل لإطلاق النار في أفغانستان التي ذهب إليها مع آخرين – عرضت صورهم وأسـماءهم – لأغراض "جهادية" تنظمها منظمة إرهابية سرية "متطرفة".

* * *

كان العالم يوجه إصبعه البذيئة إلى الأسرة المنكوبة فيما هي تكابد ما لا تدري، وكان تكالب البشـر والاتصالات والزيارات والأسـئلة قد حال بين الأسرة وبين أن تتفرغ للتأسي على ميتها كما تريد، وبعد أن تسرطن الخبر في جسد البلاد، وراحت الألسن تجتره وتعلكه وتلوكه، تجرأت البنتانِ على مزاولة الولولة، البكاء الذي لم يذرف على روح الميت أطلق على الوصمة السوداء التي لحقت باسمه، وعلى العار الذي دنس ذكره، وعلى الخزي الذي سيلاحق أسرته طوال حيواتهم.. في ذلك المساء، كانت هيلة ونورة تنوحانِ بين قدمي أمهما:

61

- تكفين يمه خلينا نهج من البلد لما العالم تنسى!

- يمه والله ما لنا وجيه نقابل فيها كلام الناس..

- حاسة إني مخنوقة يمه..

- حتى ما عطونا فرصة نترحم عليه..

- الرجال مات والناس فرحانة بالخبر!

- والكلب إلي ذاع الخبر ليه ما قال إنا لله وإنا إليه راجعون؟!

ولكن غيضة العظيمة – المتربعة بمنتهى الأنفة على مساند السدو – لـم تنسـق وراء انفعـالات ابنتيهـا التي تطايـرت في الفضـاء، وبكثير مـن الهـدوء ونفـاذ البصيـرة قالـت كلمتهـا تلك: "يا أمك الواحد منا هو إلي يختـار مجـده وعـاره، وإذا طلعنـا مـن هالبلد مالنا وجيه نرجع بها، بيصيـر فـوق وجـع المـوت وجـع غربة، ويظل اسـم أخوك طول عمره موصوم".

هكـذا أعلنـت غيضـة عـن حقهـا في أن تبقي علـى فخرها بابنها، حياً وميتاً، قاتلاً ومقتولاً، ظالماً ومظلوماً، رغم أنف العالم! أن تمكث في البلاد لتذود عن اسـمه شـرور الألسـن، وتمنع عن عائلتها المنكوبة خزياً من شأنه أن يلاحقها إلى الأبد، قررت العجوز بكثير من الدهاء أن تقلب الخزي إلى نصر، وأن تصنع من تلك الفضيحة مجد الأسرة الأعظم، وأعلنت بأنها ستستقبل المعزين في منزلها لثلاثة أيام، وأمرت بطبع ثلاثة آلاف مصحف باسم الميت، وحفر ثلاثة آبار باسمهِ، حريصة أن يتـم الأمـر كلـه داخـل البـلاد وفي الضواحي القريبة من منزله، لكي تشيع سـمعته في البلادِ على نحو ما تريد، وقامت من فورها بإعلان رواية مضادة للرواية الرسمية، أو محورة عنها، تزعم فيها بأن ابنها علي هو مجرد "مغرر به" ذهب إلى قندهار لأجل نقل مساعدات وصدقات للشعـب المسـلم المنكوب، وتورط في اشتباك لا شـأن له فيه، وبأن

السلاح الذي وجد في حوزته كان لأجل الدفاع عن النفس في أرضٍ مائجة بالعدوان، وأنه أخفى الأمر عن الجميع لعلمه بأن أمه لن تسمح بذهابه وراء حلمه الساذج بإنقاذ المنكوبين ونجدة الأبرياء.. أقنعت العجوز نفسها بهذه الرواية، وقالت بأن الأمر لا يمكن أن يتم إلا بهذه الصورة، فهي لن تصدق إلا قلبها، قلب الأم لا يكذب، والروايات الرسمية كلها كاذبة، وسرعان ما تسربت قناعتها إلى جميع من في المنزل، وجميع معارف العائلة وأقربائها وجيرانها، والغرباء الذين أثارهم الخبر.. حتى أن بعضهم قد كتب في الصحف مقالات ترثي مناقب "الشهيد" وتذكر بسموه وأخلاقه ورفعة مقامه في العليين، وفي أيام العزاء لم تتمالك النساء أنفسهن من التأثر، فنثرن في الجو زغاريد رنانة، وبشرن العجوز وأرملة علي بأنه سيشفع لهما عند ربه، وأن روحه تسكن طيور الجنة، تحط على أغصانها وتشرب من مائها و.. منذها، أصبح علي هو الإرث البطوليّ الذي تفاخر به العائلة، وأصبح فهاد ابن علي هو سليل هذا الإرث، والوريث الشرعيّ الوحيد له.

4

أتمت شهلة شهرها الخامس من الحمل عند وفاة علي، وهذا يعني أن عدتها تنقص عن العدة المفترضة للأرملة بعشرةِ أَيّام، ولكنّ غيضة أصرت على هذه الأيام العشرة وكأنها حقٌّ من حقوقها، وزادت عليها ثلاثين يوماً أخرى لتتمّ مدّة النفاس كلها في الحداد.

كان المفترض أن تقضي شهلة عدتها في "البيت الكبير" بحسب ما تقتضي الآية القرآنية ﴿...لَا تُخْرِجُوهُنَّ مِنْ بُيُوتِهِنَّ وَلَا يَخْرُجْنَ إِلَّا أَن يَأْتِينَ بِفَاحِشَةٍ مُّبَيِّنَةٍ...﴾، ولكن أسرة الأرملة انتزعتها من أحشاء المكان في الليلة الرابعة من وفاته، وأعادوها إلى بيت أبيها مع ما أمكنهم حمله من أغراضها، سراً، بلا جلبة وبدون إثارة أي انتباه، وأمام غضبة غيضة الهائلة التي اكتشفت في صباح اليوم التالي خروج كنتها من منزلها بدون إذنها، واتصالاتها الملحة على أسرة شهلة لكي تعود الأرملة إلى بيت زوجها بموجب الأعراف والشرائع، اعتذرت الأسرة بلباقة وبررت تصرفها بأن الابنة حامل، وتحتاج إلى رعاية دائمة، وبأنها لا تريد أن تثقل على عائلة علي بالعناية بامرأته، على اعتبار أنهم مشغولون بحزنهم بما يكفي. عرفت غيضة منذها بأن عليها أن تتصرف على جناح السرعة لكي تعيد الأمور إلى نصابها، لكي تعيد شهلة إلى عش زوجها الميت.

ورغم وجود شهلة في بيت ذويها طوال شهول العدة، إلا أنها لم تسلم من سيطرة غيضة على حياتها، وبمنتهى اللباقة والتسلط، منعت غيضة كنتها من الخروج من المنزل أو الرد على الهاتف أو التحدث مع غريب، وغابت الأرملة في موت زوجها حتى تحولت إلى شبح منتفخ الوجه موشك على البكاء أبداً.. ولكنها مع ذلك لم تبكِ، إذ أثقلت عليها

64

العجوز بالأيمان كي لا تبكي، حذرتها من أن البكاء سيتسرب إلى روح الجنين ويصيبها بالعطب، وإلى وجه الجنين ويصيبه بالتشوّهات، وإلى روح المرحوم ويلحق بها العذاب، وأنها لن تسمح بأن يحدث شيءٌ لابن علي، ولا لعلي، حتى بعد موته! تصرفت غيضة كوصيّ على حقوق الجنين، وكرست نفسها لضمان سلامته وحراسة عافيته، كأن تتأكد من أن الأرملة الحبلى لم تنسَ جرعتها اليومية من الفيتامينات والكالسيون (تقصد الكالسيوم!)، كانت تقف على رأسها عند كل وجبة لتتأكد من أنها تبسمل، وتأكل صحنيّ الأرز بالمرق، مع سبع تمرات، وثلاث حبّات فراولة (سمعت غيضة بأنها تجمّل وجوه الأجنة)، وكوب عصير برتقال مع طبق السلطة الخضراء، وكأس لبن بعد ساعتين من الغداء، و.. كانت لدى العجوز دائماً تلك القدرة على إقناع المرأة بضرورة أكل المزيد! وعندما كانت الأرملة تتمنع بحجة أن شهيتها ضعيفة كانت العجوز تسترسل في بكاءٍ حارق – على خلاف طبيعتها – وتشرع في ابتزاز عاطفي تستهدف به قلب الأرملة "إذا تبيني أرضى عليك كملي أكلك".. ونتيجة لهذه العناية المتعسفة، ترهلت المرأة كثيراً، تضاعف وزنها ثلاثة أضعاف، تمدد جلدها وانتشرت أثار التشقق بطول زنديها وفخذيها وبطنها، لم تكترث غيضة للأمر، وربما خططت له! أن تصبح المرأة بحجم دولاب ملابس أمر يجعل رغبة الرجالِ بها أقل! وكان كل ما يهمها في ذلك الحين هو أن تتم شهلة فترة العدة في الأكل والغياب، وأن تأتي بالجنين بريئاً من العلل والعاهاتِ، مفعماً بالعافية.

قررت غيضة أن تكرس نفسها من أجل الولد ابن الولد الذي لما يولد بعد، وكل ما يمتّ إليه بصلة، بمعنى آخر، أرادت أن تشرف على حياته، أو لنقل بأنها عادت إلى عادتها القديمة بالسيطرة على العالم وقررت أن تسيطر على حياته، أن تقرر كل شؤونه، وهذا يعني – أيضاً – أن تدير شؤون أمه، بالحُبّ والرعاية طبعاً! ولم يكن ثمة

طريقةٍ لذلك ما لم تعد الأرملة إلى عش زوجها الميت، لاسيما مع كل هذه المخاوف التي انتابت العجوز من أن تتزوج شهلة من رجلٍ آخر، يصير - من دون وجه حق - أباً لحفيدها.

انطلقت غيضة من فورها في محاولاتٍ مستبسلة لإقناع شهلة بالعودة للعيش معها بمجرد انقضاء عدتها، بحجة أن هذا أفضل ما يمكن فعله لليتيم، لكي يترعرع في ذكرى والده الذي حُرم منه قبل مولده، واستقبلت شهلة الفكرة - بدايةً - بكثيرٍ من التحفظ.

- بس يا خالة..

- يا أمك لا تقولين لي بس، أبي أشوف ولد علي يكبر بين ايديني..

- والناس يا خالة؟ الناس شتقول؟

- يا أمك الناس من متى تعرف تتكلم؟ الناس كلمة توديها وكلمة تجيبها، وأنا ما راح أقبل إن أحد يمسك بكلمة..

- بس يا خالتي..

- تكفين يا أمك طيبي خاطري ولا تكسرين بقلب العجوز!

كانت هذه هي الكلمة السرية التي تستخدمها غيضة إذا ما أرادت استمالة أحد، أو "استخدام" أحد، أو "استغلال" أحد: لا تكسر بقلب العجوز! غيضة الداهية تعرف بما للكلمة من وقع في مجتمع بدوي يتعاطف مع العجائز لمجرد أنهن عجائز، ويعتبرهنّ باباً مشرعاً على القبول الإلهيّ والأجر الأخروي، ومناهل حية للحكمة البشرية، رضاهنّ على أحد دائماً ما يكون إشارة على حسن خلقه وطيب "أصلِه".. لا يؤذي العجائز إلا لئيم فاسد النفس، ولا يبكي عجوزاً إلا فاسق!

- شوفي يا أمك، ربك سبحانه يدري إن معزتك في قلبي مثل بنتي وأكثر، والله إني ما أفرق بينك وبين هيلة ونورة.. بس يا أمك،

إنتي قولي لي.. وش هو أحسن للولد، يكبر مرفوع الراس يقول أنا ولد الشهيد، ولا يكبر خافض الراس يقول أنا ولد الإرهابي؟

طأطأت الأرملة منكسرة.. واغرورقت عيناها بالدموع.. أخذ قلبها ينسحق وصدرها يضيق حتى عجزت عن التنفس، كانت غيضة أكثر من بارعة في نكء الجرح، فهي تعرف بأن أسرة شهلة لم تصدق روايتها عن الوفاة، وأن كثيراً من اللوم المبطن يشوب علاقتهم بالابنة التي لم تعرف بحياة زوجها السريّة ولم تحدس بها إما لشدة بلاهتها أو لشدة تواطئها، كانوا يشعرون بمرارة من تم استغفاله، ونظروا إلى علي على أنه قاتل، ومتطرف، وإرهابيّ، وأسوأ ما نعتوه به أنه أناني! لأن رغبته بالموت تجاوزت رغبته بالحفاظ على حياته لأجل امرأته وابنه الذي لمّا يولد بعد، كانت أسرة شهلة تشعر بكثيرٍ من العتبِ على الابنة التي ترملت في أوجِ شبابها وهي لما تتم الواحد والعشرين وكان كلّ ما تفكر به الأسرة هو أن يتم تصحيح هذا الخطأ، وأن تزوّج من أحد أبناء عمومتها بمجرد انقضاء عدتها، والأهم، أن لا يشبّ الوليد على أبيه!

لم تكن غيضة لتسمح بذلك، كان أشد ما تخشاه أن يشبّ ابن علي في كنف بيئة غير التي تخطط لتدشينها من أجله، بيئة تليق بمقامه وأصله وكل المجد الذي ينتظر وصوله، وقامت بحشد كل الحجج والأسباب لتقنع شهلة بالقبول:

ـ ولد علي أنا أتكفل به، في بيتي بيحصل أحسن تعليم، وما راح يقصر عنه أي شيء، وبدل الأب إلي راح ـ الله يرحمه ويغمد روحه الجنة ـ بنصير له كلنا أب، أنا وبناتي ورجاجيلهن تحت رجوله وطوع أمره، بس إنتي وافقي يا أمك ولا تكسرين بقلب العجوز!

دخلت أم أحمد / والدة شهلة إلى الغرفة، وكان واضحاً أنها أمضت الدقائق الأخيرة واقفة خلف باب ابنتها تتنصت على ما يدور بين الأرملة والعجوز، كانت قد سئمت تدخل غيضة في شئون ابنتها

وزياراتهـا الطويلـة التي لا تنقطـع ووقوفها المستمر على رأس الأرملة لكي تأكل وتترهل وتفسد شبابها وفرصها بالزواج..

- حـرام عليـك يـا أم علـي، حـرام عليـك! تبيـن تقطعين نصيب البنت؟ مـو كافي إنـه تركهـا وهـي مثـل الوردة عشـان يـروح يقتل في خلـق الله؟ تبيـن الناس تتكلـم على بنتي؟ فيه بالدنيـا أرملة تعيش مع أهـل زوجهـا كأنهـا مقطوعـة من شـجرة؟ تبين تقطعيـن بيني وبين بنتي وحفيدي يا أم علي..

- أستغفر الله العظيم! أستغفر الله العظيم!

بمنتهى الـذكاء رددت استغفارها، مصرة علـى أن لا تـردّ على الإهانـات الجارحـة التي أكيلـت علـى رأسـها، وهـو علـى خـلاف طبيعتها!

- اتقي اللـه يـا أم أحمـد الولـد توفاه ربـه والميت ما تجوز عليه إلا الرحمة!

- اللـه يرحمـه ويرحـم جميـع موتـاه بـس لا تقبريـن بنتي في قبر ولدك!

- أستغفر اللـه العظيـم! أستغفر اللـه العظيـم! حتى الشـهداء ما يسلمون من كلامك يا أم أحمد؟!

- أي شهداء يا أم علي؟ أنتم تكذبون الكذبة وتصدقونها؟

... كانت شـهلة تتأمل المعركة الضروس بين العجوزين وتتمزق، فيـم تنهـض غيضـة مـن مكانهـا بتثاقـل، وجهها يغلي وعيناها تغوران وجلدها يتغضن، يا رقية! تعالي يمك خذيني لبيتي! وبصمت تنسحب من المشهد، حذرة من أن تقترف ما من شـأنه أن يحيد شهلة عن صفها، ثم تلتفت إلى كنتها لمرة أخيرة قبل أن تغادر:

- هي كلمة ورد غطاها يا شهلة يا أمك.. إن شب ولد علي في

هالبيت بيظل طول عمره شايل عار مهوب عاره! شايل عار المفروض يكــون فخــر أيامـه يـا يمـه، ترى قلب الأم دليلها يا أمك وإنتي شاوري قلبك والأمر لك.. عن إذنكم.

غـادرت العجـوز المجلـس لتعـود في اليوم التالي لتعطي شهلة جرعتها اليوميـة مـن الفيتامينات (والكالسـيون) وتطعمها حبات التمر واللبـن والفراولـة والأرز والمـرق، ولكـن بصمتٍ، وبقيت تداوم على ذلك، متجاهلة أنها غير مرحب بها، متغاضية عن الإهانات التي تُقذف فـي وجههـا وتلـك التـي تدس في بواطن الكَلِم، مصممة على كسـب شهلة في صفها، وأن تبدو في عينٍ كنتها.. ضحية لسان أمها السليط! استغلت غيضة الخلاف أفضل استغلال لكي تحول المكان في عيني شهلة إلى جحيم، فتستفز بوادر أمومتها لتفعل ما هو في مصلحة اليتيم، وأيضاً، لتبدو دائماً في عينٍ الأرملة المسكينة وكأنها أكثر من يحبها وأفضـل مـن يرعاهـا فـي العالـم، أفضـل حتى من أمّهـا! ثم جاء ذلك اليـوم الـذي دخلنـا فيه المنزل، لنشـهد رحى المعركة تدور بين الابنة والأم:

- يا يمه هدي أعصابك!

- ايه أهدّي أعصابي ليش ما أهديها؟ ماكو شي يستاهل! بنتي بتروح لقبرها برجلها.. ماكو شي يستاهل!

- أي قبر يمه أنا رايحة لبيت زوجي!

- لا بارك الله بهالزواج! ما شفنا من وراه إلا الموت!

- لا تغلطين في زوجي يمه، ترى إلي يمسه يمسني، حي ولا ميت هو زوجي ولا أقبل أحد يمسه بكلمة.

- يـا بنتـي الرجـال مـااات وفطس وشبـع مـوت! إنتي مـا تفهمين؟ أفكارك هـذي بتقطـع نصيبك وبتسويك علك في حلوق الناس!

- أنا ما أفكر أتزوج من بعد علي، أبي أعيش عشان ولده.

- لا حول ولا قوة إلا بالله! بغيناها نسب طلعت علينا نشب!
إنتي انخبلتي أكيد... سحرتك أم السحورة!

وعندما التقت عيناها بعينيّ غيضة، التي بزغت في طرف المشهد،
رفعت سبابتيها في الهواء وعلقت نظرها في السقف وقالت بوجهٍ متورّم
وأعين محمرّة "حسبي الله عليك يا أم علي! حسبي الله ونعم الوكيل!"..
وانطلقت تلعن وتشتم وتبكي جنون ابنتها، أو موتها، أو غبائها، أو
الثلاثة مجتمعين.

* * *

سارت غيضة بهدوء صوب شهلة وأمسكتها من ذراعيها برفق
لتحملها على الجلوس ولم تعلق إلا بكلمة واحدة: الانفعال موب زين
لك يا قلبي، ارتاحي يا أمك عشان إلي ف... بطنك؟ أخذتي دواك؟
نشجت شهلة:

- يا خالة أنا بجي البيت عندكم!!

- تشيلك عيوني يا يمه بس إنتي هدي نفسك..

- مخنوقة من بيتي يمه!

- اسم الله على قلبك! إن شا الله عدوينك وإلي يبغضونك!
باسم الله عليك الرحمن الرحيم..

وأمضينا ذلك اليوم في تهدئة الأرملة ومواساتها ورعايتها، أدلك
أنا ذراعيها وفخذيها وتقرأ عليها العجوز الآيات القرآنية وتمسح على
رأسها ووجهها، ولم تفه بكلمةٍ أخرى تخص موضوع عودتها، كان
صمت غيضة - في ذلك اليوم - هو صمت المنتصر.

* * *

بعد مضيّ عشرةِ أيامٍ على الحادثة، وقبل ولادةِ فهاد بن علي

70

بيومين، أسدلت شهلة بوشيتها على وجهها، ولفت جسدها بعباءتها السوداء، وارتدت قفازاتها السوداء، وجواربها السوداء، وحذاءها الأسود، وجرجرت خلفها حقائبها السوداء، معلنة انسلاخها عن ذويها، وانضمامها فرداً رسمياً في عائلة زوجها المتوفى.

بصمتٍ انطلقت بنا المرسيدس السوداء، عائدةً بنا إلى العالم الذي تحكمه غيضة بنت مزعل بن شيخان، وتركنا الشارع من ورائنا يلهثُ من وطأة الظهيرة، والأب الـذي رمى عقالـه على الأرض، والأم التي تولول وتنادي ابنتها، والأخ الذي – وصل متأخراً إلى المشهد – حاملاً معه بندقية صيد، ومئاتُ الأعين التي تتفرج من مئات النوافذ...

5

.. مـا زال لـدى العجـوز أمـور كثيـرة ينبغـي التكفـل بهـا، لأجل أن تسيطر على العالم، وماضية في خططها، قامت العجوز بسـحب جميع مدخراتها من البنك، وباعت محل الذهب الذي تركه المتوفى لأول راغب بالشراء، وأصبح عندها ما يكفي من المال لأجل تحويل حديقة المنزل الكبيـرة إلـى مبنـى ذو طابقيـن، فـي كل طابق شـقة تضم أربع غرف نوم، ثلاثة حمامات، صالة وغرفة غسيل وبلكونه تطل على بيتها، كما قامت بملء الفراغ المتبقي في الحديقة بالمراجيح، ودشنت في الزاوية حظيرة حيوانات، فيها معزات وزوجين من البط والدجاج ودزينة من طيور الزينة، وقررت أن هاتين الشقتين هما لابنتيها هيلة ونورة، لأنها ما عادت تحتمل أن يبتعد أي من أفراد أسرتها عنها، من بعد رحيل علي.

كان التغيير قد طال كل شبرٍ من المنزل، الحوش، البوابة الخارجية، الحظيرة، كل شيءٍ باستثناء الغرفةِ الخلفية في الحوش، والتي تكرّمت ومنحتها لربيبتها اللقيطة، لم يكن ثمة ما يستدعي التغيير، حتى قشـور السـقف، ووحـدة التكييـف التـي تئـز طـوال الـوقت، وفضـلات الأثاث الـذي تكسـر منـذ سـنوات، لـم يكـن ثمـة داعي لهدر مالهـا على قضية مضمونـة، قضيتي أنـا، إخلاصي وحبي.. كنتُ خارجَ الحسـبة! وقد كان العرض بالانتقـال لجيرة الأم الـرؤوم مغرياً للابنتيـن وزوجيهما، ليـس فقـط لأنـه يخلصهـم من ثقل الأجور الباهظة، ولا لأن مواصفات الشقتين الجديدتين لا تقارن بالشقق الصغيرة التي سكنوها من قبل وفق مواردهم المتواضعة، بل لأن مجاورة الأم الكبرى يعني التنعم بالأطباق التي تبرعُ في إعدادها، "يفكّر الرجل من بطنه".. كثيراً ما رددت غيضة ذلك ونجحت في إثباته.

في اليوم الذي عادت فيه شهلة إلى بيتها الجديد / القديم، قبل

ولادة فهاد بن علي بيومين اثنين، وجدت نفسها واقفة أمام بوابة جديدة لمنزل جديد، وراحت تنظر حولها بحيرة تحاول التعرف على المكان، كان كلّ شيءٍ قد تغيّر، استقبلناها كلنا بوجوهٍ مستبشرة: هلا بك يا قلبي هلا بك! حياك الله حياك الله! بسم الله الرحمن الرحيم! ولأول مرة منذ وفاة علي، رأينا شهلة تبتسم دامعة، وهي تتفحص البيت القديم وقد سلخ عنه جلده المتقشر، وستائره الباهتة، ومساند السدو المترهلة و.. كان أروع ما في الأمر، أن غيضة قد حولت الطابق العلويّ من بيتها إلى شقة فارهة للأرملة ووليدها المنتظر، خصصت غيضة لفهاد غرفتين، واحدة للنوم، وثانية للعب، مجتهدة لكي تثبت للأرملة أنه لن يجد مكاناً يحتويه أفضل من هذا، كانت ألوان الغرف تتناوب ما بين الأزرق والبرتقالي، كما قامت بتوسعة غرفة شهلة وغيّرت أثاثها بالكامل، واستبدلت بالسرير القديم سريراً آخر لنفرٍ واحد تحاصره ستائر شيفون فستقية اللون، لأن غيضة تظنّ بأنه لونٌ أهدأ من أن يثير في المرأة أي حنين إلى مقاربة رجل، وخصصت لها غرفة للملابس والزينة ملأتها بالملابس الجديدة وزوجين جديدين من الأقراط وخاتما من الذهب، كما زودت الشقة بصالة كبيرة تصلح لشقاوة الصغار، ومطبخ وجبات سريعة.

في الطابق السفلي، قامت العجوز بدمج الصالتين في صالة واحدة كبيرة تلائم ساعات التجمّع العائلي (التي تخطط غيضة لجعلها كثيرة)، كانت غيضة تؤمن بأنه من الضروريّ تغيير كل شيء وقعت عليه عين الأرملة من قبل حتى لا يضخ فيها الحنين إلى أيام الزوجية، فأخلت المنزل من كل شيء لمسته يد "الشهيد"، وأخبرت الجميع بأن مسئولا في لجنة خيرية جاء لأخذ ملابسه للمنكوبين في قندهار، الذين استشهد في سبيل إنقاذهم، استطاعت العجوز – خلال أربعة أشهر – أن تدشن جنتها الموعودة، وأن تفجر من تحتها أنهار الخمر والعسل، وكانت تغدو

في كل يوم أكثر شباباً، حتى لم تعد تشكو من آلام ركبتيها، أو تيبس رقبتها، أو وهن مفاصلها، فتخلت عن العصاة التي تتوكأ عليها، وعن نظاراتها الطبية، وعن أدوية الضغط والسّكر، وأعلنت – صراحة – بأنها منيعة ضد الزمن!

نورة

1

عندما أمشي أبدو كمن يرتطم بجدرانٍ غير مرئية، لا نهائية، تنتشر في جميع الجهات. لا أحد يفهم من أين أتى هذا الاعوجاج الفجائيّ في خطواتي، تقول أمي بـأن للأمر علاقة بآلام ما بعد الوضع، ويقول الدكتور بأنني سليمة تماماً، أصدقك القول – يا علي – بأنني أمشي كالعرجاء رغم أن لي ساقان صلبتان تماماً، ولكن هذه الجدران الهوائية التي أرتطمُ بها مع كل خطوة.. لا أدري من أين تجيء، وهذه الرجفة القديمة، هل هي قديمة حقاً؟ تقول أمي بأنني ممسوسة، ويقول الدكتور بأنه نقص في فيتامين ب، ويقول زوجي بأنني كنتُ هكذا طوال عمري ولكنني أنتبهُ للأمـر الآن فقـط، هذه أشياء أخبرك بها لأجل أن تكون على علم، أشياء تغيّرت منذ مضيّك، منذ تراكمنا في هذا الدفء العائلي الخانق للأنفاس، في التكدس المستديم في أحضان بعضنا البعض، إذا كنت شهيداً فعلاً، فهل تشفع لي عند ربك؟ أصدقك القول بأن صلاتي تبهـتُ وأنني أتفتـت كل يـوم عندما أوزع روحي على مشـارط العدالة، مع كل ركعة أتذكر بأن عليّ أن أقرص خدود فهاد، وأن أمشـط شعر فطومـة، وتجرني ابنتي مـن ثـوب الصلاة "ماما العبي معي" ولا ألعب، لأنني أخافُ أن ألعب، أخافُ أن عليّ أن ألعب مرتين أخريين، وأنا – يا أخي يا حبيبي واستغفر لي عند ربك – طاقتي للحبّ محدودة، وكلما تذكرت ديوني التي لم أسددها لأطفالي الذين لم أنجبهم (آه يا علي) أرى جهنم السوداء تكشر من تحت قدميّ وأخرّ على وجهي و.. إنني أموت في داخلي وأتآكل، وديوني تربو، تربو، تربو..

2

كنتِ في شهرك الثالث وكنتِ تشبهين دمية، ألبستك فستانك الأبيض المكشكش الصغير، أساور الذهب في يديكِ، والخلاخيل في قدميكِ، والبقمة الصغيرة تتدلى فوق صدركِ، وأنتِ – يا بهجة الدنيا – تطلقين في الهواء أصواتكِ الطفلة، تمدين يديك في الوجود بمنتهى حسن النية! كنتُ أحس بأن ليس ثمة إلا أنتِ، وليس ثمة إلا أمومتي لكِ، وكنتِ كلما أصدرتِ صوتاً، أو ما شابه، أهرعُ إليكِ لأتملى فيكِ، لأحملكِ، لأشمّك وأقبّل خدودكِ.. ثمّ..

رمقتني جدتك بتلك النظرات التي لا يستطيع أحد إنكارها أو تجاهلها أو حتى مواجهتها، تجمدت الدماء في وجنتي وجف ريقي، تجاسرت لأسأل: خير يا أمي وش فيك؟ وبدون أن تخفف من حدة نظراتها، أمرتني جدتك بأن أداعب كل من فهادي وفطومة مثل ما داعبتك، وأكدت على كلمة (مثل) كثيراً، اعتدلتُ واقفة، أعدتك إلى الكاروكة وتوجهتُ إلى فهاد وقلبي يموج بالأريحية المفتعلة، حملته وقبلته على جبينه، وأنا أغرق في غرائبية الموقف التي لا تحتمل، تساءلت عن معنى ما يحدث، فلم يسبق لي أن أضمرت لابن خالك وابنة خالتك إلا أصدق مشاعر الحب، وفي ذلك اليوم، وأمام الأعينِ كلها كنتُ عرضة للشك والاشتباه، وكنتُ أعاقب على محبتي لك بشكل مهين، أعدتُ فهادي إلى حضن شهلة واتجهت إلى فطومة وقبلتها أيضاً، ثم أعدتها إلى كرسيّها وتقدمت خطواتٍ صوب جدتك وطبعت على رأسها قبلة إضافية: طاب خاطرك يمه؟

لم تعجب جدتك بالطريقة التي تجاوبتُ بها مع أوامرها، لملمت خيبتها الصريحة وجرجرت خطاها صوب غرفتها وأوصدت الباب من دوننا. عندما توصد جدتك باب غرفتها فهذا يعني بأن أمراً جللاً يشغلها،

لأنها منذ وفاة علي باتت تشرّع باب عزلتها على الآخرين تحسباً لأيّ شيء، كأس انكسرت، طفلٌ يبكي من آلام البطن، فرد من عائلتها يرغب بالسفر أو أيّ شيء يتحرك خارج سيطرتها، ولكنها أوصدت الباب في ذلك اليوم وأربكت الجميع، وبعد مناوشات هامسة أشار الجميع عليّ بأن أذهب لأطيّب خاطرها وأعتذر منها عن.. عن ما لا أدري! وجدت نفسي أطرق الباب وأسأل: يمه تامرين على شي؟ يمه أدخل؟ يمه أنا ضايقتك؟ يمه سامحيني.. سامحيني ما أقصد، ولم أكن متأكدة مما أقصده أو لا أقصده، رحتُ ألهج بالاعتذارات أمام بابها لبضعة دقائق حتى فتحت لي وكان على وجهها ابتسامة خفية رضية: روحي يا أمك نادي خواتك!

تسارعنا للجلوس بين قدمي جدتك، خالتك هيلة تدعك باطن رجلها، شهلة تدلك ركبتها، وأنا أناولها كأس الشاي، ورقية ترتب لها سريرها، في تلك اللحظة انفرجت شفتي جدتك بكلمات مرتعشة ومهيبة: ولد أخوكن له عليكن حق!

دمعت عيوننا، فبقدرِ ما هو حضوره قارسٌ وحتمي، يلطخ الجدران ويملأ البراويز ويقطرُ من الأعينِ، كان قد مضى زمنٌ طويل على آخر مرة ذكرناه فيها صراحة، وكانت تلك المرة الأولى التي تسمح لنا فيها جدتك بأن نتداول ذكره معها. في تلك الأثناء، انطلقت جدتك تخطب فينا خطبتها التي يحفظها الجميع عن ظهر القلب: سمعوني يا أمكم، أنا ما أجبركن على شي! بس إلي تبي أمها ترضى عليها، إلي تبي تجبر بقلب العجوز المسكينة.. تنسى الفرق بين عيالها وعيال أختها! أنا في هالبيت ما عندي هذا ولدي وهذي بنتي، إلي يجري على بنتك يجري على عيال خواتك، قد ما تحبين بنتك تحبين عيال أختك، قد ما تعطين بنتك تعطين عيال أختك، شهلة ما هي أرملة علي، شهلة بنتي قد هيلة وقد نورة، وفهاد ولد علي في ذمتنا وفي رقبتنا، الله أخذ

أبوه بس عطاه بداله أمّين اثنين..

كانت لحظات حابسة للأنفاس، مؤثرة، عميقة، موغلة في الألم، وشعرنا لوهلة بأن أمنا قد منحتنا الإذن بالبكاء، وكان في صدر كل واحدةٍ منا الكثير مما ينبغي إفراغه، ورحنا نكيل لها الوعود المطيبة للخواطر، واختلطت أصواتنا: لا تحاتين يمه، والله إنه كلهم عيالي يمه، والله إني أحب الثلاثة حالهم من حال بعض، والله إني ما أفرق بين فطومة وفهادي ومضاوي، والله..

وصار صوت جدتك يزداد غلظة وثقلاً: ما راح أتغاضى عن حق من حقوق هاليتيم لو هو قد راس الإبرة، لو بستي بنتك، لو مسحتي على راسها وإنتي ماشية، لو شريتي لها هدية، لو لاعبتيها.. أي شيء تسوينه لبنتك يجري على ولد علي، هذا يا أمكم حق اليتيم، وحق أبوه اللي راح وخلاه برقابكن أمانة، لا تقولين هذي بوسة ما تأثر! لا تقولين ما تسوى! لا تقولين ما تفرق! لا تفكرين إنها ما تحز بخاطر هالمحروم وإنه ما يحس ولا يفهم، إنتي أمه قد ما إنتي أم لبنتك، والأم يا أمك تعطي بالمسطرة، وتوزن حبها بالميزان وتساوي بين عيالها بالعدل.. من هاللحظة يا أمكم، خلينا نقرر إن هاليتيم المحروم ما راح يعيش عيشة اليتيم المحروم، فهاد ولد علي ما هو ولدك إنتي بس يا شهلة، فهاد ولد هيلة ونورة ورقية وولدي أنا قبل كل شيء، كلنا له أم!

تهاوت شهلة على رأس جدتكِ بالقبلات والعبرات: يا بعد قلبي يا خالتي، يا جعلي ما أنحرم منك يا خالتي، عسى الله يخليك لي ولولدك و..

مسكينة شهلة، لم تفطن لحظتها بأن كل ما فعلته جدتك لها في تلك اللحظة هو أنها جردتها من امتياز أن تكون أم الولد! ورغم أن الأمر بدا في بداية الموقف مثل فكرة أفلاطونية متناهية المثالية عن مدينة الأمومة الفاضلة، إلا أن جدتك قد أفرطت في أفلاطونيتها أكثر

من أفلاطون نفسه، حين أعلنت رفضها لأن تستقبل في بيتها المشاعر الطبيعية للأم بتفضيل أطفالها على أطفال غيرها، كان كل ما تريده جدتك هو أن تجرد أرملة ابنها من امتياز الأمومة، وأن تضيف لعالم فهاد أمين أخريين، وإذا كان الشرع قد زاد فضل الأم على الأب بثلاث مرات، فهذا يعني أن كل واحدةٍ منا تساوي ثلاثة من الآباء، ويعني بأن اليتيم الذي حرم من حنان الأب قد حظي بالمقابل بأمين أخريين، تساوي كل واحدة منهما ثلاثة آباء، فأي شيءٍ أفضل من ذلك؟ أن يحوز الصبي على ثلاثة أمهات، في كل أم ثلاثة آباء، عوضاً عن الأم الكبرى والأم الغريبة، والله يضاعف لمن يَشاء! لقد حلت جدتك مسألة يتم الصغير ببساطة الرياضيات!

3

مـا بـدا في أول الأمـر مثـل طقسٍ جديد للحُـب، واحتفاليةٍ أزلية بالأمومة، وتمجيدٍ متواصل لابن علي، سـرعان ما تحوّل إلى ناموس قسري يهيمن على الأسرة بأسرها.

شـعرنا جميعا في البداية بأن الأمر محض مزحة، أو شـطحة آنية تعتري أمنا الكبرى سرعان ما ستنقشع، ولكنّ ذلك لم يكن، ففي اليوم التالي، عندما وجدت جدتك كنتها تطعم ابنها الخضار المهروسة جذبتها من ذراعها برفقٍ لتبعدها عنه وطلبت مني أن أتولى إطعامه، وأن تتولى شـهلة إرضاعـكِ بزجاجـة الحليـب وهكـذا.. حتى أصبـح الأمر بمثابة الخطيئـة أن تحتضـن الأم صغيرهـا أو صغيرتهـا، أو تفعـل ما من شـأنه أن يشعرَ جدتك بأن ثمة مشاعر خاصة تنتاب الأم تجاه طفلها، ولأجل أن تكـون أمـي أكثـر وضوحـاً في سياستها الجديدة في توزيع الحب، أجبرتنا – هيلة وشهلة وأنا – على أن نقسم بأن نوزع حبنا بالتساوي، على فهاد، فطومة ومضاوي، وأن تكون كل واحدة أما لجميع الأطفال، حتى الذين لم تنجبهم، وبالقدرِ نفسه!

كانت هيلة وشهلة بالغتا التأثر وفاضت عيونهما بالدمع وهن يقسمن لجدتك، وحدي كنتُ أشعر بالرعب وقلبي يخفق بجنون وصوتٌ آثمٌ في أعماقي يخبرني بأنني أقسـمت على اجتراح المسـتحيل دون رغبة مني، وبأنني لأجل ذلك سأكب على وجهي في نار جهنّم!

هكـذا صار للأطفـال الثلاثـة ثلاثـة أمّهـات بالوقتِ نفسـه وبالقدرِ نفسه، وبهذا كان خرقاً للقسم مثلاً، أن أشتري لكِ فستاناً، ولا أشتري مثله لفطوم، وبدلة جديدة لفهاد الذي ولد من أجل أن تحتويه الأيدي وتتناقله القلوب بلا رحمة، وتطوّر الأمر إلى ما يشبهُ الهوس، فعندما تداعبُ أمٌّ طفلها أو طفل أخرى، تشعرُ فوراً بأن عليها أن تفعل الشيء

نفسه للطفلين الآخرين، وتعجز عن الجلوس مرتاحة حتى "تقضي دينها" تجاههما، كانت أجسادنا تأخذ في الارتجاف كما لو أننا اقترفنا إثماً، ولتحاشي الحرج، كانت هيلة تدوّن في يديها علامات بالحبر الجاف لكي تذكرها بضرورة "قرص خدود" فهاد، أو تجديل شعر موضي، لأن أيّ اعتلال يصيبُ المعادلة ثلاثية الأطراف يعني الإخلال بالقسم، بل ويعني ديناً يثقل كاهل الأمّهات، كثيراً ما رددت علينا أمنا بأن الله يحاسب عباده على ديونهم، حتى الشهداء منهم، وبأنها لن تتهاون مع ما سمّته "التفرقة في الحب" بين الأبناء داخل منزلها، وكان الشيء الوحيد الذي منعته علينا هو الرضاعة الطبيعية، لكي لا يتحول اللبن إلى دم، وأبناء الخالة إلى أشقاء، فيضطر فهاد إلى الزواج من فتاة من "خارج العائلة"، لأن نسل الابن الوحيد ينبغي أن يبقى نقياً بقدر المستطاع! وبموجب هذا القرار، كان فهاد بن علي خطيباً لكِ أحياناً، وخطيباً لفطومة أحياناً أخرى، وكان خطيباً لكليكما في الغالبُ...

اتبعت أمي سياسة صارمة من أجل أن تضمن تحقيق المساواة في "توزيع الحب" على الأطفال الثلاثة، فبعد أن تجاوزتم الأربعة شهور وبدأنا في إطعامكم الخضار والفواكه المهروسة مع النشاء، كانت أمي تقوم بتوزيعكم علينا بطريقة تضمن أن تتكفل كل واحدة بابن / ابنة الأخرى، كانت شهلة تقوم بإطعامكِ، فيمَ أقوم أنا بإطعام فطوم، وتطعم هيلة فهاد... وهكذا بالتناوب في كل وجبة وبنظام متناهي الدقة، كما قامت بفرض أيام معينة تتولى فيها إحدى الأمهات مسئولية أخذ الصغار إلى الحديقة مثلاً، أو إلى السوق، وعندما مرضت فطوم، طلبت أمي أن آخذها أنا إلى الطبيب، وأن تعتني هيلة بكِ أثناء ذهابي، وعندما اشتريت لكِ مرة حلقتي أذن من الذهب، وبختني أمي بقسوة وأخذت مني الحلقتين لأنني لم أشتر لفاطمة حلقتين أخريين، ولم أشتر لفهاد شيئاً بنفس قيمة الحلقتين لأكون عادلة، كنت أجادل بأنه حتى بين

الأخوة الأشـقاء، لا يوجد نظام بمثل هذه الصرامة ولا توجد مساواة بمثل هذه القسوة، وبأنني لا أستطيع أن أضاعف أي مبلغ أدفعه لأجل ابنتي ثلاث مرات لأن ذلك يتجاوز مقدرتي المادية، فردت علي ببساطة بأن علي إذاً أن لا أشتري شيئاً أصلاً.

سرعان ما تبين لي بأن المبلغ الذي كنت أنوي ادخاره من السكن المجانيّ مع أمي سرعان ما ستمتصه متطلبات الحياة الجديدة من إنفاق تضاعف ثلاث مرّات بسبب القسم الأمومي، رغبتُ بشراء ملابس ثمينة من أجلكِ، ولكنّ ميزانيتي لم تكن تتحمّل ذلك، فاكتفيت – كما هيلة وشـهلة – بشـراء الملابس الرخيصة، لم يكن بوسـعي أن أحمل أختي وأرملة أخي على شـراء ما أريد، وفي الأعياد، كنا نجتمع ونقرر سـلفاً المبلغ الذي سنصرفه على ملابسكم، وكنتُ غالباً ما أواجه بتهمة التبذير، وأن من غير المعقول صرف ثلاثين ديناراً على فستان لطفلة لم تتم العام من عمرها، وحتى إذا اتفقنا على المبلغ، كان ذهابنا إلى السوق دائماً ما يضيع سدى وسط شجاراتنا التي تنتهي، وأذواقنا التي لا تلتقي، لم يكن ممكناً لنا أن نفرح بأطفالنا كما نريدْ.

تطوّر الأمـر إلى أزمـة حقيقية عندما بلغتم سـنّ دخول الروضة، لأنني أردت لكِ أن ترتادي روضة خاصة ثنائية اللغة، وكان أبوكِ مستعداً لدفع مئات الدنانير من أجل ذلك، ولكنّ هيلة احتجت بشدة لأنها لا تستطيع دفع المبلغ ذاتـه مـن أجل ابنتها، والأمر ذاته بالنسبة لشـهلة، وقلـن بـأن علي أن أفكـر بأطفالي الآخريـن كمـا أفكـر بابنتي (وأن لا أكون أنانيّة)..

غضبت جدتك مني كثيرا واعتبرت أنني حنثت بقسـمي، وبكيت عنـد قدميهـا دموعـاً مـرّة وأنـا أرّدد بـأن المسـاواة بهـذا الشـكل ظالمة ومجحفة، وبأن من حقي أن أطمح بالأفضل لابنتي التي أنجبتها، وكان ردها ببسـاطة بأن من الحماقة أن تهدر مئات الدنانير على تعليم بنت

علومًا لن تنفعها في إدارة مطبخها في المستقبل.

لم تتحدث إليّ أمي طوال أسبوع، حتى عدلتُ عن رأيي، وانهلت على رأسها بالقبلات لتسامحني على "ضعفي وقلة إيماني".

4

ظننتُ لوهلة بأنه حلمٌ آخر، ولكنه لم يكن كذلك.

كانت الطفلة (فعلاً!) تعبر باب الروضة وهي ترفع طرف فستانها في الهواء كاشفة عن ثقوب سروالها الداخلي وبطنها المنتفخة، تناديني على بعد ثلاثين خطوة "ماما نورة! ماما نورة!" وهي تشيرُ بيدها إلى سرتها، وسط الأعين التي تبحلق وتحدق وتتسع، والوجوه التي تضحك وتذعر.. كانت سرّتها ملتهبة، حمراء، ناتئة، محاطة بآثارِ أسنان، وقد ازرقّ محيطها وانكشطَ بعض جلدها على الأطراف، ولمـا تأكدت الصغيرة من أنني رأيتُ ما رأيتُ، وبأنني أستوعب حجم الاعتداء الذي تعرضت لـه، التفتت بجذعها نصف التفاتة لتشير – بكثير من الكمد – إلى ابنتي التي تمشي إلى جانب ابن خالها، تمسك بيده، تؤرجح ذراعيهـا فـوق وتحـت، تحـت وفوق.. وبصوتٍ محايد أكدت "مضاوي عضتني" وكأن الأمر لم يكن واضحاً بما يكفي.

كان عليّ أن أبـذل لهـا العديـد مـن الرشاوى لكـي لا تبلـغ أمي بالأمر، لاسيما وأن فطومة هي جاسوسـة العجوز المفضلة، تنقل إليها جميع الأخبار، وترصد لها آخر الأنباء، ليس لأنها لئيمة الطبع، أو خبيثة النوايا، بل لأنها بطبيعتها أبسط مما ينبغي، لا تستطيع كتم شيء، دعوتها للجلوس في الكرسي الأمامي، سمحتُ لها بأن تستأثر بفتحاتِ التكييف، وعندما لمحتُ في طرف الشارع عربة بائع الآيسكريم اشتريتُ لها اثنين، وطـوال الطريـق إلـى البيـتِ كنـت أذكرهـا بأنها إذا لـم تخبر أمي بالأمر ستحصل مني على مزيدٍ من الامتيازات طوال شهر.

كنتُ أتحاشى الكارثة: أن تعرف أمي بأن حفيدتها قد نشزت – عن سبق الإصرار – عن نواميسها العادلة، وبأن ابنتها قد عجزت عن تربية الطفلة كما يجب، بحيثُ لا تستأثر لنفسها بأي رغبة، من أي نوع، ولا

حتـى حيـازة قطعـة ككـاو، أو إهدائهـا لابن خالهـا، وطوال ذلك الوقت، كانت مضاوي سكرانة بوجود فهاد، تكـركـر وتهتف وتلعب: فهودي.. ابحث عن سيارة حمراء! الأحمر لون الفراولة والدم والحب! ابحث عن سيارة سوداء، الأسـود لون برقع أمي غيضة! لماذا لا توجد في هذا العالم سيارة وردية؟ أي لون تحب يا فهود؟ أي أغنية تحب؟ أنا أحب أناشيد "الوردة البيضاء".. كوكو كوكو صاح الديك، يصحو فجراً وينادينـا.. كوكـو كوكـو.. ثـم بـدأ كل منهمـا فـي دغدغة إبط الآخر، ثم أمسـك خصلة من شعرها وداعب بها وجهه، ثم رفعت طرف فستانها لتريه الكدمة الغامقة في أعلى فخذها الأيمن، وكشف هو عن بطنه ليريها آخر الشاماتِ التي ظهرت على صفحة جلده، وبدأت تعد شاماته، ويعد هو رضوض جلدها و.. سألَته إن كان يستطيع تقبيل كوعه، فقال بأنه يسـتطيع ذلـك ولكنـه لـن يفعلهـا، لأن الذين يقبلـون أكواعهم يتحولون إلى قـرود، فـردت عليهِ بأنها تحـب القـرود، فهي مضحكة وتستطيع تسـلق الأشـجار، ورد عليها بأنه سيقبل بأن يصير قرداً إذا ما امتلأت الكويت بالأشجار، ولكنها الآن فارغة كصحراء، ولاشك وأنه سيكون قرداً حزيناً، فأخبرته بأنها سـتتحول من أجله إلى شـجرة إذا ما تحول هو إلى قرد... والصغيرة المسكينة، صاحبة السرة الناتئة! اكتشـفت بأن وجودها في الكرسي الأمامي هو أسوأ ما حدث لها في حياتها، أسوأ حتى مـن تلقي عضـات مضاوي، وبـاءت كل محاولاتها في "الدخول إلى اللعبة" بالفشلْ، حتى لاذت بالصمتِ، وكان صمتاً حزيناً، شعرتُ به يسيل في صدري مثل خيطٍ من حميم.. وبدأت أتساءلُ عما يحدث فعلاً، أعني فعلاً! ما الذي يجعل ابنتي غير مهتمة بالجلوسٍ إلى جانبي وهـي التي تعـد الأيـام على أصابع يدها من أجل أن يصل دورها؟ وما الذي يجعلها تمعن في تجاهل الأخرى، وتعمد إلى إيلامها، وهي التي تمضي عندها كل هذي الليالي، تنام في سريرها وتلعب بألعابها؟ ثمّ.. ما الذي يجعل البنتين تتشاجرانِ وتتناحرانِ بهذا القدر، من أجل قطعة

كاو؟ فهاد؟ كنتُ قد بدأت أتوجس من الأمر، هؤلاء ليسوا أطفالي الذين عرفتهم طوال عمري، لقد طرأ أمرٌ ما..

وصلنا إلى البيت، سبقتهم في النزول لأفتح لهم الأبواب، ربتّ على كتفِ فطومة إذ هي تهبطُ من السيارة، مغتمة بما يكفي، الآيسكريم الذائب يسيلُ على ذراعيها ويقع ثيابها، سبَقت الاثنين إلى الداخل والصمتُ يطبِق عليها تماماً، ولحق بها الاثنانِ المشغولان ببعضهما، القرد والشجرة.. ثمّ.. لحقتُ بهما أركضُ! كنتُ قد نسيتُ أن أربت على كتفيهما كما فعلتُ لتلك، تلك الحزينة، وكنتُ أتساءل فيما أنا أقضي ديني بمنتهى الآلية إن كانت هذه هي العدالة؟ ألا يجعلنا الحزن أكثر استحقاقاً للتربيتِ على الأكتاف؟ ألا يحق لها بهذا الامتياز؟ وهل ينبغي أن يكون الحب عادلاً أصلاً، إذا ما كانت العدالة تعني – بأي شكل – تطبيق المساواة؟ كانت الشكوكُ تعصفُ بي من كل صوب، عبرتُ عتبة البيت ورأيت الثلاثة يتوجهون إلى رقية، يغوصون في حضنها اللدن، رأيتُ فطومة تكشف عن بطنها لرقية، وتبادلنا – هي وأنا – نظراتٍ متواطئة، أختي السوداء الجميلة! تعرفُ ما ينبغي وما لا ينبغي أن تعرف به العجوز.. وأنا.. عليّ أن أتفحص ابنتي، عليّ أن أعرف بما يحدث.

5

.. ظننتُ – لهذه المـرة أيضاً – بأننـي أحلـم، وأنا أسـمعها تعيد ترتيـل الترهـات الجميلة، والخزعبلات الموشومة بالحب، والخرافات العامـرة بالإيمانِ، أسـمعُها تتبنى ديـناً جديـداً، نبيـه في الخامسـة من عمره، اسمه فهاد ابن علي، يبشر بنواميس أمي، وينذر من عقابِ أمي، الحقائق التي تحورت وتمحورت وصارت نبوءات، كرامات، تجلياتٍ إلهية، قصص تتحرك أحداثها في عوالم سفلية، وعوالم علوية، أبطالها ملائكـة وشياطينِ، أنبيـاء وأولياء، شـهداء وصديقيـن.. بالتأكيد! لطالما كانت الحقيقة قادرة على التشكل بألف صورة، من أنا – بأي حال – لكي أقرر بأن رجلنا الذي مات كان قاتلاً لا شهيداً؟ ومن أنا – أيضاً – لكي أزعم بأن الصغير الذي ولد بدون صرخة ميلاد هو مجرد صغير ولد بدون صرخة ميلاد؟ ومن أنا أيضاً لكي أدعي بأن بكاءاته الملتاعة لم تكن بسبب تحرشات الجن، بل بسبب غازات البطن! من أنا لكي أعطي الواقع تلك الصبغة الـ.. العادية! من أنا لكي أجرد حيواتهم من بعدها النوراني، وروحها الإلهي؟ من أنا لكي أنتزع من الأسرة المنكوبة، المكلومة، المفجوعة.. الشيء الوحيد الذي تحبه والذي يجعل لامتدادها معنى، ذهاب الولد ومجيء ابن الولد؟ من أنا؟

كان ثغرهـا يفتـحُ ويغلقُ أمامي، والطنين في رأسي يعلو ويغطي جميع الأصواتِ، نوبة صداع تنتابُ الشـق الأيمن من رأسي، نهضتُ واقفة، أبحثُ في أدراجي عن تلكم الأقراص، الأقراص اللعينة التي ما فتئت تتكاثر، لحقت بي، شـدّتني من قميصي، كانت عيناها مشرعتانِ على الآخـر، تغصـانِ بالأسئلة، ترتجفانِ مـن الحيرةِ.. ماما؟ ماما صح الشيطان يكره فهادي حيل؟ ماما صح الله يحب فهادي حيل؟ أمي هيلة تقـولْ فهـادي غيرْ! فهادي غيرْ كل الناس، فهادي قلب على بطنه يوم

عمره شهرين، وطلع له أول ضرس وهو عمره أربع شهور، وقام يمشي وهو عمره تسع شهورٍ، ماما متى طلعت لي ضروس؟ لم أكن أفهم! لم أكن أفهم كيف يمكن أن تتحوّل أمورٌ بهذه العادية إلى خوارق! كيف سأبرر لابنتي الآن بأنها خطت خطاها الأول بعـد أن تجاوزت عامها الأول بخمسة أشهر؟ ماذا يجعل ذلك منها؟ طفلة طبيعية؟ لا يكرهها الشيطان بشكلٍ خاص ولا يحبها الإله بشكلٍ خاص؟ واحدة منا نحن العوام الذين نصب في السـواد ونصنعه، من السـواد إلى السـواد، من التـراب إلـى التـراب؟ هـل أصبـح ذنبهـا – مثـلاً – أنهـا لم تنقلب على بطنها قبله؟ وهل يعني ذلك – بأي شكل – تفوقه؟ كيف امتلأت رأسها بكل هذا؟ متى حدثَ ذلك و.. هل كنتُ مشـغولةً بي كثيراً بحيث لم ألاحظ الأمر؟ هل فقدتُ إحساسي بابنتي منذ تورطت في زيجةٍ مضحكة كهذه؟ هل أسكرتني وحدتي إلى هذه الدرجة؟ عادت تشدني من طرف قميصي: ماما! ماما نورة!

بالتأكيد! كانت محتاجة للفظ اسمي، محتاجة لتصنيفي من ضمن فاترينـة الأمهـاتِ اللواتـي يتقاذفـن مـن جميع الجهات، كان اسمي هو الشيء الوحيد الذي يميزني على الأرجح، وعندها مني كثير.. أمها هيلة، أمها شهلة، أمها رقية، أمها غيضة، من أنا، لكي أغرد فيما الكل يثغو؟ من أنا لكي أثغو فيما الكل يغرد؟ من أنا لكي أجيء الآن، متأخرة جداً كمـا هـو واضـح، لكي أدمـر ركائز عالمها وأخبرها ببساطة بأن كل ما قيل لها هو ضربٌ من الدجل؟ كيف يمكنها أن تصدق الشيء ونقيضه في الوقـتِ نفسـه؟ وهـل مـن حقـي الآن أن أتكـئ على حظوتي، كوني الأم التي أنجبتها، وأعتمد على ذلك لكي تؤمن بي وتكفر بهم؟ جلسـتُ على الكرسيّ المقابل لمرآة الزينة، توكأت على يديّ، و.. ما الذي أستطيع قوله لها بدون أن أتحول في عينيها إلى عاصية؟ إلى عاقة؟ إلى مجدفة ملعونة؟ وكان مفعولُ الأقراص قد أخذ يدبّ في جسدي،

يملؤني بالخدَر، وأرى وجهها يبزغ وسط غمام أفكاري متوسلاً، كانت طفلتي تستجديني لكي أخبرها بأنها محشوة بالأكاذيب، بأنها لا تقلّ بشيء عن ابن خالها، أو ربما تريدني أن أخبرها بأنها – أيضاً – لديها كثيرٌ من "كرامات" الطفولة، بأنها – مثلاً – سبقتهم إلى الكلام، سبقتهم في تعلم الحروف، أشياء عادية! هل أحولها – من أجل عيني ابنتي – إلى كرامات؟

– مضاوي..

وأدرتُ رأسي صوبها: حيرتها الطاعنة وصنوف التوثب، بصعوبةٍ كنتُ أتنفس:

– حبيبتي مضاوي!

– نعم ماما؟

– مضاوي، ما أبيك تنامين عند فطومة بعدْ.

ولـم أستطع أن أفكر بشيءٍ أقل عبثية من ذلك، من أن أحاول عزل تأثير أختي، تدخلاتها وخزعبلاتِها ودجلها..

– ليش ماما؟

– بسْ.

لم أكن قادرة على ابتداع ردٍ أكثر لطفاً وملاءمة.. مضيتُ أبعد في تهاويمِ صداعي، رأيتُ وجهها عالقاً، حائراً، وسط فلول الغمام الذي غشـى بصري، والدموع التي فرّت، بدون إشعارٍ مسبق، فرّت وكرّت وواصلـت ركضها على خدّي، ثمّ.. ذلك النشيج الذي تسرب عابثاً يتحرك في جميع الجهات، أكتافي التي تهتز في بكاءاتها الصامتة، رأسي التي غاصتْ بين ذراعي، جذعي الذي تمدد على السرير، جسدي الذي يرتجف، يرقص رقصة البكاءِ، جسدي الذي يحاولُ أن يتحرر من أوجاع ما فتئت تتكدس وتربو، تتلاقح وتتواشج وتتمدد في جميعِ الجهات،

وابنتي المذعـورة.. أمـام طقـس البـكاء المضحك الذي نزل بجسـدي، تقدمـت خطوتيـنِ منـي، ربتـت على كتفي بخفة.. ماما، ماما لا تخافين، ما أخليك بروحك! ما أنام عند فطومة، ماما..

ولأن بكائي المضحك لم يفتر، بحثت في رأسها الصغيرة عن فكرة مبهجة، عن خبرٍ تفرحني به، ولم يسعها أن تفكر بشيء آخر..

- ماما؟

- ..

- ترى فهادي خطبني وقال إنه راح يتزوجني بعدينْ!

وانفجر البكاء في بكاءاتٍ أُخر..

وعسلٍ غيرِ مصفّى

(وطن الشوائب والدود)

موضي

1

في عام 1942 وُلدت جدتي، في واحدةٍ من مئات خيامِ البدو المنصوبةِ بالقربِ من مدينة الكويت بجانب السورِا في زمنٍ كَثر فيه الحديثُ عن هجر البادية وتجربةِ الحاضرة، عن ذهبٍ أسودٍ يسيل تحت الأرض، عن لؤلؤٍ ياباني وكساد اقتصادي وقحط، عن زيارات الأعاجم من حملة الكاميرات الباحثين حثياً في مجاهل الحياةِ البدوية، في زمنٍ كان العالم فيه يتغير بلا رحمة، وُلدت جدتي في تلك الخيمة السوداء الأشبه ببشتٍ عربي منتفخ في ذلك العام المزدحم بتناقضاته، لتجرب حيـاة الرمـل والخـلاء، وزُوجت في عـامِ 1951 (وهي في التاسعة من عمرها) لابن عمها فهاد بن علي بن شيخان بن دحيّن، البـالـغ العشـرين مـن عمـره، لتجرب معهُ حياةً أخـرى، خارج الخيمة وداخل السّور.

كان جدي / فهـاد بـن علـي بـن شيخان بن دحيّن سليل أولئك البـدو القلائـل الذيـن تـاقوا لتجربـة البحر واكتشـاف خفاياه، جد جدي كان غواصاً، يبحرُ في الأزرقِ ويطلق في الفضاء أشعار الحنين للبعرانِ والأغنام وبيوت الشعر، وقبل أن تصابَ البلادُ الفقيرة الصغيرة المحبة للسلام باختراع اليابان العظيم / اللؤلؤ الصناعي، تمكن جد جدي من أن يجمع لأبنائه إرثاً سخياً، بعد أن ابتسمت له محارة بدانةٍ عملاقة، واستسـلم للموجةِ التي أخذته مع آخرين قلائل من "بيت الشـعر" إلى "بيت الطين"..

كانت جدتي طفلة تلعبُ بالجريدِ بين قطعانِ الأباعر، عندما ناداها

أبوهـا ليخبرهـا (للعلـم فقـط!) بأنـه قـد زوجهـا - قبـل سـاعة - لابن عمها الذي يكبرها بأحد عشـرة سـنة، والذي يسـمونه فهاد بن علي بن شيخان، والذي يتحدث لغة البحر ولغة البادية، نكست جدتي / الطفلة رأسـها، ثـم التفتـت عائـدة إلى فضاءاتها الرملية، لتلعب بالجريد بين البعران والأغنام.

انتظر جدي / العريسُ (بأدبٍ) أن تحيض زوجته للمرة الأولى في حياتها لكي يأخذها معه إلى البيت بعد خمسة أعوام من عقد قرانهما، وهي في الرابعة عشر من عمرها، ثم انتظر (بأدبٍ) لستّ سنوات أخرى حتى تحبل وتنجب لـه الأبنـاء، جربـت جدتي الحياة في بيت العائلة الممتدة، مع ثلاثةٍ من أشقاء الزوج، (وخمسة من زوجاتِ الأشقاء!)، وأتقنـت فنـون حياتهـا الجديـدة، منـذ التناوب على إعـداد الغداء مروراً بحلب البقرات، وحتى غسـل الثياب، صارت جدتي امرأة حقيقية منذ طفولتها.

في عام 1954، قام "مجلس الإنشاء" (المعروف فيما بعد بالهيئة العامة للرعاية السكنية) ببناء ألفي وحدة سكنية للمواطنين، الأمر الذي اشتاقت لـه نفس جدي، والذي حتى ولو لم يخطر بباله أن يحط خارج منزل العائلة، وأن يغرد خارج السرب، وأن يشط خارج تكتل الأسرة.. فسيسرّه كثيراً أن يكون من أولئك الذين تمنحهم الحكومة بسخاء منازل للسكن، في غضونِ خمس سنوات حصل على بيته الذي أراد، ثم فاز بأموال التثمين بعد ذلك بسـت سـنوات، بعدما احتفلت البلاد بإسالة النفط وانتهاء الحرب العالمية الثانية ومن ثم - طبعاً! - تدفق الدنانيرِ وما إلى ذلك..

هكـذا قـرر جدي - المتخـم بمالـه - أن يجـرب تجارة الذّهب، وأن يكون سيّدها.

2

كانت جدتي - بحسب زعمها - أكثر أخواتها وبنات عمومتها جمالاً، ورغم أنها لم تلتقط في شبابها صوراً تدعّم بها هذا الزعم، إلا أننا صدقنا مزاعمها مـن فورنـا، وفتنا بها بلا تـردد! حدثتنا جدتي عن نحول خصرها في شبابها، عن شعرها خرافيّ الطول الذي يلامسُ ربلتي ساقيها، والعينيـن البدويتين القاسـيتين، والحاجبيـن الكثيفين، والأنف العربي المعقوف، والشفاهُ المقوّسة المتفجرة عنفواناً، والبشرة المرمرية البيضاء، كانت جميلة فعلاً! ما زالت جميلة جداً! تجوب ممرات العالم بخيلاء المرأة التي كانت فيما مضى أجمل نساء الصحراء..

كانت جدتي هي كبرى شقيقاتها الثمانية، وأقربهن - بزعمها - إلى قلبِ أبيها، كانت بهجة أبيها بمولدها بهجة أصيلة، فلأنها جاءت أولاً، (وقبل أن يبدأ الأب بالقلق على الخليفةِ الولد حامل الاسمِ وارث الأب)، لم ينزعج أبوها من مسألة (أنوثتها!)، ولكنه وبعد توالي مجيء سبع إناثٍ أخريات، وإجهاض خمسةٍ من الأجنة الذكور قبيل الولادة بشهرين أو أقل، وموتِ اثنين آخرين قبل أن يتمّا عامهما الثاني.. صارَ الرجل البدويّ المطعونُ في فحولته أكثر رغبة بمجيء الولد، وبات مع كل يوم يزدادُ بعداً عن بناتِهِ، وانتهى بهِ الأمر ليموت من الحَسرةِ، بعد أن تزوج من امرأة ثانية أنجبت له بنتاً تاسعة.

لطالما تباهت جدتي بانتمائها البدوي، وتباهت أيضاً - بنفس القدرِ تقريبـاً - بكونهـا مـن أوائـل البـدو الذين جربوا حياتها الحاضرة، ورغم أنهـا قـادرة علـى أن تمضي كل وقتها في التغزل بحياةِ البدو والخيامِ والأباعر، إلا أنها لم تكن قطعاً تفضل الحياة الصحراوية القاسية على قدور "التيفال" ومواقد الغاز ووحدات التكييف يابانية الصّنع، استطاعت جدتي أن تبقي على شقيها البدوي والحضري متجاورين في عميق ذاتها،

متصالحينِ ظاهرياً، يتقدم أحدهما على الآخر وفق ما تقتضيهِ المواقف اليومية ومصلحتها الخاصة، كانت أعرافها البدوية تهيمنُ عليها (مثلاً) عندما يتعلـق الأمـر بالحفيدِ وأمـه (المجنونة التي تلمّح برغبتها بخلع غطاء وجهها!)، ثم تقفزُ إلى منظومة فكرية تقدمية تتبناها عندما يتعلق الأمر برغبة إحدى ابنتيها (يعني شيصير إذا نورة ما لبست عباتها؟! العباة تضايقها وهي تشتغل!)، وبدون أن يخطر ببالها بأنها تناقض نفسها!

وعندمـا يتعلـق الأمـر بكيفيـة ممارسـة جدتي لأمومتهـا، ورغبتها الدفينـة بالسيطرة علـى عالمهـا، (وعوالمنـا جميعاً بالمناسبة!)، كانت جدتي متهورة بما يكفي لكي تسلـخ نفسها عن جلبابِ القبيلة، حاملة فـوق رأسـها صرّة مـن الثيـاب والعيـال والأحفادِ، لتأتي بها إلى وسط المدينـة، وتبسـطها علـى الأرض، وتدشـن فوقهـا عالماً أمومياً يخصها وحدها.

3

عاشــت جدتي لسـنوات كفرد في الأسـرة الممتدة لعائلة جدي، في عالمٍ يجوس فيه الحموان والأعمام والجيرانُ والزوجاتِ الغيوراتِ محترفـاتِ البصبصـة، في بيتٍ يضـم الأب والأم والأبناء والزوجات والأحفـاد وربمـا – لـو كان العالـم كبيراً كفاية – لـكان هناك متسع لأحفـاد أحفادهـم أيضاً.. كان حلـم والـد جـدي أن يدشـن إقطاعيـة محشـوة بالأقاربِ، ليحميهم من الانتشارِ والتبدد في جسدِ العالم، وإذا كانت أسرة جدتي من أوائل الأسر البدوية التي انتقلت إلى حياة الحاضرة، إلا أن تكدسهم في بيتٍ واحد قد حوّل البيت العائلي إلى قبيلةٍ صغيرة، يعيش أبناؤها متجاورينَ وملتحمين ومتحدين ومتوحّدين ببعضهم.

قاسـت جدتي طوال عمرها من كونها فرداً في أسـرةٍ ممتدة، زوجـةً لأحـد أبنـاء "بيـت العائلـة" الكبير، ورغـم أنها أجادت الأمر إلى درجة الاحتراف، وسبرت كل أغواره، وجربت جميع حيله، وتمرست على جملة طقوسه، وأتقنت سائر عاداته، إلا أنها لم تحبه قط، وطوال أعوام زواجها كانت تلتجئ إلى ما لديها من غريزة البقاء، لكي تصمد أمام الأعين المبحلقة، واحتشادات النميمةِ، وحبائل الفتنة، وظلال الغيرة المبطنـة، والخلافـات التـي تنشبُ علـى هامش صفحـة العالم المثالي، والمؤامـرات التـي تحـاك في الخفايـا، والحمـاة المجنـونة التي تريد أن تفسـد طبـخ غيضة لكـي يلحـق بها غضـب الأب، والكنـة الغيـورة التـي تتذمـر على الـدوام بـأن أثـاث غرفة غيضة أجمل من أثاث غرفتها، وأم الزوج التي تقحم أنفها في كل شئون كنتها وابنها، شبعت جدتي من المقارنات النسـائية المملة، وشكاوى التقصير في العمل، والتذمر عن الملح الزائد في الطعام، ونوباتِ الحقد أمام أي خاتم ذهبي آخر يضعه

97

جدي في أصابعها و.. شمعنى غيضة، ليه غيضة رجلها يسويلها و.. غيضة ما تعرف تطبخ مثلي! لا حد لتلك المشاكل التافهة التي تحول الحياة إلى جحيم!

عاشـت جدتي حيـاة عائلة جدي لتسعة وثلاثيـن عاماً، وكانت حيـاة نموذجيـة بمـا تضمـه من خلافـات وغيرة وأحقاد وتواطؤ وغيبة ونميمة وفتنة وشللية وربما بعض المودة! ورغم ذلك لم يخطر ببالها أن تغادر، لم يكن عقلها مدرباً على هضم فكرةٍ ثورية كهذه، ومرّت سنواتها التسـع وثلاثون خارج سيطرتها تماماً، وربما خارج رغبتها، حتى..

غرقـت البلادُ في عـدوانٍ الـ 90، واجتاحت البلاد موجة فجائية من الذعر، اضطربت أساساتُ العالم، وتبلبلت نواميس البيت الواحد، وتشـرط جسـد العائلـة إلى أشـلاء انتشـرت في ربوع السـعودية، هربـاً من اعتداءات متعسفة ستطال أبناءهم المنخرطين في سلك الشرطة والجيـش، غـادرت الأسـرة مـع فلـول مـن غادر، أخـذت جدتي حليها ومالها وأبناءها الثلاثـة وحفيديها (ابني خالتي هيلة من زوجها الأول) وحشرتهم داخل سيارة جيمس حمراء كبيرة وهي تولول وتحث جدي على المضيّ..

أمضت جدتي شهور الاحتلال السبعة، ومن بعدها خمسة شهورٍ أخرى، في "المنطقة الشرقية" في جيرة أحد أبناء عمومتها، فيم سافر أغلـب أشـقاء الـزوج مـع عائلاتهم إلى جـدة والرّياض، تقول جدتي بأن جدي لم يرغب أن يبتعد عن الكويت أكثر من ذلك، أن يجرب مدينةً أخرى، لا تشبهُ الكويت ولا تحمل ريحها بالقدرِ الذي تحملهُ الدمـام في هـذا الجـزء مـن المملكـة، وفي هذه الفترة الوحيدة من حياتهـا، الفتـرة القلقـة المائجـة بالعدوانِ والخوفِ والألم، اكتشـفت جدتي – لأول مـرة – جماليـة أن تعيـش مكتفيـة بمـن لديهـا، زوج

كهل وأبناء ثلاثة وحفيدين وربيبة سوداء وجدوها تركض في الشوارع وسط وابل من الرصاص..

أو لنقل، اكتشفت جدتي جمالية أن لا تكون في القطيع، جمالية أن تكون الرّاعي!

رقية

الأمهـاتُ فـي كـلَّ مـكان وكـأنهـن يجئـن مـن أم كونية تشظت في انفجارٍ عظيم إلى آلاف الأمّهات السارحاتِ السابحاتِ صوب العاديّ ونحـو الرتيـبْ، كان المسـاء، وكـنّ قـد قـررن أن يكـون حديثهن عن الليمون: الليمون الأصفر، الليمون الأخضر، الليمون الأسود، الليمون المصـري، الليمـون اللبناني، الليمـون مع الشـاي، الليمـون مع المرق، الليمـون مـع المرقوقة، الليمـون مـع العسـل.. الليمون قضيـة القضايا، الطفلتان ممدتان بين السـاقين المنفرجتين لشـهلة، ترذرذانِ السـكر في فميهما وتمضغانه، وهو في طرف المكان يستغرق في المجهول، يغيبُ في أغواره الخاصة، ويكشتفُ في العالم وجهه الخارق.

أنهضُ "عن إذنكم"..

توقفني العجوز:

- وين؟

- أجهز العشا يمه، تامرين على شي؟

- خذي الإذن من رب المجلسْ.

وأومـئ برأسـي إليهِ، هـو الغـارقُ في غيابـه، يحـدق فـي كومـة قصاصات.. اقتربتُ منه، بالكادِ لمستُ كتفه، التفتَ وابتسمتُ..

- فهادي؟ أنا بروحْ أسوي لكم عشا.. زين؟

- روحي!

- أسوي لك معكرونة مع طماط؟

- لأ

- شنو أسوي لك؟

100

- همبونغر.   (يقصد الهمبورغر طبعاً)

- إن شاء الله.

ومـا كـدتُ أخـرجُ مـن المجلس، حتى التفتّ صوبه التفاتة أخيرة، لأهبـه ابتسـامةً أخـرى، ولأنظـر إليه، تحديقـه الغريبُ في القصاصاتِ، يده التي استقرت فوق حقل الورق، يده التي ارتفعت إلى أعلى شبراً.. شبرينِ و..

- بسم الله الرحمن الرحيم! بسم الله الرحمن الرحيم!

شهقت وبسملت واستعذتُ من الشيطانِ و..

التفت الجميع إليّ ثم إليه، كلهن رأين المعجزة، رأين القصاصات تلاحق يده، تطير لتستقر في الهواء، ترتفع إذا رفع يده، تهبط إذا أهبط يـده، تلحـق يـده يميناً، ثم شمالاً.. كانـت القصاصات تطيعه! انتصبت العجـوزُ واقفـةً: جذعهـا المشـدود، الرّعبُ فـي وجههـا، سبابتها التي ارتفعت عالياً في ابتهـالاتٍ متواتـرة: لا إله إلا اللـه! قفـزت هيلة من مرقدها، أسرعت صوبَ العجوز وهمست بإذنها: بسم الله! يمه ولدك هذا مخاوي جن؟

- أعوذ بالله من فالك..

- أجل وش إلي قاعدين نشوفه؟

واكتفت العجوز بأن تمتمت: سلامٌ قولاً من ربٍ رحيمْ..

موضي

لم يكن يعرفُ كيف يشرح الأمر أو يبرره.. كان كل ما يعرفه بأنه يستطيع أن يجعل الأشياء تحدث (وكأن ذلك ليس مذهلاً كفاية!)، وأن كل ما عليهِ فعله هو أن يرغب بالأمر.

زلزلني ما حدث، فكيف يمكن أن أرغب بحدوث شيء، من صميم قلبي، ثم أرى الكون يمثل ملبيا رغبتي، وكأن كل ما عليّ فعله في هذه الحياة، هو أن أرغب؟ كيف يمكنني أن أصدق بأن الأمر هو فعلاً بهذه البساطة؟ كانت أمي على خطأ، لا يمكن أن يكون فهادي ولداً عادياً يعاني من غازات البطن ويولد بدون أن يصرخ، لا بد وأنه قدّيس أو ما شابه! قفزتُ من مكاني لأجلس على يمينه، وقلبي يرقص من فرط التأثر، كنتُ أريد أن أهتف (آمنت! آمنت!) ولكن صوتي اختنق في حنجرتي، وشعرت بالدم يصعد حاراً إلى رأسي، وتدفقت في داخلي آلاف الأفكار المدوخة..

وثبت فطوم من مكانها وجلست قبالته :

- فهادي إنت ساحر؟

لم يرد..

- ولا مسحورْ؟

لم يرفع عينيه، كان مأخوذاً بمعجزته الخاصة، رفعت عيني إلى أمي لأراها وقد شحب وجهها، أمي لا تصدق بأن فهاد يصنع المعجزات، أمي لا تصدق إلا ما تقرأه في كتاب العلوم الذي تدرسه لطالباتها! وأنا.. كنت أبتهل في داخلي لكي أتحول إلى قصاصة ورق تطير بين يديهِ، لكي أكون جزءاً من هذا الشيء العظيم الذي يحدث، وسمعتُ جدتي

تهمس لأمي وخالتي: كل واحدة تاخذ بنتها لبيتها، تأخر الوقت!

أرسلتنا جدتي إلى غرفنا لننام، وكأنها لم تشهد معنا على حدوثِ المعجزة، قالتْ بأن الوقت قد تأخر وبأن علينا أن ننام. ننام؟ ننام؟!! يخيَّل إليّ أحياناً بأنه كلما كبر الإنسان كلما ازداد عتهاً! لم أنم، صممت أن لا أنام، تريثت ساعة ثم صعدتُ إلى السطح آملةً – من كل قلبي – أن أجده هناك، يلعب لعبته المخيفة مع العالم، ويجعل الأشياء تحدثْ!

وفعلاً وجدتهُ، ابتهجَ قلبي، تربعتُ أمامه وأنا أرى القصاصات، تطير يميناً، تطير شمالاً، تطيع رغباته القلبية..

– فهادي شلون تسوي جذي؟

– ما أدري.

ولم يكن مهماً بالنسبة له، أن يمنطق هذا الشيء الخارق الذي يحدث له، وكأنه أمرٌ طبيعي جداً، أن يكون المرء خارقاً! وكنتُ ألحّ، ألحّ، ألحّ.. أردتُ أن أكون خارقة! وأن أجعل الأشياء تحدث، وكان عقلي قد تفتت إلى آلاف الأفكار، أمام قدرته المدهشة على التعاطي مع المعجزات كمسلماتٍ محضة، كانت الأسئلة تتفجر داخل رأسي، فطالما أنه يستطيع أن يملي رغباته على الكون، وأن يجعل الأشياء تحدث، وأن يحرك الأشياء عن بعد وما إلى ذلك، فهل يعني ذلك بأن كل شيءٍ في عالمه هو جزءٌ من رغبته؟ وهل يعني ذلك أيضاً بأنني أنا أيضاً مجرد استجابةٍ كونية لرغبته الداخلية؟ أن وجودي في حياته هو لأنه يريد ذلك، يختارُ ذلك؟ وهل يحق لنا أن نختار أسئلتنا الكونية بهذه البساطة؟ وماذا عني أنا؟ هل كل شيءٍ في حياتي هو نتيجة لرغباتي وأفكاري؟ حتى معاناتي الخاصة؟ قصوري؟ نقصي واعتواري؟ هل اخترتُ؟

– أمسْ كنت أمشي في (السكّة)..

رفعـتُ إليـهِ عيني، أتضرّع إليه كي يخبرني عنهُ أُكثر، عن خوارقِهِ وكراماتِهِ..

- كنت رايح (الفرع) أشتري ككاو.

- وبعدين؟

- بعدين شريت ككاو..

- وبعدين؟

- بعدين طلعت من الفرع..

- و بعدين؟

- بعدين طالعت تحت..

- إيه؟

- وبعدين شفت جسمي.

- شلون يعني؟

- يعني شـفت جسمي..شـفتني وأنا أمشـي في السـكة، وبإيدي ككاو..

- شلون؟

- ما أدري..

- يعني شلون فهادي؟

- ما أدري!!

- يعني إنت كنت طاير في السما؟

تمتـم بكلمـاتٍ متبرمـة عـن غبائـي وقلـة فهمـي: إنتـي شـفيج ما تفهمين؟

وأخيراً أخبرني:

- أنا كنت فوق، وكنت أشوف الناس تحت، وأشوفني، وأشوف بيتنا من بعيد، وأشوف كل شيء...

- وشفتني؟

- .. شفت (قطوة) داستها سيارة، في الشارع الثاني..

هكـذا أخبرنـي.. بأنـه ليـس فقـط كل ما هو عليهِ، الولي صاحب الكرامـات، والولـد ابـن الولـد، واليتيم الجدير بكل الحب الموجود في الدنيـا، بـل هـو "السـوبرمان" بعينـه! وفكـرت.. لعلـه زار الجنـة بهـذه الطريقـة، انفصـل عـن جسـدهِ وذهـب إلى أنهار اللبن في الجنة حاملاً قربتين كبيرتين من الفخار، عبأ بهما ثديي أمه!

فاطمة

حشرتُ جسدي بين الوسائد، تحت اللحافِ، أحدّق في الفراغِ، أرى قصاصاتٍ من الورق تنبت لها أجنحـة، تتحول إلى فراشاتٍ، ترفرفُ حول رأسي وتجنني!

- فطيم! شعندك تتسدحين في فراشي؟

فتحتْ الأضواء، ثم أردفت وهي تدخل الغرفة، بمشيها المتهادي، وبطنها المتكورة:

- ليه ما رحتي غرفتك وخمدتي؟

تربعت على السرير، وجهي يتطلع إلى وجهها، عيناي في عينيها، سألتها السؤال الذي كان يدور في رأسي منذ ساعة:

- يمه فهادي فيه جني؟

- فال الله ولا فالك! فهادي ولد خالك علي فيه جني؟ أصلا فهاد يشرّق، والجنانوة يغربون! أصلاً هم من يسمعون خطوات رجوله يتراكضون من الخوفْ، شلون يصير فيه جني مثل ما تقولين؟

جلَست على حافةِ السرير، عينها تلمع وصوتها يرتجف.

- يمه أنا كم مرة فهمتك إن ولد خالك ذا مهوب إنسان عادي؟ هو غيرْ.. فهمتي؟ إنتي حطي هالفكرة براسك، هو غير عن كل الناس ويقدر يسوي أشياء ما يسويها غيره!

- شمعنى؟

- ذلكَ فضل الله يؤتيهِ من يشاء!

وتـلا صمـت.. كانـت كل واحدةٍ منا تحدق في الأخرى، بمنتهى الإيمان والتأثر، وقلبي العامرِ باليقين الشاهد على المعجزة يرتعشُ داخل

صدري، آه..كم أنا محظوظة! كم أنا محظوظة لأنني ابنة عمة فهاد بن علي! كم أنا محظوظة لأنني ولدتُ في نفس العالم الذي ولد فيه، في نفس البيت الذي يعيش فيه، في نفس الزمن الذي ولد فيه، لا يفصل بيني وبينه حجاب، كم أنا محظوظة!

شهلة

– .. بس يا خالتي الولد طلع مسكون!!

– مسكون؟! ولد علي مسكون؟! مسكون بعين العدو! قالت مسكون! ولدي أنا مسكون؟ ما مسكون إلا مخك والله! مسكو.. .. وأجهشتُ..

– وش عليه تصيحين يالخبلة؟ ألحين الصبي الله أنعم عليه، وإنتي تصيحين تحسبين النعمة نقمة! قومي بس زين، روحي خمدي وفكيني من حنتك، قومي من قدامي أهوه!

.. لمّا رأت غيضة دموعي وارتباكي وما أنا عليهِ من قلة إيمان قالتُ بأننا لا نسائل الله العظيم على العطاء والبلاء، وشجبت قلة عقلي، والرعب الذي ينتابني، ثم قذفتني بكل ما طالته يداها من حبات الفستق، والريموت كنترول، ووسائد الريش، وأنا أجاهد لكي أخرج من عندها بأقلّ ضرر، ولما أوشكتُ على الباب، ولهاثي يتصاعد، وصدري يضيق، وأحس بلزوجة العرق على وجهي وكفوفي وظهري، نادت علي: يا بنية! التفتّ، فغرزت عينيها المخيفتين في عمق عيني وقالت: داري حوايجك بالكتمان، سمعتي؟! أوصدتُ الباب من دوني، ولهاثي، وحبات العرق المتزاحمة فوق جبيني، وفكّرتُ – لأول مرة منذ سبع سنوات – لو.. لو أنني أستطيع أن أتصل بأمي، وأخبرها بأن ابني ساحر أو مسحور أو ممسوس أو مسكون! وأسألها النصيحة، لمن ألجأ وماذا أفعل وكيف أتصـرف، لـو أنني أتصـل بأمّـي، لو أنني أحظى بأم بعد أن كفت غيضة عن أن تكون أماً!

نورة

- مضاوي! مضاوي! تعالي ماما! تعالي "غرفة الكمبيوتر" بسرعة! لم أكد أصدّق بأنني سمعتُ صوتكِ تدخلين.. حتى هتفتُ أناديكِ، وأنا بالكادِ أسيطر على انفعالاتي، بالكادِ أستطيع الجلوس كأن من تحتي الجمرْ..

- شفيك ماما؟

- تعالي مضاوي! شوفي شنو لقيتْ في الكمبيوتر!

وأتيتِ، بوجهٍ يفيض تأثراً، قصاصاتِ ابن خالكِ تملأ يديكِ، يخيل إليكِ بأنها ليست مجرد قصاصات! وضعتها بعنايةٍ على طرفِ المكتب، وتقدمتِ نحوي لتقفي خلف كرسيي مباشرة وأنتِ تحدقين في الشاشةِ بفضول، رفعتكِ من إبطيكِ لأضعك في حجري، وأنا أشير بيدي إلى أربع أو خمس مواقع إلكترونية تتحدث عن موهبة "تحريك الأشياء عن بعد" والطاقة الكونية (الريكي) وقوة العقل وعلم الباراسيكولوجي..

- شنو هذا ماما؟

- شوفي ماما..

وقرأتُ عليكِ:

"فى عام 1968م تسرب للغرب فيلم وثائقى قصير تظهر فيه ربة منزل روسية تدعى (نينا كولاجينا) من (لينينجراد) وهى تقوم بتحريك أجساما صغيرة وكوب ماء بمجرد تحريك يدها فوقها.. كما تمكنت السيدة (نينا كولاجينا) من تحريك علبة كبريت وعيدانها بمجرد تحريك يدها فوقها، وقد أجريت هذه التجارب عدة مرات أمام أعين أعضاء أكاديمية العلوم الروسية فى أواخر الستينات، كما أراد العلماء إختبار ومعرفة تأثير قدرة التحريك عن بعد التى تمتلكها السيدة (نينا

كولاجينا) على البشر، فقام العلماء بوضعها عند إحدى أطراف طاولة صغيرة وفى الطرف الآخر جلس أحد العلماء أمامها وقد تم توصيل عدة أقطاب بجسده لمعرفة أى تأثيرات قد تحدث على أعضاء جسده المختلفة، فقامت السيدة (نينا كولاجينا) بالتحديق فى منطقة صدر العالم الجالس أمامها، ثم بدأت تحرك يديها أمامه من بعيد وبدا على وجهها الألم والتركيز الشديد، وبدأت عضلاتها بالإنقباض، وفجأة قام أحد العلماء القائمين على مراقبة الأجهزة الطبية المتصلة بجسد العالم الجالس أمام (نينا) عند الطاولة بالإشارة إليها بالتوقف فورا حيث سجلت الأجهزة الطبية نشاطا كبيرا فى تحرك عضلات القلب الخاصة بالعالم الذى يجلس أمامها، وقد بدا أنه يعانى من أزمة قلبية، وما إن توقفت السيدة (نينا) حتى سجلت الأجهزة الطبية، إستقرار عضلات قلب العالم وعودتها إلى إنقباضاتها الطبيعية.."

وكنتُ بصددِ أن أقرأ المزيد، لولا أن وجهك كان في تمام حيرته، وأدركتُ بأن الأمر كثيرٌ جداً على سنواتكِ السبعة، وأكبر بكثير مما تطيقين، سألتِني:

- شنو يعني ماما؟

- يعني – ماما – فيه ناس بالدنيا.. تقدر تسوي مثل فهادي، وتحرك الأشياء من بعيدْ، هـذي قصة واحدة اسمها "نينا كولاجينا" وتسوي نفس ولد خالك.

- شلون؟

كانت حيرتكِ حقيقية، فشعرتُ بغصةٍ كبيرة تستوطنُ حنجرتي..

- يركـزون أفكارهـم، وبعديـن يحركـون الأشياء بالطاقة إلي في أفكارهم.

وعرفتُ بأنني بالغتُ كثيراً في ردي، وبأنني أحملك ما لا طاقة لكِ عليهِ، ورحتِ تحملقين في الشاشة أمامي، تحاولين بصعوبة تفكيك

شيفرة الحروف المتراصة أمامكِ، ولم يمضِ عليكِ إلا السنة مذ بدأتِ تترجمين الحروف إلى أصوات، وتقرأين "سالمٌ وعبير" بفرح وخيلاء، كانت تلك الحروف التي تسيل على الشاشة تفزعكِ وتثيركِ..

- شوفي مضاوي، إنتي مو لازم تعرفين شلون يصير الشي، المهم إنك تعرفين إنه فيه تفسير علمي حق إلي شفتيه، مابي منك إلا أنك تعرفين هالشي، وإن مو بس ولد خالك يقدر يسوي هالأشياء، فيه وايد غيره، في كل الدنيا، وإنه شي عادي و..

- بس ماما! أنا ما أقدر أحرّك الأشياء بـ "مخي"..

- عادي ماما! يمكن لو تدربتي وتعلمتي.. تقدرين، ويمكن تكون عندك (موهبة) ثانية، يعني تطلعين رسّامة مثلاً، أو شاعِرة أو.. أنا قصدي
- يا ماما - إن إلي شفتيه مو معجزة!

وأعرفُ بأن خالتك التي حولت إدرار الحليب وغازات البطن إلى كرامات إلهية، لا ينقصها الدافع لكي تحول موهبة الصبي المدهشة إلى معجزةٍ تدعّم بها نظريتها عـن كونه آخر الأولياء الصالحين المبتعثين لإنقاذ العالم، لم يكن يهمني شيء في الدنيا إلا أن أحصنك ضد أختي، أن أمنحكِ المعرفـة، قـوة المعرفـةِ، وأطلقكِ منيعة أمامها، ورغبتها بأن تراكِ تبتهلين باسمه..

ورحـتُ أريكِ روابـط الصفحـات الإلكترونيـة، أتصفحهـا معك، أقرأها عليكِ، صفحةً صفحة.. كلما أطلقتِ سؤالاً نبشناهُ معاً، في العالم الإلكتروني، قرأنا عن أولئك الذين يستشفون المستقبل، وأولئك الذين يتخاطرون فيما بينهم، وآخرين يخرجون من أجسادهم ويسافرون في ملكـوت اللـه، وعـن أشـخاص يـرون بـأم عينهم ما لا يحدث أمامهم، قرأنـا فـي العالم وجهـه الغرائبـي وعادية الغرابة، ورغم فتنة الأمر، كان كل ما أريده هو أن أسلخ عنه صبغة الدهشة، وأحوله إلى أمرٍ عادي، فقط لكي لا تشعرين يا ابنتي لأنكِ.. أقلّ.

شهلة

1

.. "السلام عليكم ورحمة الله / السلام عليكم ورحمة الله"

- تقبل الله يا خالتي..

وقفتُ على باب غرفتها، أنتظرُ – بلهفةٍ – أن تتمّ صلاتها لكي أبهجها بالقرار الذي اتخذته، التفتت إليّ، بوجهها البارِد العميق، شيءٌ في عينيها كان يخيفني.

- منا ومنك يا بنتي.

ثم خلعت عنها جلال صلاتها وأخفته في بطنِ السـجادةِ المطوية..

- خير يا أمك؟ فيك شي؟

- لا يمه مافيه إلا الخير.

- ولدك فيه شي؟

- لا يمه مافيه إلا العافية.. قاعد يلعب!

- الله يحفظه.

إحساسٌ داخلي غمرني بأنها تتوجس مما سأقوله، تجاهلتُ إحساسي الداخلي الذي لا يعول عليه وغامرتُ بإخبارها..

- يمه أنا عزمت على شي.. وجاية أفرحك!

- فرحيني يا أمك، قولي.

- يمه أنا قررت أشتغلْ!

ولسـببٍ مـا، شـعرتُ بذلـك الإحسـاس غيـر المريـح يتضخم في داخلي، وبدون أن تنظر في عيني سألتني:

- ليه يا قلبي إنتي بعازة فلوسْ؟ فيه شي قاصرك؟

- لا يا خالتي خيرك سابق.

- أجل وش لزمته الشغل؟

- ملّيـت مـن القعـدة في البيت ومقابـل هالتلفزيون، وبعدين يمه فهـاد - اللـه يحفظـه - كبـر وصار رجـال ومهـوب بحاجتي مثل قبل، قلت أحسـن لي أشـوف لي شـغلة في واحدة من هالوزارات.. أشـغل نفسي وأتسلّى، تدرين يا خالتي اليد إلي ما تشتغل يد نجسة!

- بس يا أمك إنتي تشتغلين! إنتي شغلتك "أم"!

عرفتُ لحظتها بأنها لا تريدُ لي أن أخطو شبراً خارج ملكوتها، ولم أفهم..

- ايـه يـا خالـة! مثـل خواتـي.. هيلة ونورة "ما شـاء الله" أمهات ويشتغلون!

- لا يـا بنيتـي، خواتـك غيـرْ، خواتـك بعـازة البيـزات، إنتـي مو بعازتهـا، وبعديـن علـي اللـه يرحمـه مـا كان يعجبه إنه الحرمة تشـتغل، وهـو مـا قصّـر عليـك، يعني ألحيـن يا أمك إنتي تطيعينه حي، وتعصينه ميّت؟!

وشعرتُ بشيءٍ يشدني إلى الوراء، رأيت إصبعي أمي الممدودين صوب السماء وهي تصرخ "لا تروحين لقبرك برجلك"..

- بعدين يا أمك إنتي وش قدّرك على الشغل؟ هذا دوام مهوب لعبـة، وإنتـي.. يعنـي.. شـايفة شـكلك؟ وش تقـول النـاس عنك؟ جت الفيلة وراحت الفيلة؟

طفـرتُ الدمـوعُ مـن عينـي، ازدردتُ غصّتي، تحشـرجت أنفاسي

وغلبني دوار، شـعرت بـآلاف الأنصـال تـزرع في جسـدي، تورق في أعضائي: لـم يخطر لـي قط بأنها تستطيع أن تسـخّر جراحي – هكذا – ضدّي!

– صح كلامك يا خالة..

قلتها والبكاءُ يغالبُ صوتي..

– صح كلامك، صح!

ولم يعد بوسعي أن أتوقف، وأنا أردد المرة تلو الأخرى "صح! صح! صح!"

2

كيف وصلتُ إلى هنا؟ غلبني السؤالُ أخيراً، وأفصح عن حضوره، بعد أن تصارعنا (أنا وهو) لسنواتٍ طويلة، منذ اليوم الذي علمتُ فيه بوفاةِ علي، وحتى اللحظة، حيث دموعي تركض حارّة على وجنتي، تتدلى من ذقني وتهوي إلى الأرضِ، وأنا واقفةٌ وظهري يتكئ على بابِ غرفتها، أمّي التي لم تكن لي أماً قط.

عندما بلغتُ العشرين من أمري زفّت إليّ أسرتي – بكثيرٍ من الغبطة – نبأ تقدم علي بن فهاد لخطبتي، الرجل فاره الوسامة الذي يشتغل في تجارة الذهب، مضرب الأمثال في الأخلاقِ والورع، يذهب إلى المسجد مشياً ويمشي هوناً وينظر إلى الأرضِ على الدوام، غارقٌ في مثاليته، والتي هي واحدة من جملة فضائله التي لا تحصى، والأمر الأهم، هو أننا ننتمي إلى الفخذ ذاتـه، وأن أبوينا أبناء عمومة، وحتى وإن كانت لي قرابةٌ حضرية من جهة أمي التي عشقت أبي وعشقها، فإن الأمر الوحيد المنطقي الحدوث هو أن أتزوج من أحد أبناء عمومتي، مباشرةً بعـد أن (رقصت) في عرس ابنة عمتي، وأمام عيني غيضة، لتعرف بأنني الكنة المثالية التي كانت تنتظر بزوغها في حياتها، بعد أن تأخر الابن في الزواج لسنواتٍ بدون سبب واضح، عندما خطبني علي بن فهاد كان يبلغ من الثانية والثلاثين من عمره، ولولا أن أمه أخبرته بأنه إذا لم يتزوج سريعاً ويأتها بدزينة من الأحفاد فلن ترضى عنه، لما تجاسر وتزوجني، أنا الغضة الصغيرة الملائمة لطاعة الزوج وأمـه، والآن، أمام السؤال الـذي غلبني: ما الذي جاء بي إلى هنا، لا أستطيع أن أمنع نفسي من التساؤل: ما الذي كانت تريده مني؟ ما الذي رأتهُ فيّ باستثناء الرقصة "البداوية" بطول صالةِ الأفراح، والشعر الأسود المسكوب والقد النحيل الذي كان! غيضة ليست ساذجة أو سطحية،

وإن كانت قد رأتني جميلة بما يكفي لكي أليق بابنها، ولكي أمنحها نسلاً وسيماً، فقد كانت تريدُ – أيضاً – فتاة تصغر ابنها بسنواتٍ كثيرة، لا تتأفف أمام تدخلاتها، ولا تملك حق الاعتراض أو الإدلاء برأي، وبمجرد ما أطلعتنا على رغبة ابنها بزوجة تكون ربة بيت وحسب، وأن الوظيفة غير مسموح بها، وافقنا على الفور، وانشغلنا بأمورٍ أهم، ترتيب الزفاف مثلاً! في غضون شهرين اثنين أصبحت زوجته الشرعية، وانتقلتُ للحياةُ مع أسرته، كنتُ كما أرادت غيضة، خرساء بكماء وجميلة.

موضعي

1

.. كان قد كفَّ عـن اللعـب معنـا / معـي دون يتعمّد الأمر، كان نسيانهُ لنا / لي عفوياً بشكلٍ لا يمكن دحضه أو التشكيك فيه، فكل ما في الأمرِ أنه لم يعد يرانا / يراني! عندما يمر بي، فأنا مجرد "لعبةٍ أخرى" في غرفتهِ الزاخرةِ بسواي من الألعاب، وكنا عندما ناديهِ، فطومة وأنا: يا فهادي العب معنا! يا فهادي غنّ معنا، يا فهادي اركب معنا.. في أراجيح جدتنا العظيمة! كان يهز رأسهُ ويمضي في سبيله، ما الذي يشغله؟ كان الفضولُ يقرضني، وأنا ألاحقه بعينين مشرّعتينِ على الآخِر، أتتبع تفاصيله وأسرق تحركاته، أمشِي خلفه مثل ذنَبٍ مقطوع.. أغريهِ بالألعـابِ والسكـاكر والأغاني التي نحبها، أقرفصُ في زاوية المكان وأنتظر أن يراني، ولا يراني! وليس ثمة شعورٍ أكثر وحشة، أكثر غربة، أكثر وحدة، من أن لا يراني، من أن أجدني مقصية عن عالمِه، ليس لأنه وليّ كما تقولُ خالتي، ولا لأنه الولد ابن الولد كما تقول جدتي، ولا لأنه اليتيم الجدير بكل حب إضافي، كما تقول أمي، ولا لأنه السوبرمان، كما أقول أنا، بل لأنه.. صديقي! كنت أفتقد صديقي!

في ذلك المسـاء، وقبيل أذانِ صـلاةِ المغـرب، كنّا جلوساً حول التلفزيـون فـي غرفـة الجلـوس، باستثنائه هو، وكنتُ قـد أعددتُ خطة لاختراقِ الحاجز الذي نبت بيننا، قرفصتُ في طرفِ المجلس، ونثرتُ أمامي أنواعاً من الككاو والعلوك وحلوى الخطمي التي يحبها، وجلستُ أنتظر.. كنتُ أنثى العنكبوتِ تنصبُ فخاخها، بخلافِ أنه لم يكن فريستي بقدرِ ما كنت أنا فريسته! وظهر في طرفِ الحجرة، مثل جرذ يتتبع رائحة

جبنة، صفق قلبي، رأيته يمسح المكانَ بعينيهِ، وكنتُ – داخل عينيهِ – مثل مساند السدو والأشياء التي لا أهمية لها، ثم التقطَ بعينيهِ غنائم السكاكر والككاوِ والعلوك المصفوفة بأناقةٍ على الأرضِ أمامي، تقدّمَ خطوتينِ، مدّ يده وانتزع من لوحتي السكّرية ضلعينِ أو ثلاثة، ثم مضى في سبيله دون أن ينبس، دون أن يلتفتْ، وربما دون أن ينتبه.

شـعرتُ بالدمـاء تتدفـق حـارّةً إلى رأسـي، صـارت يداي ترتجفان لوحدهما، كنتُ – بعد أسبوع من التجاهل والتغاضي – قادرة على أن أغضبَ منهُ، فذهبتُ وراءه، لأضربه، أو لأعاتبه، أو لأحتضنه! وجدتهُ يقفـز الدرجـاتِ صعـوداً، أربـع فأربع، وعرفتُ بأنه ذاهبٌ إلى السـطح، جغرافيا اللعب التي تخصنا، أنا وهو، المكان الذي فيه أشعر باختلافي، وأحظى فيـه بامتيازاتـي الخاصـة، مـا الذي يفعلهُ هناك وحده؟ لماذا لم يعد يناديني؟ هل عادَ إلى تحريكِ القصاصاتِ، وصهر الشموع، وتدشين المـدن مـن أعـوادِ الكبـاريت؟ أي لعبةٍ تنتظره فوق؟ أي لعبةٍ هذه التي ابتعلتهُ تماماً، وغيبتهُ عني، أنا شريكة اللعب المحرّم؟!

عندما وصلتُ إلى السطح كان يجلس بين خزانيّ المياهِ الكبيرين، في الفراغ الهزيل، وكان كلّ ما أستطيع رؤيته هو قمة رأسه، كان ينظر إلـى شـيءٍ مـا بيـن يديهِ، وكانت جحافل من الذباب تدور وتطن فوق رأسِهِ.. ارتجف قلبي بخوفٍ غامض، شعرت بروحي تغوصُ ثقيلة في بئر من الأسى الذي لا يمكن تفسيرهُ، كنت أحزن مقدماً عما سيحدث لي، أحدس مقدما بما سـيحدث لي.. حتى تمالكتُ نفسي وجسدي الذي استسلمَ لغريزةِ الخوفِ، التفتُّ حول خزّان المياهِ، وكنتُ مع كل خطوةٍ تأخذني إليهِ، أشمّ رائحةً تشبهُ رائحة السمك الفاسدِ، تملأُ منخريّ وتدوخني، ولمـا عـرفَ بوجـودي التفتَ، ولـم يبدُ عليه أنه انزعج مني أو فوجئ بي، وكأنه كان ينتظر أن أصل إليهِ، وأكتشفَ لعبته الجديدة.. وجدتهُ يجلس مثنيّ الركبة، متوكئاً على كاحليهِ، وأمامه صندوقٌ خشبيّ

مذهّب عرفتُ فيه صندوق أمي غيضة "المبيّت" الذي تحفظُ فيه سجاجيد صلاتها وعشرات المصاحف الخضراء، كان الصندوق مقفلاً وكأن وجه الفتى في تمام خشـوعه أمام لحظة التجلي الآتية، وبصوتٍ رقيقٍ شبهِ هامسٍ قال لي: قعدي مضاوي! فجلستُ على يمينه، والصندوق الخشبيّ المُذَهّب أمامنـا، والذبـاب فوق رأسـينا، والدمـوع ملء عينيّ.. وبأيدي خبيره، رفع الرتاجَ عن الصندوق، وفتح الغطاء...

.. نفذت رائحةُ الفطائس إلى عمق منخريّ ورأسي، وأطلقت في فضاءات السطوح صرخة المفاجأة.. لثوانٍ لم يكن بإمكاني أن أسـمع أو أرى، كان هجوم الرائحة مثلاً، نظرتُ إليهِ، واضعة يدي على أنفي وفمي، لأرى بذعرٍ كم هو قادرٌ على أن يقصي نفسه عن الرائحة، عن أنفه، عن المكان، وعن كل حواسّه! بعينينِ برّاقتينِ راح يتأمل الصندوق السـرّيّ الـذي – (وصرخـتُ هنـا أيضاً) – كان قبـراً جماعيـاً لعشـراتٍ من جثث الحيوانات والعصافير: قطط، كلاب، حمائم، كناري، قبّرات، عقاربُ، خنافس، فردات نعلٍ مسروقة، مفرقعات، سكين سويسرية، بكرة خيط أخضر سميك و..

رأيـتُ العصافيـر بـلا مناقيـر والحمائـم منتوفـة الريـش والعقارب منزوعة الأذيال والقبرات مفقوءة الأعين والقطط ممدودة الألسن، رأيتُ فـن الإيـذاء غيـر المبرر، والتعذيـب لمجرد التعذيب، رأيت ابن خالي يلعـب لعبـة المـوتِ والحيـاة متألهاً يقرر المصائر، ينتزع أرواحاً، يعذب أرواحاً، يفقأ أعينا وينتزع مناقيراً وينتف ريشا ويخلع أجنحة ورؤوساً و... تهاويتُ.. خارت قواي وقدرتي على أن أفهم أو لا أفهم، سقطتُ على ظهري ورأيتُ السـماء تظلمُ والذباب يحومُ بجنونٍ فوق رأسي كمـا لـو واحـدة مـن قتـلاه، شـعرتُ بدمعةٍ حـارةٍ تطفرُ من عيني، تسيلُ بطيئة، تعبر ذقني وتتم سيلانها الحارق على رقبتي، بحثتُ عن صوتي ولـم أجـده، حنجرتي جافة ومؤلمة، أردتُ أن أناديه، واختنقت برغبتي

في الحظة التي شرع يشرح لي - بحماسة منقطعة النظير - طريقته في تعليق العصافير والحمائم من أقدامها بحبل الغسيل ليتركها تجف موتاً تحت الشمس، وراح يخرجُ لي من قاع الصندوق جثثاً لقطط وكلاب ممزقة الجلد، ألسنتها مدلاة في وجوهنا، أعينها مشرّعة بذعرٍ تحدق فينا باستجداء لكي نفهم حقيقة المأساة، وفرش الجثث أمامي على الأرض، ليتأمل كنزه المقدس، بما لا يمكن وصفه من الحب واليقين، يخرجها واحدة واحدة، يتفحصها، ثم يعيدها إلى الصندوق، بوجهٍ مفعم بالبراءة، ثم أقحمَ يدهُ في بطنِ الصندوقِ عميقاً، عميقاً، ومدها في وجهي وفتح أصابعهُ على مهلٍ ليريني جثة صوص الدوري، وقد وضع داخل منقارِه لفافة مفرقعاتٍ صغيرة، ثمّ فجرها داخل فمه، ليطير منقارهُ في الهواء، ونبش بيده داخل الصندوق وأخرج شيئاً صغيراً لم أتبينه، وقال بأنه منقار..

ضمّ جثة الصوص إلى صدرِه برفق، مثل أمٍ تحتضنُ رضيعها، وقال - بكل الحبّ الذي يعمر قلبه - بأن هذا الصوص هو المفضل لديه لأنه يشبهني!

2

مع صرختي التي تفجرت في الفضاء، دفعتُ الأرض تحت قدميّ بعيداً عـن الصنـدوق وجثـة الصوص وابـن خالـي، أدرتُ إليـه ظهري وركضتُ أبتعـد، أنـزل الدرجاتِ أربع فأربع، أنادي أمهاتي بأسمائهن: نورة وهيلة وشهلة ورقية، وعلى رأسهن جدتي، ركضتُ صوب إحداهن ودفنتُ وجهي في بطنها وأجهشت أبكي الرعب البهيّ الذي يجعل جثـة الصوص ترقـد بهـذه الوداعة بين كفيّ قاتلها.. بدأت الأمهات في تشمم رائحة الموت في ملابسي، تجاذبتني الأسئلة والأيدي، لم أنبس، وابتهلتُ في أعماق قلبي لكي أنسى هشاشة جثة الصوص عديم المنقار، والبراءة التي لا تغتفر في وجه فهاد.

كانت تلك المرة الأولى التي أكتشف فيها وجهه البريء من بين وجوهه الكثيرة، الوجه الذي يستمد براءته من قدرته على الإيذاء، ومن حقيقـة أن لا شـيء يخيفـه، بكيـتُ الجثـث، وجثتي مـن بينهم، وبكيتُ الموهبـة الشيطانية التي تفجرت فيـه فجأة: موهبة القتل، والاستمتاع بالقتل، بمنتهى حسن النية!

صعدت النسوة إلى السطح، مستدلاتٍ بالرائحة والذبابِ وغريزة المـوت، ليريـن بأعينهن المجـردة، الولد ابن الولد آخر الأولياء واليتيم المسكين والسوبرمان بعينـه، يحتضـن الجثـث ويمسـح علـى وبرها ويهدهدها في نومها، تجمدت شهلة واقفة، كان قلبها أضعف من أن تتقـدم خطـوة أخـرى تأخذهـا إلـى معرفة أعمق بالمسخ الـذي أنجبته، واكتفت بأن ترمق الصبي من بعيد وكأنها تخافُ من اكتشافه، وكانت مـرة أخـرى – بجثتهـا الهائلـة – تترنـح، وبـدأت خالتـي هيلة – مولولة مذعورة! – تسـأل فهاد عما فعله بالحيوانات المسكينة، ولماذا قتلها ولمـاذا لـم يتخلـص منها طالمـا أنها ميتة، وأنا.. علقت في فستان أمي

121

وسمعتها تبتهل "علي!"، بكت فطوم وهي تدفن وجهها في جسدِ رقية، التي تغطي فمها وأنفها بيمناها، بعينين مرتجفتينِ محمرّتين..

- هيلة خرّعتي الولد!

سُمعت جدتي تلِجُ المشهد بصوتها المعدني الرهيب، قبل أن يكتمل حضورها في المكانِ لترى ما رأينا، وكانت ما تـزال تصعد الدرجاتِ.. كانت جثة العصفور عديم المنقار ترقد بين كفيّ فهاد الذي يتأمـل خالتيـه فاغـر الفـاه، وعيناه الكبيرتان ترمشـان باستمرار، وصلت جدتي إلى المكان، ونادت على الصبيّ لتأخذه داخل جلبابها، ثم أمرت الجميع بمغادرة السطح.

3

رفضت جدّتي أن تستدرج إلى هاوية الرعب معنا، ورفضت حتى أن ترى - في الوجه الجميل الذي تخيفنا براءته - وجه علي، وقررت أن تتعامل مع الأمر بمنتهى العادية، وربما بشيءٍ من الحيادِ المفتعل، حتى جرّتنا كلنا - كشأنها - إلى حـذو حذوها، وصارت تردّد طوال أيام بأن الحق على هيلة لأنها أرعبت الصبي المسكين بصراخها، وبأنها بالغت في تهويل الواقعة، ثم زادت القول بأن الأمر عاديّ وطبيعيّ بالنسبة لطفل، وبأن هذي العصافير والقطط والكلاب هي أصلاً مسخرة من أجـل الإنسـان، وأن رغبتـه باختراقهـا واكتشافها دليـل على صحة عقله وفضولِه وشـوقه إلى اكتشاف الوجود، وبأنه إذا كنا نتعاطف إلى هذه الدرجـة مـع ذلـك "الصوص عديـم المنقار" فخيـرٌ لنا أيضاً أن لا نأكل الدجاج واللّحم، وربما من الأفضل أن لا نأكل حتى الخضار والفاكهة، لعل الأشجار تتألم بدورها في ساعةِ القطاف، ولمجرد أن معاناتها غير مرئية لنا فهذا لا يعني بأن اقتطاف ثمارها لا يؤذيها، وخيرٌ لنا إذاً أن لا نأكل، أن لا نعيش، لأن هذه العالم كله يتحرك بموجب القتل، ويتطور بموجب القتل، وأنه إن دل الأمر على شيء، فهو يدل على أن الصبي يحمل في شرايينه دماء الفرسان من أجداده، التواقون إلى صيد الأسود وتربية الصقور! ظلت جدتي تتحدث هكذا، طوال الوقت، حتى عندما لم يكن ثمة من يستمع إليها، كانت تردد الأمر لنفسها على الأرجح، تطمئنُ قلبها بأن سليل الابن الوحيد ليس شيطاناً كما بدا لنا.

في مسـاء اليوم التالي، بعد أن عاد فهاد من المدرسـة، أمسكت بمعصمِه، وصعدت معه - ترافقهما رقية - إلى السطح، وطلبت أن ينقل صندوق الجثث إلى الحديقة، وأن تدفن كل محتوياته، سألتها رقية:

- في البيت؟

- ايه نعم.

- بس يمه..

تطيرت رقية من فكرةٍ وجود هذا الكم الكبير من الجثث تحت أرض المنزل، ولكنّ جدّتي ردت ببساطة بأنها تصنع سماداً ممتازاً، وأصرّت على فهاد أن يراقب مجريات الأمر: حمل الجثث، تفريغ الصندوق، والدفن، كل شيء، وكأنها تريد من الصبيّ أن يتعرف وجهِ الموتِ عن قرب: عندما نموت، يا صغيري، تعرج الروح إلى السماء، ويذوب الجسد في التراب، وتتشبث أعيننا بالأعالي، لأنها تشيع انسلال الروح إلى فوق، أصرّت جدّتي على فهاد أن يساعد رقية في الدفن، وكانت ملامح رقية مائجة بالهلع والنفور من رائحة الجثث الحزينة التي تستجدي نهاية لائقة، والذباب الذي يحتجّ فوق الرؤوس على مصادرة وليمته.

تعاطى فهاد مع الأمر بكثير من رحابة الصدر، وكأن ذلك الصندوق - بكل ما فيهِ من رعب - لم يكن كنزه الذي عكف على جمعه أياماً، كان قادراً على التخلي عن الأمر، تماما كما ترك لعبة تحريك القصاصات، ومن قبلها "الغميضة" و"الأرجوحة".. واثقاً من قدرته على العثور على "لعبةٍ جديدة" تبتلعه في أغوارها، وأنا - التي تراقب مراسم الدفن من النافذة الفوقية - أتلصص على متعته الآثمة وأتساءل.. إن كان الدفن مسلياً بهذا القدر فعلاً، أم تراها قدرته الخارقة على الاستمتاع بكلّ شيء وحسب؟ كان ذلك هو الملمح الأكثر قداسة، ودناسة، في حضور فهاد، كان العالم برمّته.. لعبته الخاصة، لعبته هو، وكنا نحن، وأنا، وجثة الصوص، جزء من هذه اللعبة.

انتهى فهاد من دفن الجثث، وبدا سعيداً بإنجازه الذي تم بمباركة جدّتي، لأنه أخذ يقفز ويصفق فوق القبور بسعادةٍ، ابتسمت جدّتي ملاطفة، وقبل أن تدخل إلى المنزل لقنته وصيتها الوحيدة بشأن ما حدث:

- يا وليدي، المرة الجاية، إذا قتلت.. ادفن!

فاطمة

1

يلعب فهادي كرة قد الشوارع حافياً طوال النهار، وأنا أتفرج على لعبه من نافذة غرفة أمي، أراهُ يقطع الشارع ركضا مرتدياً البنطلون الرياضيّ الأصفر بالخطين الأسودين على جانبيه، والبلوزة البيضاء المهترئة، كان يلعب بالدشداشة أحياناً، يطويها ويربطها على خاصرته ويقذف بنعليه في الهواء، ثم يرفع عينيه إلى نافذتي ويهتف لي "فطومة! حفظي مكان (نعالي) لا تضيع!".. لأنه يعرف بأنني أستطيع أن أراقب كل شيءٍ من أعلى، وأن أحرس أغراضهُ الغالية، وإذا ما أبدع في اللّعبِ وأحرز هدفاً، سوف يرفع عينيه إلى فوق ويراني أهتف وأصفق "وه وه! فهاد.. وه!" وإذا ما انتصر هو وفريقه، فسأرقص من أجله رقصة النصر، وأقفز على سرير أمي، وأتقلّبُ على الأرض بصفتي المشجعة الأكثر ولاءً لفريق الكرة الأكثر روعة، ومع كل لحظةٍ أمضيتها أمام النافذة، أتتبع قدميهِ الحافيتينِ تجريانِ حرّتينِ فوق لهيبِ القار، تركلان وتركضان، بقدرِ ما تمنيتُ لو كنتُ هناك أيضاً، أركل الكرة حافية، أركضُ في الشارع وكأن الشارع ملكٌ لي.

عادت أمي إلى الغرفةِ، حاملةً شقيقي الوليدْ بين يديها، لتجدني – مثل كل يوم – واقفة عند النافذة، أطلّ على قدميهِ الحافيتينِ وأحلمُ بالركل والركض..

– فطيم شتسوين عندك؟

– أشوف فهادي..

- فديته!

جلست على كرسيها الذي تسميه "كرسي الرضاعة" وراحت تفك أزرار قميصها بيـد، وتهـز أخـي الرضيـعَ بيدها الأخـرى، تهدهدُ جوعه وتأوهاته..

- عسى بس فريق ولد خالك هو إلي فايز؟

- ايه يمه! أربعة صفر..

- وفهادي حط "جول"؟

- حط "جولين" عجيبين!

- فديت قلبه!

ثـم ألقمـت ثديهـا للصغيـر وحلـت سـاعة الصمت، وفي الشارعِ المقابل للنافذة انفضج الجمع عن نصرٍ آخر للفريق الأصفر ذي الخطين الأسودينِ، وارتفعت عيناهُ إلى عينيّ سـائلة، هتفتُ له "فهادي عنـد بـاب بيـت بوحسـن!" ولم يعد مضطـراً للبحـث والنبشِ من حوله، تأبط نعلهُ ودخل من البابِ الأمامي.

- فطومة شفتيني شلون حطيت "الجول" الثاني؟!

- ايه شفتك! حدّك عجيب!

قـذف بالكـرة فـي الهـواء مـرة أخـرى، محاكياً ركلتـهُ التي حققت الهدف، والتقت الكرة بكاحلهِ مرة ثانية، ثم ارتطمت بالجدارِ، وارتدت لتستقر بين ذراعيهِ ببساطة مدهشة..

- وه وه.. فهـاد.. وه! وه وه.. فهـاد.. وه! هـذا يقول (آه) وهـذا يقول (آه).. هذا الشيطان فهاد لا تلعب (ويّاه)!

هتفتُ لـه، وأنـا أصفـق وأرقـصُ وألـوّح وأقفز في مكاني، هتفتُ حتى اختفى صوتي ودخل هو إلى البيت..

- دخل ولد خالك؟

- ايه..

- زين أجل ارحمينا من صراخك خلي أخوك يعرف يرضع.

وكنتُ ما أزال أعيش في الحلم الذي هو على بعد حائط
وسور، حلم الركض والأقدام الحافية، والكواحل الصلبةِ والسواعد
السمراء..

- يمه!

- مصمّمة!

- يوماااااااه!

- شتبين؟!!

(لم أكن قط بارعة في استجداء حاجاتي، بقدر براعة أمي في
قمعها)

- أبي ألعب كرة في الشارع مع فهادي.

- خيرْ؟

- ودّي ألعب! الله يخليك! مرة واحدة بس! الله يخليك! مرة
واحدة بس!

- انقلعي عن وجهي أهوه..

- ليش؟

- بس!

- ليسسسيش!!

- فطيم لوعتي كبدي بسك حنة على راسي خليني أرضع أخوك!
مافيه لعب في الشارع يعني مافيه! هذا إلي ناقص بعد، تبين تراكضين
في "السكيك" مع الصبيان كنك ولد؟

- يعني شفيها؟

- فيها قبايل!

- يمه عفية!!

- إلي فيها إن إنتي بنت، وهو ولدْ، وإذا جبتي هالسيرة قدامي
بعد مرة والله لا أخلي أبوك يشوف شغله معاك.. فهمتي؟!

أومأتُ بالإيجاب دون أن أفهم.

2

ذات مساء، كنا جلوساً حول التلفزيون، نتفرّجُ على عبدالحليم حافظ وهو يغني لفاتن حمامة في "موعد غرام"، جلسنا متلاصقتينِ، يسكننا الحلم ذاته: ما أروع أن أكبر لأصير فاتن حمامة! ما أجمل أن يكبر ليصير عبدالحليم! ما أجمل أن نكبر لنحب بعضنا كما يفعلون في التلفزيون! في ذلك المساء، وعبدالحليم حافظ يغني، وأمي وخالتي منخرطتان في حواريةٍ جادة عن مدى ملاءمة قصة الشعر لوجه فاتن حمامة، وشهلة التي ذابتْ أمام الشاشة، كما لو أن عبدالحليم حافظ يحبها هي (رغم أنه حتى لو أراد ذلك فلن يستطيع!) كنا قادرتين أخيراً على أن ننحاز لنفس الأبطال، وأن نحلم بنفس الحكاية الرومانسية، وكان الوجود بالأسود والأبيض، كنا متشابهتين كثيراً حتى عجزتُ أن أتبين أين ينتهي حلمي، وأين يبتدئ حلمها، وبعد ساعة الغناء والحب، انتبهت أنوفنا إلى تلك الرائحة الغريبة، تنسلَّ خيوطها على مهل عبر مناخر أنوفنا وتستقر في بواطنِ رؤوسنا، كانت تشبهُ رائحة البصل: نفاذة ومزعجة، شممتها مرة واحدة من قبل، وأنا في طابور انتظار الكاشير في البقالة، كانت تنبعثُ من إبط الرجل الواقفِ أمامي، رأيتُ أمي تكشر وتضع منديلها الورقي فوق أنفها متذمرة، ثم دخل فهاد إلى الغرفة، وهتفت أمي: ماني مصدقة! ماني مصدقة!

ثم التفتت إلى خالتي نورة وسألتها:

- تشمين؟

- أشم؟ فيه أحد ظل بالفريج ما شم؟!

- يا بعد هلي وطوايفي يا فهاد! كبرت! كبرت!

عندها تركت كل أم من أمهاتنا ما بيدها، والفيلم وعبدالحليم وفاتن حمامة، وأخذن يزغردن ويضحكن بجنون أفزعني، كانت الرائحة

تنبعث من إبطيّ فهاد! خلعت أمي عنه قميصه وراحت تتشمم موضعيّ إبطيهِ وهي تغرق بالضحك، ثم ألقت بالقميص على شهلة هاتفة "شمّي عرق ولدك يختي!"، وبدأت شهلة في تنشق القميص، وسط ذهول ابنها، وانغمست في الأمر طويلاً حتى خيّل إلينا أنها تتذكر شيئاً، ثم انتزعت خالتي نورة القميص من شهلة ودفنت أنفها في كمّه، ثم أطلقت ثلاث زغاريـد متتاليـة وهـي تركـض بالقميص إلـى المطبخ، حيث أمي غيضة تعد العشاء ورقيّة، وهتفت جذلة: عرق الولد!

تبعتها راكضة لأرى جدتي وقد تهلل وجهها بتباشير ابتسامةٍ لا مثيـل لهـا، كنـتُ ومضـاوي نراقب المشـهد بدهشـة وقد أصابتنا عدوى الفرح الذي عجزنا عن فهم أسبابه، هل يبتهج الإنسـان برائحة عرقه؟ حتى فهاد، تسـمر وسط الغرفة بابتسـامةٍ بلهاء وهو يلاحق ضحكات أمهاته بعينين مشدوهتين، ثم تقدمت منه رقية ورفعت ذراعه اليمنى في الهواء لتتفحص إبطيهِ، مرددة عليهِ "شغل عدل يا ولد! صرت رجّال".. تقدمت أمي مني وغمست وجهي في قميص فهاد وامتلأ منخري برائحة كريهة.. وأخذت تكركر "شمي عرق رجلك!" عندما انتزعت القميص من وجهي رأيت مضاوي تتراجع إلى الخلف خطوات، تخاف أن يدفن وجهها في الرائحة الكريهة التي يحتفل بها الجميع، وفي تلك اللحظة هتفت رقية "شعرا! شعرا!" وركضت خالتي نورة لتشارك رقية سـعادة عثورهمـا على شـعرة وحيـدة وشقراء وهزيلة في إبـط فهاد "ولد علي صار رجال" رددت أمي، ضمت خالتي هيلة فهاد إليها وهي تقبل رقبته ورأسـه، وغابت جدتي في غياهب فرحتها، وسكرت شـهلة بالرائحة الشبيهة برائحة أمسٍ ميْت، وركضت مضاوي، بكل وسعها، هاربة..

موضي

1

كنتُ أشرب الشاي مع جدّتي ورقية، وقد ملأتُ "الاستكانة" حتى منتصفها بالسّكر، ونصفها الآخر بالشاي الأحمر، ورحت أمضغ السكر بالشاي مستمتعة بتكسره بين أضراسي، (حشا نملة! طول الوقت "تقروش" هالشّكر) عقبت جدتي على عادتي السيئة في مضغ السّكر، وحذرتني رقيـة بـأنني إذا مـا واصلت مضغ السكر ومصمصة السكاكر فسينتهي الأمر بي بلا أسنان، وسرعان ما انحرف الحديثُ إلى ذكر ما حدث قبل يومين، وراحت رقية تضاحك جدتي وهي تحاكي جنون نورة وهيلة أمام رائحة عرق فهاد، وجدّتي تستمتع إليها بوجهٍ رضيّ، عندها علقت بـدوري، بـأن الرائحـة لـم تعجبني، وبأنها تشبه رائحة الفطائس التي دفناها في الحديقة، وأنه من الغريب أن يبتهج المرء بانبعاث النتانة من جسده..

— لا عاد أسمعك تعودين هالكلام فاهمة مضاوي؟

قالت جدتي، وهي تقرص زندي بإصبعيها، وأخفت رقية وجهها داخل تعابير مصمتة، انكمشت رقبتها داخل جسدها مثل سلحفاة عجوز، ثم نهضت بحجة أنها تريد غسل الأوانيّ، وأنا أرمق جدّتي بتلك النظرة، النظرة إياها التي أتدرب عليها قبل النوم وأخبئها لهكذا مناسبات، ولكنها تجاهلتني ببساطة وعادت إلى ارتشاف شايها بوجهٍ منطفئ..

كان مـا قلتـهُ، علـى الأقـل عنـد جدتي، ضرب مـن الزندقة، ليس فقط لأنني لـم أبـدي ابتهاجاً بأولى علائم تحوّل حفيدها إلى رجل،

بـل لأننـي كفـرتُ برائحـة جسـده، والرائحـة، كما تقـول جدّتي، هي ما يمنـح الجسـم حقيقيتـه، وهـي الفـارق الحيّ الـذي يفصل بيـن اللحم والبلاسـتيك، الرائحـة هـي دليـل الحياة والاستجابة للحياة والتجاوب مع العالم، وجدّتي، السـعيدة أيما سـعادة بحفيدها الذي يحتفي جسـده بالحيـاة مـع كل لحظـة، ويتجـاوب معهـا، لم تكن لتسـمح لي بأن أحط من شـأن ذلك، أن أسـرق سـعادتها، أن أسـخر من عرق حفيدها، كان عليّ أن أحب رائحة فهاد، وأن أتنشـقها بملء رئتيّ، وأن أسـمّي عرقه مسكاً!

2

.. عندما عـادت الرائحـة إلى المكـان تغامزنَ وهن يرمقن شـهلة مهنئـات، ولكنهـن سـرعان مـا انتبهـن إلى أن فهـاد يلعب معي بحطب "الدامة"، ولم تكن له أي علاقة بالرائحة التي تفشت في جسد المكان، وكانت فطوم – العالقة ما بين الدهشة والحرج – هي الواقفة عند الباب، في انتظار أن يتم الاحتفال بها، كما هو مفترض، لولا أن..

– الله يخسك!

– وش هالريحة؟

– فطيم! كم يوم صار لك ما سبحتي؟!

رأيـتُ فطـوم تحمـرّ وتخضـرّ وتـزرقّ وتشـحب شـفتاها، وكلمـا احمـرت كلمـا تضوعـت الرائحـة في المكـان أكثر، بكت فطوم صامتة، موجوعة، مطعونة في القلبِ تلملمُ خيبتها وتداري عورة عارها، وهي تمـرر عينيها على وجـوه الأمهـات الأربعـة بكثيرٍ من الحيرةِ والألم، أسرعت خالتي هيلة تحمل ابنتها وتركض بها إلى شقتها.

قضت فطوم الساعات التالية في البكاء في بانيو الحمام، تحت دش الماء الحار، وأمها تدعك جسدها الهزيل بالليفة، وتفركُ إبطيها، وتعطر رقبتها وصدرها بالبودرة البيضاء ومزيل العرق، وهي تردّد عليها بأن من المعيب أن يفرز جسدُ الفتاة رائحة كريهة، وبأن العرق للرجال وحدهم، وبأن جسد الفتاة ينبغي أن يكون عطراً على الدوام، لأنها أنثى!

انتظـرت مـرور السـاعتين ثـم طرقت باب غرفتها، وجدتها تلعب بالعرائس وقد سرحت شعرها في ضفيرتين نضرتين غليظتين، وارتدت فستاناً قطنياً ملوناً، وكانت رائحتها تشبه رائحة الليمون، ولكن وجهها كان متآكلاً مـن فـرط الحيـاء، وخيّـل إليّ بأنني لو عصرتُ رأسها بين

133

يديّ لسـال منه شـلالٌ من البكاء، وبمجرد ما رأتني، وعرفت بأنني لم آتي لأشمت بها، كان الشلال قد تفجر فعلاً، جلست بجوارها بصمت أنتظر أن تنهي بكاءها، ولما انتهى فعلاً أردفتُ قائلة:

- أمي حطّت لي بودر.

- بيبي جونسون؟

- ايه.

- أنا بعد، أمي حطت لي بودر بيبي جونسون.

وتبادلنا الابتسـام، كنا نحرصُ، رغم كل شـيء، أن نفعل الأشـياء نفسها وبنفسِ الطريقة.

- غسلت راسك؟

- ايه..

- أنا بعد ماما غسلت راسي بالشامبو..

- جونسون؟

- ايه، بيبي جونسون!

وصمتنا لبرهة، حرتُ خلالها أيّ شـيءٍ أسـتطيع أن أقوله، حتى تجاسرت وأطلقت ملاحظةً تافهة:

- ريحتك حلوة.

ولكنهـا، عوضـاً عـن أن تبتسـم، بكـت وهي تغطي عينيها بيديها، وأخذت تنشق وتشهق، وأنا أتأملها، وقد تسللت دمعة يتيمة من عينيّ، مسحتها بطرف كمّي، في محاولة لاستجماع شجاعتي لكي أتضامن مع موقفها، أمي غيضة قالت مرة بأن العرق دليل على حقيقية الجسد، أردتُ أن أعيد ترتيل كلمات جدتي، لولا أنني، بلغتي الطفلة، لم أستطع أن أجعلها تفهم..

- أمي غيضة تقول العرق.. يعني..

- ..

- يعني.. هو يعني إن احنا.. ناس..

- ناس.

- مو بلاستيك، لحم.. يعني لحم!

أخـذت أردد: لحـم، لحـم.. ببلاهـة، وأنـا أقرص سـاعدي لأريها اللحـم على حقيقتـه، اللحـم الـذي يتعرّق، الحقيقيّ، والذي أصبحت حقيقيته فجأة، مصدر عاره..

شهلة

كـم وزنـك يـا خالـة؟ كم كرسيـاً تكسرين في اليـوم يا خالة؟ هل تستطيعين الجلوس في غرف انتظار الأطباء يا خالة؟ هل تبقين لساعتين متواليتين بدون أكل يا خالة؟ هل أستطيع أن أقفز فوق كرة الشحم في جسـدكِ وألعب مـع ابنكِ يا خالة؟ تلكزني الطفلتانِ بالأسئلة الإبرية، تثقبـان البالـون العمـلاق المعبـأ بالهراء، واحدة عن يميني تقرص زندي وتشـهق من تراكم الشـحوم والتفافها حولي، والأخرى تمد يدها بتردد لتلمـس الثـدي الأسطوري الـذي تصب فيه أنهار الجنة المزعومة، فيم أنا أختنق بي، في الكرسي الذي أجلس عليه منذ عشر سنواتٍ، وأرى ولدي ينادي ابنتي خالتيهِ للعب في غرفته، ويغيب خلف الباب..

أتلصص- بشهوة آثمة - على سماعة الهاتف، لو أنها ترن! لو أن هذا اليتم، يكف عن الوجود، جازفتُ مرة واتصلت، بحثتُ في الطرف الآخر عن صوت أمي، عن مغفرتها، ولما ردّ علي أخي أقفلت السماعة في وجهه، في المرة الثانية سمعتُ صوت أمي، اختنقتُ باكية، سمعتها تسـأل: مـن؟ شهلة؟ هتفتُ بها "ايه يمه!" وفي لحظة اختفى صوتها وظهر صوت أبي الغليظ يتوعدني لو أنني اتصلت، أقفلتُ السماعة من فوري ولعنتُ اليتَمَ والقطيعة..

– فطومة! مضاوي! يله تعالوا!

ينـادي متأففـاً، تذهـب واحـدة إلـى غرفته وتبقى الثانيـة الملعونةُ بالأسـئلة و.. مامـا شهلة ليـش خالي علي تزوجك؟! ابتسـمتُ رغماً عني: كيف يستطيع عقلها ذو العشـر سنوات أن يفهم كيف يمكن أن يقترن الرجل الأسطوري الوسيم، فتى القبيلة صائغ المجوهراتِ وشهيد

الإحسان الإنسانيّ، بي أنا؟

- روحي لعبي مع العيال مضاويْ..

- وإنتي؟

- أنا؟ شفيني أنا؟

- تقعدين بروحك؟

وكأن أحداً في هذا المكان الأصم انتبه لي فجأة، اغرورقت عيناي بالدموعِ وبصـوت متحشرج أجبتها: روحي يمه روحي! كانت المرة الأولى التي ينظـر فيهـا أحد إليّ على أنني إنسان، وليس كتلة شـحمٍ عملاقة. روحي يمه، رددتُ مراراً، فأنا، يا بنيتي، وصفة ملائمة لزوجة! أراد خالك أشياء بسيطة أعطيتها له بإخلاص، أراد امرأة لا تسأله أين يذهـب ومتى يعـود، أراد امـرأة تنظـر إليـه دائمـاً على أنه أرفع درجة، وهـو معـزز بالإمكانيـات التي تجعله متفوقاً كإنسان، فكيف به كذكر؟ أراد امـرأة مشـغولة بالبيت، امرأة لا يثيرهـا العالـم الخارجي، لا تحب الدراسـة ولا يخطر لها أن تحظى بوظيفة، امرأة تريد غسـل الصحون وقلي البيض وتنظر إلى ذلك على أنه منتهى السعادة.. هل ترين كم أنا مليئة بالأسباب المقنعة لكي يرغب بي خالكِ؟ والأهم أنه أراد أن يتـزوج امـرأة مغفلـة لا تشـكّ بتحركـاتـه لأنـه يرغب بالجهاد إن شئتِ، بالإرهـابِ إن شئتِ، فانتقانـي بعنايـة، وكنتُ ضربـة موفقة فعلاً.. هاه! ضربـة موفقة! وإن أردتِ أن تعرفي أيضاً، أنتِ ودبابير أسـئلتك.. فأنا لا أحب حياتي هنا، لا أحب أحداً، حتى ابني المشـاع المتشـظي بين ثلاث أمهات وجدة متسلطة.. لم أحبه كما ينبغي لأم، لم أشارك في حياته كما ينبغي لأم، لم أقم له "حفلة التفوق" لأن جدتك فعلت ذلك، لـم أشـتر له لعبة لأن جدتك اشـترت له كل ألعاب المحل، لم آخذه إلى الطبيب لأنها ستقول.. شهلة يا عوينتي ارتاحي إنتي وش يقومك من مكانك يا قلبي قومتك صعبة، أنا آخذه الطبيب! لم أفعل معه شيئاً

خاصاً يخبرني بأنـه ابني، باستثناء أنـني أتيت به إلى هنا وأنا أتساءل كيف كانت ستصبح حياته لو لم آتِ، وأنا أراه يتحول في كل يوم بين أياديكـن إلـى نبـي وولي وبطل ومجـرم يعذب الكائنات البريئة، روحي يمـه روحـي، روحي لعبـي، فأنـا غبتُ عن الرغبة والألم، غبتُ عن كل شيء باستثناء إحساسي بالقبح، جدتك تخاف علي من الحب والحياة، جدتك خبأتني خلف حجاب كثيف وأنا تواطأتُ معها لأنني ما عدتُ أرغب بمشاركة حياتي مع أيّ رجل، لم تكن جدتك بحاجة لأخذ كل هذي الاحتياطات، فامرأة مثلي، لا تشعر إلا بالقبح والغباء لن ترغب برجل ولا حتى بظل رجل.. أريد أن آكل وحسب، أن أهدهد خيبتي بالأكل، لأن الأكلُ لا يرفضني ولا يتجاهلني ولا يستغفلني ولا يتخلى عني أبداً، ويوماً ما سأموت من فرط تكدس الشحم على قلبي، سأنفجر مثل كرةٍ من الدهن.. أتساءل منذ اللحظة كيف سأحمل إلى قبري وكم سيكون حجمه ومن سيتولى غسلي وتطييبي.. ولكنني لن أكترث لما ستعانونه أبداً، سأكون وقتها قد انسـللتُ خارجَ اللحم في خيطٍ رفيع، رفييييييع.. وسأصعد خارجاً ولن ألتفت..

- ماما شهلة! ماما شهلة! شفيك تبكين؟!

- خليها مضاوي هي دايما "جذي"!

آه، كم أنت محق يا ولدي.

رقية

كان السأم قد تسرّب إلى المكان وعبأه، والأمهات الثلاث بدين
- تلك اللحظة - كارهات لكونهن أمهات، حتى أنهن عجزن عن
الجلوس، فتمددن على الأرائك، تتناوب أياديهن عن صحن المكسرات
ولا يُسمع في الخواء إلا طقطقة تكسر الفستق بين أسنانهن.. في ذلك
المكان، تبدو الأمومة بالضبط بمثابة حجابٍ يقف بين الأم وبين
الوجود، الحجاب الذي تسمّيه أبناءها، أو لنقل بأن الأمومة تبدو مثل
حجابٍ يقف بين الأم وبين أبناءها! تتثاءب شهلة تثاؤباتها المتلاحقة،
فهي تتنفس من خلال التثاؤب مؤخراً، كل مرة تفتح فمها، تخبرنا بأنها
قادرة على فتحهِ أكثر من المرة السابقة، كل مرة تفتح فمها، تطفر من
عينيها دموعاً أخرى، شهلة تبكي وتتنفس من خلال التثاؤب، هيلة
تقلب قنوات التلفزيون، وكأنها تتثاءب من خلال أصابع يدها، نورة
تتملى في وجهِ الجريدة مراراً دون أن تعثر على خبرٍ تكترث له حقاً،
كان مرآى الأمهات كئيباً، وتسرب السأمُ إلى الصغار حتى فاض بهم
الأمر، فانتقلوا إلى التناحر حول لا شيء، وصار الثلاثة يرمقون بعضهم
البعض بكثيرٍ من العداء، باحثين عن أسباب للخصام، أيّ شيء من
شأنه أن يفضي بهم إلى خارج معقل الاختناق والتثاؤب، أي كوة
سحرية تفتحُ في الحائط وتأخذهم إلى زمنٍ آخر حيث كل أم سعيدة
بحياتها، وبطفلها، كان ذلك في يوم الجمعة، وكان الثلاثة قد فرغوا
من واجباتهم المدرسية وتأهبوا لنزهة عائلية انتظروها لشهور، حديقة
أو ملاهي أو أي شيء، ولكن ناموس الجدة الذي ينص على أن الأسر
الثلاثة ملزمة بالخروج معاً لكي لا يشعر الأبناء بالتفرقة، والقانون
الخفيّ الذي ينصّ على الأسر الثلاثة أن لا تتفق في رغباتها أبداً هو

ما انتهى بهم إلى هكذا حال، كما في كل عطلة، ومع تتابع التثاؤبات والصمت والقنوات الفارغة من مسلسـلات الكارتون اقترحت فطومة أن يصعدوا إلى غرفتها ليلعبوا هناك.

موضعي

.. نبشت فطومة في خزانة ثيابها تبحثُ، ثم أتتنا بتنانير من الشيفون الملون طوقنا بها خصورنا ورؤوسنا، وفتحت علبة مكياج أمها فأصابنا جنون الألوان، الوردي والبرتقالي والأحمر، تسابقت أصابعنا لتتحسس البودرة الملونة الرائعة وتصبغ بها وجوهنا، تطايرت ضحكاتنا، وقررنا أن نقيم في ذلك اليوم الممل أكبر حفلة في العالم!

- ألف الصلااااة والسلاااااااام علييييييك يا حبيب الله محمد!
- كولولولولولولولولولوووووش!

..نزلنا في موكب مبهرج مجنون إلى غرفة الجلوس ونحن نغني مباركين عرس الاثنين، رفعت كل أم رأسها - بداية - بلا اكتراث ثم عادت تغطس في إحباطها، تقدمت فطومة بعزم وانتزعت "الريموت كنترول" من يد أمها لتعثر في التلفزيون على أغنية راقصة، قفزنا إلى صدر الصالة ورقصنا متقابلين، أمام دهشة أمهاتنا والابتسامات التي شقت طريقها - بصعوبة - إلى الشفاه...

ماما رقصي معي! شددتُ أمي من يدها، فنفضت جسدها ووقفت في وسطِ الصالة ترقص، بدأت شهلة تتخلى عن تثاؤباتها وتصفق لأمي، نهضت خالتي هيلة لتراقص فطومة وتتأكد من أنها ترقص جيداً (أو لنقل.. تتأكد من أنها ترقص أفضل مني) وامتلأ المكان فجأة بمكانٍ آخر، رقص فهاد في وسط الصالة، شددنا حول وركه قطعة قماش فأخذ يهز جسده الهزيل كما تفعل أمي ويداه في الهواء، كان وجهه مليئاً بالعزم وكأنه قد كرّس كل شبر في جسده وروحه من أجل لعبته الجديدة التي يجرب بها الوجود / الرقص، راقصته شهلةمن مكانها، تلف ذراعيها ليترجرج الشحم أسفل زنديها، تضع يداً خلف رأسها

وتبعث الأخرى إلى صدرِ الهواء برشاقة أفصحت عن راقصة – كانت فيما مضى – أكثر من فاتنة.

مرت دقائق، كانت من الجمال بحيثُ خيّل إليّ – في قفزاتي البلهاء التي أسمّيها رقصاً – بأنني أرقص على الهواء، كنت سعيدة بأمهاتي اللاتي يرقصن! لأنهن سمحن لنا بالاحتفال بهن، بأمومتهن، وبنوتنا، بوجودنا، سعيدة لأن الأمومة لم تعد عقاباً ولا مهمة مستحيلة..

– ألف الصلااااة والسلااااااام عليييييك يا حبيب الله محمد!

– كولولولولولولولولوووش!

رحت أذرعُ الغرفة ركضاً، ما عدتُ قادرة على الوقوف أو الرقص أو الضحك، أردتُ شيئاً أكبر، أردتُ أن أركض! تملصت فطوم من يدي خالتي وبدأت تركض معي وهي تكعكع، خيّل إليها بأننا نتسابق، ولكن الحقيقة أنني كنتُ أجرب فرحي البدائي، لأنني لم أجد طريقة أخرى سوى الرّكض، ثم ارتطمتُ بجسدٍ دافئ لدن، غاص وجهي في طراوة بطنها.. رفعتُ عينيّ و.. ضحكتُ فرحة: أمي غيضة! هيا نرقص مع جدتنا العظيمة! ولكن وجهها لم يكن يرقص، ولا حتى جسدها، ولا هي استجابت لي وأنا أشدها من يدها إلى داخل الصالة، وجهها كان هناك، بعينين مسمّرتين إلى فهاد الذي يلبس التنورة الحمراء، ويربط وركه بقماشة أمه، ويهز وسطه أمام تصفيقات الأمهات زغاريدهن..

– ألف الصلااااة والسلااااااام عليييييك يا حبيب الله محمد!

– كولولولولولولولوووووش!

ثم تحرّكت عيناها ببطء، لتحطّ – بقسوة لا ترحم – على وجهِ شهلة التي كانت قد استجابت لأول مرة إلى نوبة فرحٍ أصيلْ، وبدا أن شهلة قد استوعبت وجه جدتي تماماً، إذ سرعان ما نهضت من مكانها وحملت ابنها بين يديها وركضت به إلى مغسلة الحمام وبدأت تدعكُ وجهه بالصابون وتأمره بأن يخلع التنورة و..

شهلة

1

.. يا يمه كنا نلاعب العيال، والله ما قصدنا شي.. جهال ويلعبون بالمكياج.. ودهم يفرحون اليوم عطلة.. يمه فهاد بعده صغير شالمشكلة لـو رقـص ورقصنا معـاه؟ رصصنا لها المبررات، طوابير من الأسـباب، عشراتٌ من الاعتذارات، ولم يكن ذلك كافياً، ولم يسبق لي أن رأيت غيضة غاضبة إلى هذه الدرجة، وجابهت ابنتيها بداية:

- اهرجوا بعيد عن ولد علي.. فاهمة إنتي وياها؟

هـزت البنتـان رأسيهمـا، ثـم انصرفت كل واحدة حاملة ابنتها بين يديها، وسُمع همسٌ وهسيس.. ثم بقيتُ وحيدة، أنا وعينيها الحجريتينِ، والرّعب الذي استوطنني، والبردُ في أطرافي، وفتحت فمي مجاهدة لكي أدلي بدلوي من الاعتذارات، لكي أدفع لها ديّتي من الأسف...

- يمه..

- ولا كلمة! ولا كلمة!

- الله يخليك يمه لا تزعلين علي!

- "جـب" ولا كلمـة! ولا كلمـة! مابـي أسـمع منـك شـي.. إنتي بالذات!

وطفقت تردد: إنتي بالذات! بالذات إنتي.. بالتناوبِ! وكأنها عالقة في الكلمتينِ، وفجرت في وجهي وعيدها..

- علمـن يوصلـك ويتعداك يـا بنت! أنا يـوم إني زوجتك ولدي أمّتنك على ذرّيته، ويوم إني ضفيتك في بيتي بعد ما توفى أمتنك على

143

تربيـة ولـده، وقلـت أحسـن مـا أحـرم الولد من أمـه، أضفهم عندي هم الاثنين..

– بس أنا شاللي سويته يا خالة؟!

– إنتي تسكتين! تنطمين! إلي صار اليوم وبعلمك ورضاك دليل ضعف نفسك وقلة عقلك، ولا فيه أم بالدنيا تخلي ولدها يلبس تنورة ويهز وسطه مثل الحريم؟!

– اسمحي لي يا خالة والله ما جا على بالي..

– حطيني على بالـك عـدل أجل! ولد علي أبوه رجال، وغصبن عليه يطلع رجال، والله إن جا يوم وشفته "يتخنث" مع البنات لا أذبحه وأغسـل بدمـه حـوش بيتي، وأتبـرى منـك إنتي وياه يا بنـت الكلب.. فاهمة؟!

هززتُ رأسي إيجاباً، أمسكت بابني من يده وهربتُ به..

موضعي

في ذلك اليـوم قُتلت دميتي. نحرتها جدتي بسكين المطبخ كما لو أنها تذبح دجاجة، وسقط وجهها – الباسـم – على بلاط المطبخ وهـو ينظرُ إليّ، عندمـا صحتُ وركلتُ الأرض قالت بأن الدمى تطرد الملائكة من البيت، وبأن لا فرق بينها وبين أصنام قريشٍ ولكن الحقيقة هي أنها لم تكن تمانع وجود الدمى، ولا حتى أصنام قريش، لولا أنها رأت ابن خالي يلعب معي فخافت على رجولته! وعندما تدحرج رأس الدمية على الأرض، بكثير من المأساوية الضاحكة، ثبتت حد السكين بين عيني فهاد الذي أصابه الخرس، وتمتمت بكلماتٍ غريبة "اسمعني زين يا ولد علي! لو شفتك أو سمعت إنك تلعب بالعرايس مع البنات لا أكرّك بهالسكّين مع خرفان العيد! ".. ثم برطمت بأشياء أخرى غريبة، بأنها ستخصيهِ وتريحه من رجولته إذا هو لم يقدرها حق قدرها، وأنا اكتفيتُ بأن وجهت إليها نظراتي المرعبة (التي أتدرب عليها قبل النوم وأخبئها لهكذا مناسبات) ولكنها لم تنظر إلي، ولا إلى دميتي الذبيحة، كان الشـيء الوحيد الذي يهمها هو العضو المختبئ بين ساقي فهاد، والذي راحت توجه إليهِ سكينها بين فينة وأخرى.

في مساء ذلك اليوم بكيتُ دميتي في حضنِ أمّي، وأمّي تمسحُ على رأسي بأصابع متشنجة وتلوم أبي: مو قلت لك نطلع من هالشقة أحسن؟ كان أبي ممـدداً على الأريكة بدشداشتهِ البيتيـة المخططة، و"القحفية" فوق رأسهِ والجريدة بين يديهِ وكيس من "الحَب" المملح على يمينه، بمعنى آخر، كان مرتاحاً جداً، ويشعر بأنه أوتي كامل نعيمه الدنيوي: جريدة وكيس "حَب" ودشداشـة صيفية وتكييف مركزي، بعد سـاعاتِ (عملـه) الطويلـة في وزارة الأشـغال، كان أبي يذكرنا – أمي وأنا –

145

بالتعب الذي يناله من العمل في الوزارة، والجلوس الأبدي على نفس المكتب لسبع ساعاتٍ ونصف، يتصفح الجرائد والمواقع الإلكترونية ويلعب "السوليتير".. لم يكن أبي يفعل شيئا لأن الحكومة ليست بحاجة إلى خدماته، ولكنها تهبه بطيب نفس راتباً شهرياً ومكتباً وتليفون أرضي واتصال انترنت مجاني، الأرجح أن أبي لم يخلق للعمل بأي حال، لأن مجرد وجوده في مكانٍ واحد، مع اتصال انترنت مجاني، وهاتف أرضي خاص، وجريدة و"ساندويتش" الفلافل كفيلٌ بإرهاقه، ولهذا السبب يعود إلى البيت نكد المزاج، ويطلب بمجرد دخوله من الباب أن نتركه وشأنه، مع جرائده وأكياس المكسرات ودشداشته القطنية، لكي يرتاح من راحتهِ السابقة ويستعيد نشاطه!

نفخ أبي في وجهِ أمي: لا حول ولا قوة إلا بالله، تبيني أطلع من الشقة وأدفع من جيبي كل شهر 350 دينار، عشان عروسة بنتك؟

- مو عشان العروسة! عشان سعادة بنتك وراحتها!

- بنتك ما فيها إلا العافية.

قالها بكثيرٍ من اللا مبالاة، وعاد يتصفح الجريدة، وخيّل إلي بأن أمي ستنفجر، وأنها اكتفت من البلادة التي يتعاطى فيها مع كل ما يخص أسرته، فارتفع صوتها أكثر: إنت ليش مو حاس بالمشكلة؟

- ألحين مو إنتي إلي قلتي ننتقل لعمارة أمك من الأول؟

- يعني أنا كنت أدري إن الوضع بيكون جذي يوم قلت لك؟!

- خلاص اشتري لبنتك عروسة ثانية..

- بابا أنا مابي عروسة ثانية! أنا أبي "جيزان"!   (صحتُ وأنا أبكي)

- جيزان؟ شنو جيزان؟!

- جيزان عروستي بابا!

- هذا اسم عاد؟

- البنت تسمي عروستها بكيفها! (تبرمت أمي)

- خلاص اشتري لها عروسة ثانية وخليها تسميها جيزان..

- وأمي؟

- خلي العروسة في الشقة عشان أمك ما تكسرها.

- المشكلة مـو فـي العروسـة! المشـكلة إنـي كرهـت هالعيشـة خلاص! (انتفضت أمي)

تأفف أبي:

- إنتي ما تقولين لي شمشكلتك؟

- مشـكلتي؟ يعني ما تدري شـنو مشـكلتي؟ مانـي قادرة أبوس بنتي! ماني قادرة أشتري لبنتي! ماني قادرة حتى أحمل! ماني قادرة!! وبدأ البكاء يتواشج مع صوت أمي في تلك اللحظة..

- شنو علاقة الموضوع بالحمل؟ مو إنتي إلي تاخذين هالحبوب عشان ما تحملين وتقولين بنتي صغيرة؟

- يعني تبيني أحمل عشان أجني على عيالي بهالعيشة!

- عيشتنا أحسن عيشة..

- إنت ما تدري! عمرك ما دريت ولا حسيت وحتى كنت جزء من حياتنا! (أجهشت أمي)

- إنتي خليتي شي شين ما قلتيه عني بهالخمس دقايق!؟

هز رأسهُ وأخذ يحوقل بينه وبين نفسه، ثم نهض من مكانه، وألقي بالجريدة من يديه، مواجها الباب يعتزم الخروج، وقبل أن يغادر التفت على أمي وأصدر حكمه:

- مشاكلك مع أمك حليها مع أمك ولا تدخلينها بيننا، آخر مرة

أسـمح لك تتكلمين معاي بهالطريقة، وإن كان على بنتك اشـتري لها
لعبـة غيرهـا.. وإلا تدريـن؟ أنـا سـامع فتـوى تقـول إن الباربـي حرام،
خلاص خليها تتعلم شي أحسن من العرايس، خليها تدرس رياضيات،
كود تطلع مدرسة نفسك وتساعد رجلها بالمعاش!

نورة

.. مـا الـذي أريـده منهـا، وأنـا أتوسـد كفيهـا الصغيريـن، بالغـي الهشاشـة، لأبكـي؟ كيـف انتهـى بـي الأمـر فـي سـريرها، وجهها مقابل وجهـي، وجهها وجهـي مطروحـاً منـه آثار الزمـن ولوثة الألم ولدغاتِ الخيبة المحتشدة على وجنتي مثل جيوش جرارة من الشاماتِ والنمش، رأيتها طوال الليل تمتص وجهي بعينيها الكبيرتين، تبتلعني إلى داخلها، إلى مكانٍ مظلمٍ وآمن، إلى عالمٍ طفولتها، وكانت تراني لأول مرة على حقيقتي، امرأة عاجزة ومخذولة، وهو أقل بكثيرٍ مما كانت تتوقعه مني، بصفتي تلك الأم الخارقة بموجب حجمها وسنها، القادرة على أن تفعـل مـا تريـد، أن توجـه حياتها إلى المكان الذي تريد، وأن تتخذ قراراتها بنفسها، كانت طفلتي ترتطم بالواقع داخل وجهي، واقع الحياةِ القاصرة، والحقيقة الناقصة، والتحامل الاجتماعيّ والقوانين الجائرة و.. واقع الأنوثة في هذا المكانِ من العالم، وربما في العالمِ بأسرِه، واقع عجزي عن أن أنقذها (أو أنقذ نفسي) من حياة لا أريدها، كان كل شيءٍ يتكشف، هناك، في أغوارِ وجهي وندباته، لتعرف الطفلةُ المستثارة بفكرة الوجود بأن الوجود غير مثير، وبأن الحياةِ مسرحية مكتوبة سلفاً، قررها الأجداد وباركناها بالطاعة، وبأن ليس ثمة متسع للركض والاكتشافِ، فالمكانُ ضيق والزمن محدود، منذ المهد إلى اللحد، وأن المهارة تقاس بمدى قدرتك على أن تلائم القوالب، وتقلد الأموات، وتحتذي بالأقوال المأثـوراتِ وهكـذا.. قرأت ابنتـي في صفحة وجهي زمناً من الخذلانِ، ورأيتهـا تكبـر، تخلـع عنهـا طفولتها وهي تكتـم صرخات ألمها، تنضجُ موجوعة، لأن العالم ليس مدينة ملاهي عملاقة كما تظن، لأن الحياة غير عادلة، وفي وجهي إيّاه، اكتشفت مآسي آخرين لم أكنهم، اكتشفت في

149

العالم وجوه الجوع، والحربِ، والعدوانِ، والخوفِ، والوحدة، اكتشفت الطفلة في وجهي وحدة المعاناة البشرية، مهما تلونت وتعددت أشكالها وتمظهراتها، كنتُ البشر كلهم، وأنا أتوسد كفيها الصغيرين الهشين، وأبكي احتشادي بالأشياء التي ما عدتُ أقدر على احتمالها، منذ الأخ الذي لم يسمح لي بأن أبكيه، والطفلة التي لم يسمح لي أن أستأثر بأمومتها، وحتى الرجل الذي كف عن أن يكون زوجاً، والذي بات يجرجر ساقيهِ بمنتهى الحذر خارج فراشي وبيتي وطفلتي وحياتي، كان عليّ أن أسمح للبكاء بالحدوث، الانتفاضات القديمة التي تكدست في جسدي بدأت تستيقظُ كما تستيقظُ الوحوش، تسح دمعا سخياً، وأمام انسحابِهِ الفظ من ساحةِ ألمي، ورفضه الصريح لمعالجة تعاسة زوجته وابنته، وتهربه من أي نوع من المسئولية، أمام كل هذا كان مسموحاً لي أن أبكي بين ذراعيها، وأمام ذعرها، لتجد الصغيرة نفسها مضطرة لأن تكبر عقدين من الزمن، "لتكونَ أمّي، وأكون أنا طفلتها"..

موضعي

.. منذ ذلك اليوم صار موضوع تغيير السكن يطرح مكشوفاً أمامي على خلاف العادة، ثمة تواطؤ خفيّ يتولد بيني وبين أمي التي تعرف بأنني بتّ أعي ضرورة التكتم على ما يدور في شقتنا، أعادت أمي طرح الموضوع على أبي مـرة تلـو الأخرى، تارة بالتوسـل، وتارة بالصياح، وتارة بالإغراء، رفض أبي الأمر بشكلٍ قاطع، وبطريقةٍ أو بأخرى غاب عن حياتنا، حتى لم يعد يرجع إلى البيتِ ليلاً، وصار – حسب تخمين أمي – يبيت لياليه في دواوين أصدقائه، والشاليهات.

لم يكن غياب أبي ليشكل ذات الفارق بالنسبة إلينا، وصارت أمي بمـرور الأيـام ترتـاح لغيابـه وتتوجس من حضوره، خاصة مع انكشاف الوجه البخيل من شخصه، كما كانت تسمّيه، ولكن الحقيقة كما أراها أنا أن الأمر لم يكن بخلاً أو هرباً من الإنفاق، لولا أن أبي قد كفّ منذ مدة عن الرغبة بأن يكون جزءاً منا، كانت حياتنا في الشقة توفر له كل أسباب الاختفاء وأعذار الغياب، كأب وكرب أسرة وحتى كمعيلْ.

كان أبي طوال عشر سنوات أبعد ما يكون عن معاناة أمي، حتى مع إلحاحها وشكواها عما تعانيه بسبب قربها الشديد من جدتي، فعندما كانت أمي تشكو من قوانين جدتي ومن اضطرارها لتشريط أمومتها لثلاثة أجـزاء، ومـن الرعـب الـذي تعانيـه لو خصتني بأي امتياز تعتقد بأنه من حقي، كان والدي يردّ ببساطة "يعني شالمشكلة لو بستي فطومة وفهاد؟ بوسـيهم!" كانت المشكلة في نظره تنتهي بهذا الحل البسيط، وعندما كانت أمي تخبره بأنها عاجزة عن شراء ملابس لي لأن مالها لا يكفي لمضاعفة المبلغ ثلاث مرات، كان يطلب منها ببساطة أن تتخلى عن عاداتها المسرفة وتذهب إلى المحال الرخيصة، ويردد عليها بأن أسماء

المحال التي تبيع البيجامات بدينارين، ولبضعة أشهر، راودتنا الشكوك بأنه متزوج من أخرى، وبدا ذلك منطقياً لأنّه كان شـديد التحفظ إزاء النفقـات في حيـن يفترض بأنـه يعيش في بحبوحة نظراً لهذه المعيشـة المجانية في كنف جدتي، خمنت أمي بأن لديه امرأة أخرى وشقة أخرى تمتصّ أمواله وبأنه يرفضُ الانتقال من هذه الشقة لأنه لا يستطيع دفع نفقات شقتين وامرأتين وأسرتين وربما طفلتين؟ لم تنزعج أمي من هكذا خاطـر، ولـم تكتـرث بمـا يكفـي لكـي تبحـث في جيوبـه أو في أيّ من أغراضه، ثم حدث أن جاء إلى الشقة يوماً لتناول الغداء فسألته مباشرة إن كان متزوجـا مـن أخـرى، رفـع عينيـه إلى عينيها وردّ ببسـاطة "لا".. ثمّ عاد إلى لقمة الأرز العالقة في يده وتجاهل دواعي السؤال، اكتفت أمي بأن صدّقته لأنها تعرف بأنه من أولئك البشـر العاجزين عن إقامة علاقات مع غيرهم، وبأن تدشين ارتباطات زوجية أخرى سيكون حماقة بالنسبة إلى رجلٍ بمثل ذهنية أبي، كانت أمي قد قررت أن تخرج أبي من عالمها، وكانَ أبي سعيداً بقرارها، سعيداً بحرية الغريبِ الذي يعيش في نزل ويحتاج إلى ملاطفة المالكة أحياناً لكي تطهو له عشاءه بالسمن الجيّد، كان يسـأل أمي عني في حضوري كمـا لو كنتُ أنـا الغائبة.. شـلون البنت؟ عسـى شـاطرة في المدرسـة؟ وكانت أمي تنوب عني في الرد دائماً، وكان يضع يده على كتفي أحياناً، وأشعر وأنا أنظر في عينيه بأنه يبحثُ في داخل قلبه عن شيء ولا يجده.

كفت أمي عن المحاولة مع أبي، سواء لإصلاح العلاقة المفتعلة أو لإقناعه بالبدء في مكانٍ آخر، وفي اللحظة التي قررت فيها أن أبي قد خرج من عالمها، قررت أيضاً بأنها صارت رجل البيت، وصرت كثيرا ما أسمعها تلقن أبي ما ينبغي أن يكون وما لا ينبغي، أريد أن أصبغ الجدران بالأزرق، أريد أن أخصص هذه الزاوية لحوض أسماك بحرية، سأشتري لمضاوي قطة.. وكثيراً ما رأيته يهز رأسه إيجاباً، فهو لا يمانع طالما أنها

لا تطلب منه مالاً، صارت أمي قادرة على التأخر خارج المنزل، وعلى زيارة صديقاتها، وعلى الجلوس في المقاهي، واشتركت في نادٍ رياضيّ، وحازت على عضوية في إحدى جمعيات النفع العام الثقافية، وانخرطت في سلسلة من دورات التنمية والتطوير الذاتي والبرمجة اللغوية، الأمور التي لطالما رغبت بها وأجلتها أو ضحت بها من أجل علاقة زوجية مثالية، عادت أمي إلى حقيقتها التي تغاضت عنها بحجة أنها زوجة وأم، وكان الشيء الوحيد الذي لـم تحصـل عليـه هو طلاقها من أبي، وهو ما رغبت به خفية، لولا أنها خشيت إن هي تطلقت أن تظل عالقة في "بيت العائلة" إلى الأبد، وليس ثمة ما يخيفها أكثر، من أن تبقى هنا، تحدق في صمت الجدران وتحسد النوافذ.

وطـوال تلـك الأيـام، كنـا قادرتيـن على أن نضح، سـهرنا الليالي بطولهـا، نقـرأ دواويـن الشعر ونتفرج على الأفـلام الأمريكية والهندية ونتجاذب أفكاراً عن الحب والحرية، وعن الله والمطر، رسـمنا لوحةً عملاقة لبيتِ الأحلام الذي سنحظى به يوماً ما، بيتٌ بحديقة باهية يطل على بحرٍ كرستالي، وتظله سماء بنفسجية، وكنتُ في طرف اللوحة أقف، حاملة دميتي، وقد كتبتُ فوق رأسها كلمة "جيزان"..

أَنْهارٌ مِن خمْر

(ثلاثُ سنواتٌ.. ولم نَسْكر!)

رقية

❋ ﴿فأصبحوا لا يرى إلا مساكنهم﴾ ❋

1

هل متنَ وبقيتُ؟

.. أم متُّ وبقينَ؟

لم أشعر قط بأنني لا أنتمي إليهنّ إلا عندما متنَ وبقيتُ، أو متُّ وبقينَ، أياً كان ذلك الشيءِ الـذي حدث، والذي ظلّ يحدثُ طوال ثلاث سنوات، فيمَ أنا أحاولُ أن أجد لنفسي كذبة أصدّقها، أو ظلاً أتبعه، أو وهماً أستميتُ في سبيله، ولكن العالمَ حينها كان في أكثر حالاتِهِ صدقاً.

لقد غبنَ مع ذهابِهِ، غبنَ في ذهابه! قلنَ بأنهن لا يستطعنَ تجربة الحزنِ ذاته مرّتين، وببساطة مخيفة: غبنَ! وكأن الغياب كان خيارهنّ منذ البداية! وكأنهن ملكنَ أبداً تلك القدرة الأزلية على الكفّ عن الوجود، ولم يفعلن، بدافع الأمل وحده: الأمل المغشوش!

ولما غبنَ، وانقرضت من معالم المكان جملةُ الأصواتِ والروائح، وصرنَ يجُلن ممرات البيتِ مثل ثلة أطياف شاحبةٍ، مثل أموات تجرب موتها مرة إثر مرة، وأرواح تكرر عذابها لحظة إثر لحظة، دون أن يلحظن بعضهن، أو أنفسهن، أو أي شيء/ شخص آخر، بما في ذلك أنا! عرفتُ وقتها بأنني لم أنتمِ إليهن قط! وبالنسبة لهن.. بالنسبة لبيتِ الأشباح الشـاحبة، والشـالات المهلهلة، والأحزان المترهلة، والعباءات السوداء التي تطوفُ في المكان وحدها، كان العالم قد تعطّل، وكان

157

الزمن قد تقوّض، وكانت الأبدية تفترشُ لحظتها الوحيدة الواحدة حتى أطراف العالم.

البيت المأهول بالأمهاتِ أضحى مهجوراً بهن، فارقتهن أرواحهن لتبقى أجسادهنّ المنوّمة تتخبّطُ في تفاصيل المكان، تمعنُ في سيرها بين الغرفِ والصالات والرّياش، تبحثُ عما يشيرُ إليها، أو يستنطق وجودها، أو يستشرف آتيها، الأعين الزائغة تلاحق نقوش السقف وصدوع الحوائطِ والزواحف التي بدأت تعمرُ المكانَ وتسيحُ في حناياه، الأقدام الحافية تطأ الأرضيات الرخامية دون أن تحدث صوتاً، الأجسادُ الضبابية تنسابُ في تعاريجِ المكان دون أن تحرّك الهواء، أو تثير الروائح، أو تستفزّ الفراغ، أو تخلخل الزمن، أي شيءٍ من شأنه أن يقنعك بأن ما تراه ليس حلماً آخر، كان الخدر ينسابُ في جسد المكان وكنّ سكارى، وكأن العائلة كلها ملكت – فجأة – تلك الموهبة الإلهية التي يملكها فتاها الوحيد، حين يسلخ روحه عن جسده ويهيمُ في أثيرِ العالم، فواصلن التحليق في وجود مفارق، ريثما يعودُ الفتى / النجم إلى مداره، لتعاود الأمهات / الكواكب إلى الطواف حوله.. تمجيده، عشقه، ولثم أصابعه، قررنَ ببساطة أن يعطلن حواسهن لكي يكون لمضيّ الأيام وقعٌ أقل، فهل كان؟

2

كانت أصواتهن قد زحفت إلى محاجرهن واختبأت هناك، وكانت أعينهن قد زاغت وأسدلت عليها حزن جفونها، وكانت نهودهنّ نافرة كما لم تكن قط، وقد امتلأت مرة أخرى بوجع أبيض يدمعُ خلف القمصانِ، كانت الضروع تبكي الابن الحبيب ابن الابن الحبيب، الأب داخل الابن والابن داخل الأب، لعبة الحضورِ في الغياب والغياب في الحضـور، الخـروج مـن القبر والانبعاث من الموت، التجسـد والتخلق والميتـات العظيمـة، لعبـة فهـاد ابن علي وعلي ابن فهـاد والحلقة التي ينبغي أن تدور إلى الأبد.

قلتُ سآخذ الطعام إلى شهلة، ينبغي أن تأكل المسكينة شيئاً! هي المتورطة بكل هذا النسيان المتواطئ، لم تأكل منذ ذلك اليوم، شهلة التي ما فتئت تتفجع وما انفكت تتوجع، لم يمهلها الزمن كسرة لحظاتٍ لتتخفف من كل هذا الألم الذي نسج حضوره حولها في طبقة غليظة من الشحم، أخذتُ صينية الطعام إلى فراشها.. وجدتها عارية، مديرة ظهرها للبـاب، تجلـس منكفئـة علـى بطنها مثل غوريلا عملاقة، ظهرها عظيمة ومتغضنة ومخططة وطيات الشحم الغليظة متراكمة على جانبيها، ولمّا دنوتُ منها، رأيتها تضغطُ حلمة نهدها بيديها و- يا إله السماء - كان الحليبُ يسحُّ من ثديها بترف، بعد خمسة عشر عاماً، كانت شهلة قادرة على الإرضاع! نظرت إليّ كالمسرنمة، لم تكن تراني، ولا الأثاث ولا ستائر الشيفون ولا صينية الطعام، كانت قطراتُ الحليب تتجمع في راحةِ يدها، تجمعها قطرة قطرة، تكنزها في حصالة قلبها لحين عودته، لأجل أن تبقي على الشيء الذي كان يربطها - وحدها - به، الشيء الوحيد الذي لم تشاركها أو تقاسمها به أم متطفلة أخرى، الشيء الوحيد الذي كان ملكها هي، والذي تتبين به أن الفتى كان ثمرة رحمها، وسط تزاحم

الأمهات وتكاثر الأمهات وتقاسم الأمهات، كانت وحدها تملك هذا الامتياز.. فهل هو حزنُ الأم ما يضخّ اللبن القديم في الضروع الباكية، أم تراها احتفظت بالحليبِ طوال خمسة عشر سنة؟

نسي الجميع أمر شهلة وكأن الفجيعة لا تخصها، وكأن المسلوبَ ليس ثمرة رحمها، انصرفت كل أمٍ إلى عزلتها لتحزنَ على الولد بالطريقة التي تناسبها، وبقيت شهلة وحيدة، عارية، عملاقة، شبه عمياء، تحلب ضرعها وتدمدم بكلام لا معنى له، وضعتُ صينية الطعام على السرير أمامها ورحت أنبش في خزانة ثيابها أبحثُ عن ثوبٍ أكسي به عريها الفادح (الله يهداك يا شهلة! ليش مو لابسة؟!) تمتمتُ متبرمة وأنا أحمل إليها ثوبا، عندما عـدتُ إليهـا كانت قد التهمت معظم ما في الصحن، وكانـت عظمـة فخـذ الدجاجـة مـا تزال في يدها، وهي تهزها في الهواء وتضاحك أشباحاً لا أراها "ليش كلفتي على نفسك يمه؟ بقمة واحدة كافي! خلاص إنتي خذي واحدة وأنا واحدة! شـفيك يمه شايلة الولد طول الوقت؟ مو زين تعلمينه على الحضن بعدين يتعود عليك! والله يمه إنك مخربة ولدي علي! أقول منصور، ترى مديرك إلي غاثك هذا حمار! ما يفهم، اعذرني يعني.." ..

.. يفضحهـا جنونهـا! تـردد أسـماءهم واحـداً واحـداً، كان عليّ أن أفعل شيئاً لأجلها، لو جاءت الأسرة بعد كل هذي السنوات واستعادت الابنـة التـي تضخمـت مـن فرط الألم، هل سـتمانع غيضة بأي شكل؟ أم تراهـا ستسـرّ بالتخلـص منهـا مثـل كومـة قـذارة، بعد أن استحوذت على ابنها، ربته وأنشـأته و.. دمّرته؟ بحثتُ عن هاتف أسـرة شهلة بين أغراضها، خمنتُ بأنها تتصل بهم أحياناً، تمتص أصواتهم عبر أسلاك الكهرباء وتبكي، تلوت الرقم بأصابعي، وناجيتهم... أخاً أخاً، أختاً أختاً، صرخ أحدهم في وجهي، شتمني كبيرهم، بكت واحدة في أذني، صمتت أمهـا فـي كمـدٍ وانتقلـت السـماعة إلى أبٍ مسعورٍ يتقـن قذف الألفاظ

النابية، ركبتُ سيارة أجرة وطرقت بابهم، قلتُ هي ابنتكم، رددتُ عليهم كلام القدماء عن الظفر واللحمِ، قلت بأنها ستنفجر من الامتلاء، ستجن من الوحدة، قلت بأن الأمراضَ تراكمت على جثتها، حتى أنني صورتها بجهازي الخلوي وأريتهم كيف تبدو فأغمضوا باشمئزاز.. تردد صوتي في فراغِ الشوارعِ، والأرصفةِ الموحشة، طرقتُ الباب أياماً، حتى خرج إليَّ أحدهم وألقى في وجهي أوراقاً نقدية، قال خذيها لشهلة ولا ترجعي إلى البيت وإلا بلغنا الشرطة، قال هي التي اختارت أن تهجر بيتها وتهين عائلتها وتلحق العار بأبيها وتدمي قلب أمها، هي اتخذت قرار عقوقها وهي التي تتحمل الثمن، وحيدة وعملاقة وعمياء، توسّلتُ أكثر، أخرج هاتفه الخلوي من جيبه واتصل بالشرطة متوعداً، لملمتُ الأوراق النقدية من تحت قدمي وركضتُ مبتعدة..

مائـة دينـار، مرميـة بيـن قدمـي، كانت الثمن الذي جنته شـهلة عن حياة كاملة من تهميش الذات، بعد ألوان الحماقات التي أتت بها من أجل أن يشـب الصغير في المكان الذي يهبه العلوّ والرفعة، في عالم الأم الكونية هذا، بعد أن فعلت كل ما يمكنها فعله لكي تلقي به خارج حقيقته وخارج عارهِ، لتأخذهُ بعيداً عن القتل والإيذاء والإرهاب، لتحميهِ من حقيقة أن أباه قد هجره وإياها من أجل أن يسفك دماءً آخرين، بأن وجوده في رحمها لم يكن سبباً مقنعاً لإحلال السلام وحقن الدماء في العالم، بأن علي ابن فهاد لم يحب فهاد ابن علي بما يكفي لكي يحافظ على حياته من أجله، الأشـياء التي ظلت تطن داخل رأسها، تصرعها وتصارعها، والانسلاخ المريع عن الأم والأب والأخ والعشيرةِ والقبيلةِ و.. بعد كل شيء، كل شيءٍ، تناساها العالمُ قصداً.

كانـت شـهلة فـي أكثـر حالاتهـا انفصـالاً وعزلـة، حتى حزنها كان مشـاعاً وقابـلاً للمشـاركة مـع أميـن أخريـن، وابنتيـن أخريين، وجـدة تصدّرت كل شيء بجدارة، حتى الوجع! وليأخذني الشـيطان إن كنتُ

كاذبة! لم يطرق أحدٌ بابها أو يسأل عنها طوال ذلك الوقت، القديسة البائسة التي أنجبت نبيّ العائلة، رجل البيت، ذكر الذكور وفحل الفحول الولد الوحيد ابن الولد الوحيد، الأنثى التي حققت المعادلة المستحيلة! وكأنها لم تكن موجودةً أبداً، وكأنها كانت ذلك الحلم الشاحب الذي رأيناه – أو خلنا أننا رأيناه – في قيلولةٍ قليلةِ الشأن، كانت تحضر بصفتها تلك الضرورة التي تضطر الأسرة إلى التسليم بأمرها والقبولِ بها لكي يصبح مجيء الصبيّ أمراً منطقياً ووارداً، في ظلَ النواميس الكونية الرائجة، كان دائماً أمراً صحيحاً بالنسبة لهم أن يكون ابناً لعلي، ولكنهم تساءلوا دائماً إن كان ينبغي أن يكون ابناً لشهلة، أم أن أي أخرى ستفي بالغرض؟ فالصبيّ لا يشبه أمه، لا يحس بأمه، ويملك روحاً مشاعة مستباحة بين آلاف الأحضان التي تتهاوى على رأسه في كل دقيقة، ويعرف تلك المرأة الضخمة التي تصفر عندما تتنفس، التي يحتاجها لكي تنظف له أنفه، وتعدل من وضع بنطلونه على خاصرته، لقد منحها هذا الامتياز على أيّ حال، ويبدو أنها اكتفت بذلك، ولكنها في ذلك اليوم، بينما هي تدمع من ضرعها وحيدة وصامتة، وأنا أهزها من كتفيها ولا تراني.. (ولِيأخذني الشيطان إن كنت أفتري عليها)، عرفت بأنها لا تريدهُ الآن، إنها تريده وهو في أكثر أطواره ضعفاً وحاجةً إليها، تريده ملفوفاً بمهادِهِ ينام على صدرها ويتنشق رائحة حليبها، هذا ما تريده الأم التي لم يمنحها ابنها الوحيد أي إحساسٍ بالكرامة.

3

من يصدّقُ بأن بيتاً يعجّ بالنساء الفارغاتِ يمكنُ أن يكون صامتاً إلى هـذا الحـد؟ بـدا وكأنهن نسينَ كيف يكون الكـلام، وكيف يُعمِلنَ الألسن والشفاه والحناجـر، كنتُ عندمـا أجذب إحداهن بين ذراعي وأهزها.. تهز رأسها وتمضي، تذرني وحيدة مع أسئلتي: ماذا سنفعل بخصوص فواتير الكهرباء؟ ماذا سنفعل بخصوص المكيف الذي تعطل؟ نفد اللحم، نفد الخبز، نفدت الحياة! لم يأبه أحد للأمور الصغيرة التي تجعل الحياة تمضي، وكأن الأمر لا يهم، أن يستمر العالم في حراكه، وأن تواصـل الأرض دورانهـا الغريـزي، وكان عليّ أن أرتجـل حلولاً، وأبتكر طرقاً، وأخترع أسباباً لكي تستمر الأرض في دورانها.

طرقت البـاب على زوج هيلة واتصلت بزوج نورة لأطلب منهما المال، قلتُ هذه أسرةٌ منكوبة، عالمُ الأمّ هذا.. المكتفي بذاتهِ والمنكفئ على ذاته، يحتاجُ إلى رجلٍ يأخذُه خارج حقيقته، هذا وقتك أيّها الرّجل، تعال ولملم من حولك فلول النسوة المأخوذات بالحزن العظيم، تعال وافرش على الأرض "بشتك" وراكم عليه كراكيب الشظايا، والقلوب التي تكسـرت بيـن أياديـنا، تعـال! غيضـة العجـوز صارت عجوزاً مرة أخرى، استسـلمت لنزلة الحزنِ والصمت وغابت في سباتٍ اختياري، تتمـدد على ظهرهـا طـوال الوقـت، لا تنـام ولا تستيقظ، لا تحلم ولا تغمـض، أطـرق بابهـا ولا تـردّ، أطفـأت حواسـها حتى ما عادت تشعرُ بشيء...

خفّتها التي تأخذها من مكانٍ إلى مكان، قدرتها الأزلية على الإتيان بالحلول، وتلك القوة الجبارة التي كانت تشدّنا جميعاً إليها، التي تديرُ بها كل حاجيات البيت بمنتهى القدرة والبساطة، تعطّل وجودها وأصبح كل شيءٍ متروكاً لحلولٍ آنية وتدخلاتٍ عشوائية من قبلي، أصبح هذا

البيت الكبير كله مسئولية الغريبة، اللقطة، الابنة السوداء: أنا!

طرقتُ بابها في ذلك اليوم ولم ترد، سمحتُ لنفسي بدخول مملكة حزنها فلم تلتفت، لم تقذفني بوسادةٍ أو تهش عليّ بعصاها الخشبية، لم تنتبه لوجودي، همستُ عند رأسها بخفوت "يمه؟ يمه؟" ولم تكن لترد، ليس لأنها لا تسمع، بل لأنها – ببساطة شديدة – ما عادت تكترث بالقضايا التي أحملها فوق كتفي، رأيت وجهها بارداً ومصمتاً، عيناها موحشتانِ غائرتانِ مثل مغارتينِ من حزن، تأملتها طويلاً وأنا أتساءل أي لغزٍ هي، ولماذا يصعب علي – بعد كل هذي السنوات – أن أفكك شيفرة هذا الوجه، وهل يعقل أنني أقف أمامها الآن ولا أعرفُ أي نوعٍ من الأحزان تخترق كبدها؟ تتزاحمني الأسئلة، يا أمي هل تندمين للحظةٍ عليكِ؟ لو استطعتُ – على سبيل المعجزة – أن أجرك زمنا إلى الوراء، هل ستعيشين الحياة نفسها؟ هل ستصادرين مصائر الآخرين بالحُب؟ هل ستراكمين ذريتك في قبر واحد؟ هل ستسرقين شهلة من عائلتها؟ هل ستعلمين الصغير لعبة القتل؟ هل ستقطعين أعناق الدمى؟ خبريني يا أمي، أيتها الغامضة مثل طلسم، هل تعرفين الآن، وقد حدث الذي حدث، بأنك أخطأتِ أم تراك ترقدين الآن، لكي تستعيدي قواك لجولةٍ قادمة مع قدرك؟ تراك تتساءلين عما ستفعلينه بعالمك وعالم الآخرين الذين يخصونك، قبيلتك الصغيرة، تسمحين لنفسك باستراحة المحارب، وهدوء ما قبل العاصفة؟ أمام وجهها، صمتها وغموضها عرفتُ بأنني لا أعرفها أبداً، جرجرتُ قدميّ للخارج وقد نسيت لأي شيءٍ طرقتُ بابها، سرقتني الذكرى...

لمّا التفتن حولها في ذلك اليوم، يبعثرهن البكاء.. لماذا صمتت صمتها العظيم ولملمت ما بقي من وجهها وتجاعيد عينيها وأوجاع مفاصلها واختارت أن تختبئ؟ على خلاف ما توقعنا، على عكس السوبرمان الذي يعيش في داخلها والذي ينقذ الموقف دائماً، كانت

العجوز تعترف بعجزها لتغيب في خلوتها، والبنتان تنحوحانِ موجوعتين وتناديـان "آه يـا علـي! آه يـا فهـاد!"، والأرملة تحدق في الفراغ كالبلهاء وتبتسم لأطيافٍ لا نراها، والحفيدتين مثل قطتين مبتلتين اختبأتا خلف الأبـواب واحتضنت الواحدة منهمـا الأخـرى، بعـد تلك الليلـة كانت الأصـوات قـد نفـدت مـن الحناجـر، والدمـوع قـد نضبت مـن المقل، وكان الحـزن قـد غـدا تلكـم الأجسـاد الهلامية التي تطوفُ في تعاريج المكانِ..

4

هيلة غاضبة، ولكنها لا تعرف لأي شيءٍ توجه كل ذلك الغضب، ولأنها لا تستطع أن تلوم أحداً على شيء، فهي تلومنا على كل شيء، ولما أدركت عدم جدوى قذف الملامات في الوجوه الحزينة، قررت أن تصمت وهي تعض شفتها السفلى بقسوة مخافة أن تتسرب من بين أسنانها فلول اللعنات وجحافل الشتائم، هيلة ناقمة على قوى أكبر منها، وحكم إلهية لم تسبر غورها، وأقدار لم تستطع التصالح معها يوماً، ولأنها لم تستطع التفوه بأيٍ من ذلك، كانت قد بدأت في ضربِ ابنتها، في كل يومٍ تقريباً، لكل سببٍ تقريباً، حتى صارت الطفلة تختبئ كلما سمعت صوت أمها، تهرب إذا تناهى إليها صوت عطسة أو شتيمة أو لعنة، تركضُ خارج بيتها ولا تعود إلا عندما يستتب الصمت ويحلّ الفراغ ويقرّ العدم، أو لا تعود...

كانت ذراعاها مليئتين بآثار القرص واللدغ، تتزاحم على جلدها طوابيرُ من الكدمات الحزينة، كانت مهلهلة وجائعة ومنكوشة الشعر، تتجول في المطبخ طوال الوقت لتنبش في أدراج السكاكين والشوكِ والملاعق و.. يبدو أن كل أدوات الطبخ تثيرها، كانت تحملُ السكاكين في الهواء وتلوّح بها، وبدأت تخبو شيئاً فشيئاً وتختفي مثل الجميع، وأخذت تتحول إلى شبح ضئيل هزيل بظلال سوداء حول العينين وشعرٍ منكوش، في ذلك الصباح ناديتها.. تعالي أمشط شعرك فطومة، تعالي يا حلوة، تعالي يا مشمشة، تعالي عند أمك رقية! ولكنها نظرت إليّ بكثيرٍ من اللا فهم، وفتحت ثغرها الصغير بمنتهى الآليةِ وقالت.. (عطيني أكل!)

صارت فطومة تنام في أيِّ مكانٍ وفي كلّ مكان، أعثر عليها في بانيو الحمام، على عتبة الباب، وداخل دولابي، تنامُ أينما خطر لها أن

166

تنام، وتأكل حيثما قدّر لها أن تأكل، وتخافُ أن ترجع إلى البيت، حيث الأم التي جننها الألم، تجول دهاليز شـقتها ببطنها المتدلية إثر شهورِ الحمل الستة، تضربُ الوسائد بالعصي وتلعنُ الغبار.

طرقتُ بابها مرة، أردتُ أن أخبرها بأن فطومة نامت عندي وأنها بأمـان، وبـدا أنهـا لـم تنتبـه إلـى مـا قلتـه حتـى، ولم يثر اسم ابنتها في رأسـها أي ذكرى، كانت قد نسيتها تماماً، ولما توجهت لزوجها أسأله – متوسلة – أن يتدخل لأجل ابنته وامرأته قال: اعذريها.. الحمل أثر على مخها! حتى أنها ما فتئت تردد اسمي ولديها الذين صادرهما زوجُها السابق، تشتم أبناء الجيران وترمي قطط الشوارع بالحصى! فتح عبدالله محفظته ودس في يدي عشرة دنانير، قال بأنها لأجل فطومة، وبأنه من الأفضـل للبنـت أن تمكـث معـي، أخذتها ومضيتُ.. فطومة يا مشمشـة يـا حلـوة، تعالـي آخـذك إلى البقالة لنشـتري لكِ خبزاً وجبناً، تعطيني يدها الحزينة العامرة بالكدماتِ وتعبر معي الشارع، تمشي دون أن تأبه لتمظهراتِ الوجودِ، كيف يمكن لطفلة أن لا تفتن أمام طابور من النمال؟ أن لا تبكي أمام جثة العصفورِ الذي سقط من عشه؟ أن لا تهتف للغيمة التي تشبهُ الأرنب؟ كيف يمكن أن تموت الطفولة بهذه البساطة؟ كانت تمشي لأنني أمشي، وتقف لأنني أقف، أضحت فطومة ذلك الظلَّ الطفل الذي أراهُ في أحلامي طوال الوقتُ، ولم أكن لأفهم لماذا التصقت بي على هذا النحو، كان بوسعها أن تبيت عند ابنة خالتها، كان بوسعها أيضاً أن تبكي في حضنِ خالتها، ولكنها لم تفعل، كانت مرتاحة معي، في هذه الغرفةِ الحقيرة في ظهر البيت، وأزيز وحدة التكييف الملحّ، والتلفزيون الصغير الذي بالكادِ نفهم طلاسم الصور التي يعرضها، في غرفةِ المرأة الغريبة التي لم تمت عندما ماتوا، أرادت الطفلة أن تكونْ..

يـا لسـخرية قـدرك يـا غيضـة! أيتهـا الأم الهائلـة، حتى نواميسـك الصارمة لم تفلح في جعل هذه الطفلة أقلَّ يتماً!

5

كانت تطرق بابي أحياناً، وتبدو – كشأنها – عاجزة عن التنفس، رازحـة تحـت وطـأة اختناقهـا المزمن، فطومة عنـدك؟ ايه عنـدي، زينة؟ ايه زينة.. وتمضي.. حتى نورة تفضّل أن تكون الصغيرة معي، هي التي بالـكادِ تقـدر أن تحمـل هـذا الصدر الثقيل الغارق بالهموم، وخطاطيف الخيبات المتواترة على كتفيها.. بين ابنٍ تحنّ إلى طقطقة عظامه داخل صدرها، وأم طاغية تقرر كافة المصائر، وأخ يجوسُ داخل صدرها إثر بكاء لـم يسـمح لهـا بتعاطيـه، وطفلةٍ تصارع لأجل أن تدفع بها خارج العالم الوحيد الذي تعرفه، وزوج قرر أنه لا يريد أن يكون زوجاً أو أباً، يمرّ ببيته.. بما يشبه زيارة الغريبِ للغريبِ، يؤدي التحايا الذابلة ويمضي، بين إحساسها القسريّ بالنبذ، بكونها غير كافية وأقل مما ينبغي، وبين أملهـا الهزيـل بعـودة زوجها بمـا يكفـل لها ولابنتها سقفاً وظلاً خارج عنجهيـة الأم الـرؤوم، وبيـن توقهـا لأخيها، ووجعها على ابنِه، وأسـفها على أمها وأختها التي جننها الألم، وأرملة أخيها التي أعماها المرض، كانت المرأة قد تمزقت تماماً! وإذا كان يمكن القول بأنها كانت أكثرهنّ وجوداً أو أقلّهن موتاً من بعده، إلا أنها لم تكن أحسـن حالاً من أيٍ منهن، كانت تتنشظى وتتطاير في انفصاماتٍ متلاحقة، وانتهى بها الأمر إلى إدمان مضادات الاكتئابِ والحبوب المنوّمة.

لطالما خطر لي بأن نورة هي أكثرنا وضوحاً ومعرفةً بنفسها، الابنة الأكثر ثقافة والأوسع علماً والأبلغ طموحاً، التي اعتادت أن تحوّل كل حـزنٍ إلى إنجـاز، وكل خيبـةٍ إلى فعـل، وكل مصـابٍ إلى درس، التي تجاوزت تجاهل الزوج وغيابه بالتحصيل والدراسة، وترجمت وحدتها ووجعها إلى سلسلة نجاحاتٍ كانت تعتزّ بها اعتزازاً أبدياً رغم أنها لم تكـن بـذات قيمـة لأم أو لأخـت أو لـزوجٍ أو.. لأي ممـن حولهـا، هي

168

التي كانت تستبسل أبداً لتطلق روح ابنتها خارج قضبانِ الجدّة، كانت تلزمها بأن تقرأ وتكتب وترسم، تجتهد لكي توجد لطفلتها ذلك المنفذ الخاص بخلوص الرّوح، كانت دائماً قادرة على ابتكارِ الحلول، عندما يتعلـق الأمـرُ بها وبابنتها، ولكـن الأمر لم يعد كذلك منذ ذهب الولد، فهي – رغم استقلاليتها الظاهرية ووضوح تفكيرها المزعوم – تشـتاق إليهِ بجنونٍ، تحتضن ابنتها لساعاتٍ وتبكيهِ.. تريدهُ، رغم كل ما كانت تردده بأن الأمومة المفتعلة ضربٌ من الاستحالة، بأنها لا يمكن أن تكون أماً لطفلٍ لم تنجبه، بأن الأمر الطبيعي هو أن تظل عمته المحبة لا أمه المكذوبـة وغيرهـا، إلا أنهـا كانـت تحنّ إلى مرآه، إلى شـمه وتحسس جلـده وتنشـق قميصـه، بدا وكأنهـا قـد تلقت الضربـة القاضية في ذلك اليوم، هي التي لم تنكسر لذهاب الرجل، ولا لغطرسة الأم، ولا لفقد الأخ، انكسرت لغيابِ الابن الذي لم تؤمن به كإبن!

كانت نورة في أكثر حالاتها ضعفاً، وفقدت في وسط المعمعة قدرتها على الإتيـان بالمنافـذ، علـى تحويـل الحـزن إلـى وصفة نجاح، وتحويل الحبس إلى مشروع حرية، وتحويلِ المكانِ الموحش إلى كتاب قصصيّ ملـون للأطفالُ، كل الـدورات التي أخذتها في شئون التربية والثقـة بالنفـس وتحقيـق الـذات والبرمجة العصبية وعلم الطاقة و.. كل تلك الأشياء التي رددتها عليّ، كل الكتب التي راكمتها داخل أدراجي لكـي أقرأهـا معهـا، كلهـا لـم تنفعها اليوم، وبقدرِ ما كانت هيلة غاضبة، كانت نورة ممزقة، تركضُ خلف شظاياها المتطايرة وتنادي! حتى بات صعباً عليها أن تتكلم بدون أن تتأتئ أو تتعثر أو تنسى ما تريدُ قوله، بـات صعبـاً عليهـا أن تسـتجمع ذاتهـا وتعـرفَ ماذا تفعـل أو ماذا تريد، وفجـأة وبـدون أي داع، كانـت تقبـض علـى رأسها بيديها وتجهش في البكاءِ، ثم تنسى في اللحظة الأخرى لأيّ شيءٍ بكت، ثم تتذكر بأن عليهـا – مثـلاً – أن تـزور هيلـة، وتنهـض لكـي تفعل ذلك، ثم ما تلبث

أن تتذكر بأنها لم تعدّ غداء ابنتها، وتنسى هيلة، وتنسى ابنتها، وتنسى الغداء، كانت في بقعتها الصغيرة تلك تتكسـر أمام أعيننا حتى لم يبق من المرأة المسكينة إلا بضعة كسور..

6

مضى شهرانِ دون أن أراها، تساءلتُ إن كانت تموتُ مثلهنّ، أم أنها تقرفص في زاوية وحدتها وتذعر لغياب الأب وإدمان الأمّ وتلاشي الأقاربِ وذهابُ الصديقِ الوحيد؟ ماذا حلَّ بتلك الصغيرة بعد الحادثة؟ تركتُ فطومة نائمة على سريري وعزمتُ على أن أزور الأخرى، أن أعرف إن كانت أمها المتشظية تحسن العناية بها حقاً، تطعمها حقاً، تتذكرها حقاً أم لا.. دفعتُ الباب برفق، رأيتُ نورة تنامُ جالسةً نصفها السفلي على الأرض، ونصفها العلوي يتكئ على الأريكة، فمها مشرّعٌ على الآخر وأنفاسها ثقيلة، ويدها تمسك بعلبة أقراصٍ بيضاء، ناديتُ الصغيرة ولم أسمع رداً، بصعوبةٍ حملتُ الأم على التمدد على الأريكة، غطيتها بدثارِ سريرها وانتزعت علبة الدواء من يدها، لم أكن أعرف ماذا تعني تلك الأدوية، ولماذا تجعل المرأة تنام هكذا، ولماذا صارت نورة تنام طوال الوقت، مضيتُ إلى غرفةٍ موضي، بهدوء فتحتُ الباب... رأيتها عاكفة على مكتبها الأبيضِ الصغير، منكفئة على نفسها، تصنع بجذعها الهزيلِ قوساً والقلم بيدها، تكتبُ في دفترها الأخضر الصغير سطوراً ما.. (مضاوي؟ شلونج يمه؟ شلونج حبيبتي؟)

لم ترد، لم ترفع رأسها حتى، وكأنها لم تسمعني أو تلحظ دخولي، كانت الغرفة تعومُ في الفوضى، وقصاصاتٌ كثيرةٌ من الأوراق ممزقة ومرمية على الأرض، وكان ورق الجدران قد تشوه بلطخاتِ حبرٍ وقصائد مفزعة كتبتها بخط يدها على جدار غرفتها، وكانت ثمة روزنامة عملاقة خطتها بالحبرِ الأسود على أحد الجدران تبتدئ بيومِ ذهابِهِ، اليوم الذي انقلب فيه عالمنا رأساً على عقب.. كانت الصغيرة تحصي الأيام في انتظار عودة صديقها، كانت تكتب وترسم وتصلي وتغيب، وكان حزنها يتمرأى جلياً في كل ما حولها، حتى الدمية.. قصّت شعرها وصبغت

171

وجهها بطلاءٍ أحمرٍ يشبه الدم، مزقت ثيابها ولطختها ببقعٍ من الحبر، كانت تكتب اسمهُ على حواف الصفحاتِ وكنت أتساءل إنْ كنت أقف أمام عاشـقة، أم تراها فتاة تفتقد ابن خالها وصديق طفولتها وحسب؟ لم يكن ذلك واضحاً، كانت عشراتُ الكتب منتشرة في حنايا المكان، وعشراتُ اللوحاتِ المرسومة بأقلامٍ الفحم لأفواهٍ مكممة وأيادي مقيدة، كان واضحاً بالنسبة لي على الأقلَ بأن الطفلة تحولت إلى فنانة، فنانة مجنونة ربما، أو على وشك، وكانت في لحظة دخولي متورطة بإحدى لحظـات التجلـي تلـك التـي تأخـذ المـرء إلى عالمٍ آخـر، وحتى عندما وضعت يدي على رأسها أصرّت أن تتم كتابة ما تريده قبل أن تلتفت إليّ، وأمام إلحاحي وأسئلتي ردت بنبرةٍ متبرمة:

- أمي نايمة.

- شفيها أمك؟ مريضة؟

- لا..

- شنو هالدوا إلي تاخذه؟

- مادري.

ثم وضعت القلم من يدها والتفتت أخيراً.. لتنظر إليّ، لأرى في عينيها مئات السنوات التي تنسكب في روحها مع كل لحظة وتجعلها أكثر كهولة من أي شخص أعرفه، ما الذي حدث لهذه الطفلة؟

- إنتي شلونك مضاوي؟

- طيبة.

- تغديتي؟

- إيه..

- شنو أكلتي؟

- توست.

- أمك سوت لك؟

- لا أنا.

- إنزين وأمك تغدت؟

- مادري..

- ما تبين شي؟

- لا.

كان واضحاً لي أنها تريدني أن أنصرف، أن أتركها وفوضاها بسلام..

- تعالي زوريني إذا بغيتي، ترى فطومة عندي.

لم تكلف نفسها عناء الرّد، كانت قد غابت مرة أخرى داخل القلمِ والورقة، أغلقتُ من دوني الباب، تركتها وطريقتها الغريبة في الموتْ، وأنا أشعر عند مغادرتي بأنني كنت في حضرة روحٍ سحيقة، بلا قاع.

7

في الثاني مـن أغسطس لعـام 1990، تعثرتُ – أنا رقية من أب وأم مجهولينِ – بالعائلـة الوحيـدة التي حظيـتُ بها طوال حياتي. كنتُ أقطَع الشارع ركضاً ووابلٌ من الرصاص يخترق وجه السماء والأرضَ، كان الوقت دخاناً وذعراً، وأنا، الهاربة من عالم مجنون، بأعوامي التي لا تتجاوز التسـعة، أو العشـرة، أو أياً كان.. أركض في الشـوارع، ومن حولي قطعان من الغزلان والخراف والماعز الهاربة من حظائر أسيادها..

كنتُ أركضُ، وحيدة وذعري، حتى رأيتُ سيارة جيمس حمراء تقف في الشارعِ أمامي، وانفتح باب، ورأيتُ برقع غيضة يطل من اللا مكان ويناديني "تعالي يا بنية! تعالي لا تموتيـن!" و.. ركضت إليها، بـكل قوتي، ارتميت عليهـا وبقيتُ أزعجها ببكائي حتى بلغنا حدود السـعودية، والعائلة تحاول عبثاً أن تعرف شـيئاً عني، اسمي، مولدي، مـن أنـا ومـن أيـن أتيت.. وطوال الطريق إلى المملكة، وأمام اختناقات الطرقاتِ وصعوبةِ العبور، كانت غيضة تقبض على يدي بيديها، تظنني مجنونة وقادرة على إيذاء عائلتها، ولم يمنعها خوفها مني من مساعدتي بأيّ حال، بكيتُ، ويداي مقيدتان إلى يديها، حتى نمتُ على صدرها..

ثم أفقت من غفوتي تلك، وأنا على تمام الاستعداد لأن أحب المرأة التي تمسك بيدي لتحمي عائلتها مني، وتحضنني لتحميني من رصاص الغزاة، وأحب الرجل الكهل الذي يقود الجيمس بلا كلل لينقذ عائلته، وهيلـة المطلقـة حديثاً وولديها المزعجين، والابن الوسيم، وصغراهم التي تحدق في النافذة بصمتٍ وهي تمتص الدمار بعينيها، كنت أحبهم كلهـم، وكنـتُ قـد بـدأت أنـادي غيضـة يا أمي، وأنـادي زوجها يا أبي، كنتُ قد جعلتهم عائلتي.

وصلت الأسرة إلى "الخبر" ونزلت في أحد الفنادق المتواضعة،

وتسـمرت طوال أسـابيع أمام شاشـة التلفزيون، كان الدمار كثير، والدم رخيص، وكان الخوف يهيمن على كل شـيء، ولم يبد أن أحدا منهم يكترث لوجودي، فقد ذهبت الأرض! سرق الوطن! لماذا عساهم يقلقوا لوجود لقيطة بينهم؟ مضت شهور قبل أن ينتبه الجميع إلي، وكنت قد رحت أخدمهم جميعاً كما هو خليق بحبي ووفائي، أرتب الأسرة وأغسل الأواني وأنشر الغسيل، اعتادوا على وجودي، ويطيب لي أن أفكر بأنهم أحبـوا وجـودي، حاولـت غيضـة أن تعرف اسـمي، أخبرتها بما يمكنني إخبارهـا بـه، سـمّيني رقيـة مثـل "الأبلـة"! هكذا كان اسمي في المكان الذي أتيتُ منه، حيث الأطفال لا يعرفون حقيقتهم، ولا ينتسبون إلى أحد، تساءلت مراراً كيف انتهى بي الأمر إلى الركض في الشوارع مع "البهايم" على حد قولها، ولم أكن أتذكر شيئاً بهذا الخصوص، حاول زوجها أن يتصل بالسلطات وتساءل عما يمكنهم فعله بي، تساءلوا إن كان ثمة أحد سيظهر ويطالب باستعادتي كما لو أنني.. ذات قيمة، لم يتصـل أحـد، وقـرروا أن أعـود إلـى الجهـة التـي تعنـى باللقطاء بعد أن تعـود الكويـت إلـى أهلهـا، ورحـت أبتهـل.. يا رب لا تنهِ هذه الحرب، يا رب لا تنهِ هذه الحرب!

بعـد سـبعة أشـهر تحـررت الكويـت مـن العدوان، ابتهـج الجميع وتحطم قلبي.. نظرتُ إلى غيضة بتوسّل وأنا أبكي وأنفي يسيل، ابتسمت مطمئنة.. قالت لي بأنها لن تتركني أبداً، وكانت تلك هي اللحظة التي خلق فيها وطنٌ في قلبي، تجرأتُ وضممتها وأنا أشمّ ثوبها، ربتت على كتفي بسرعة لكي لا أضيع الوقت بالعناق، ثم طلبت مني أن أعد لهم شيئاً يؤكل!

8

لم يكتفوا بالوقوف عند عتبة البيت، بل دخلوا بأحذيتهم الملوثة إلى عقر الحضنِ، ووسخوا السجاد بالطينِ، وفعلوا كل ما احتاجوا إلى فعله لكي تذعر النساء بحضورهم، النجوم على الأكتاف والأسلحة على الخواصر والغبار على الأحذية، دخلوا مملكة الأمومة المشيدة وانتزعوا الصبيّ من سلاسل أذرعنا، الأخلاق وآداب الضيافة لم تكن تعني لنا أو لهم شيئاً، وضعوا السلاسل في يديهِ، والعبرات في عينيه، والصمت في شفتيه، والخوف في قلبهِ.. ألقى الصبي نظرة مختنقة بالدموع على وجهِ جدته ثم مضى معهم، كان يعرف – كما هي – بأنها مسألة وقت حتى يأتون لأجله، لم يقاوم، لم يبكِ، لم تسمح له بأن يكون طفلاً، ولم يكن بوسعه أن يصير رجلاً، وظل يرمقها من ركن خوفه وكأنه يفتش في عينيها عن وعودها التي لا تنكثها أبداً.

أدخلوه في السيارة / القفص وهي تصفر وتلقي بأضوائها الحمراء والزرقاء حيثما تذهب، السيارة المصممة خصيصاً لافتعال الفضائح، كان هناك، خلف الشبك، مقيد اليدين، يحدّق إلى جمع النسوة وهن يندبنه وينشجن، لم يبكِ.. ولكن وجهه كان مترعاً ببكاء الأطفال الذين يساقون بعنجهية خارج أحضان أمهاتهم! ولم أتأثر في حياتي لمشهد بقدر ما تأثرت لشفته التي تقوست، وذقنه التي ارتجفت، والبكاء الداخلي الذي كان يسيل على جدران صدره دون أن يسعه إعلانه.

الأمهات الثلاثة وقفن في زاوية الفجيعة، كلُّ تعض طرف كمها بيديها لكي تكبح انتفاضات بكائها، الجدة وحدها، رسخت في صمتها مثل نصبٍ، بوجهها الذي اهترأ ليعترف أخيراً بأنه ليس نداً لكَ أيها الزمن! أسرعتُ آخذ البنتين إلى غرفة لا تطل على المشهد، كانتا تبكيان وتكيلان عليّ بالأسئلة، تتفلتان من بين يديّ لكي يسعهما رؤيته والتلويح

له ومناداتهِ، حتى انتهى بي الأمر إلى تركهما تتصارحان مع النكبة على النحو الذي لم يستطع أحد منا أن يفعل، كانتا تبكيان وتلوحان من إحدى النوافذ.. يا فهاد، أين تذهب، متى تعود.. لا شيء في الواقع يهمّ باستثناء هذين السؤالين، لماذا يركب فهاد في سيارة الشرطة؟ لماذا قيدوا أيدي الصبيّ بالسلاسل، لماذا يساق من رقبته كالكبشِ إلى المقعد الخلفيّ خلف قضبان السيارة، لماذا توجد في السيارة قضبانٌ بأيّ حال، من هؤلاء الأشرار الذين يسرقون الولد ابن الولد من عالمِ الأم.. كانت الأسئلة بذاتها مفزعة وهي تتفجر في وجهي، تجرح خديّ وقلبي وما بقي من سنينِ، ابقيا هنا، ابكيا هنا، غيضة العجوز لا تستطيع تحمل ألمٍ بهذه الصراحة، اختفيا إن شئتما ودعا الكبار يواجهون ألمهم بما يليق بهم من تعقيدٍ.

عندما عدتُ إلى الأسفل كانت السيارة قد ذهبت، وكان وجهه يملأ علينا المكان، الشمس غابت والمشهد ملطخ بنزيفِ الشفق الحزين، تدخل غيضة السكرى إلى بيتها لتتمدد على الأريكة وتمارس شيخوختها المؤجلة على نحو ما تستطيع، وجهها غائر في عمق وجعه الداخلي وهي تتقدم بصعوبة صوب الأريكة الطويلة في الصالون، تلاحقها بكاءات ابنتيها وتوسلاتهما: وش السواة يمه؟ وش الدبرة يمه؟ يمه خلصيه منهم، يمه رجعيه لأمه، يمه قلبي ينزف يمه.. والله ينزف يمه! جثت نورة على ركبتيها تقبل يديّ أمها وتتوسل، فيم هيلة تضرب بيديها كل ما تطوله وتجدف ضد القدر، وشهلة السارحة بابتسامتها البلهاء تبرطم برطانة بلا معنى... كانت تلك المرة الأولى التي تعلن فيها جنونها بصراحة.

هذه المرة.. لم تطلق غيضة أية وعود، لم تملك خطة بديلة، أو حقائق مزورة، ولم تكترث كثيراً لأعين الجيران التي تتابع المشهد من خلف الستائر، كان وجه الولد، شفته التي تقوست، كتفه التي ارتجفت..

هـي كل مـا يهـم، وكان جسـدها قـد استسـلم لصنـوف الآلام التي ظل ينكرها لسنوات، كانت متعبة أكثر مما ينبغي لكي تتعاطى مع الموقف، ثم غطت عينيها بساعدها وقالت وهي تتنفس ببالغ الصعوبة..

– هيلـة يـا يمـه.. اتصلي فـ عبدالله زوجك خليه يطمنا ع الولد، وقولي له يشوف لنا محامي زين، بس لا يكون من العايلة، ستروا على ولدكن..

ثم انقلبت على جنبها الأيمن وأولتنا ظهرها، وهي تتسـاءل على الأرجح، ما الذي فعلته لكي تصل بنا إلى هنا؟!

٩

كان الصبيّ يرتدي الفساتين ويراقص البنات ويلعب بالعرائس ويملأ وجهه بالأصباغ وشعره بالشرائط الملونة، ويعلنُ على العالم – صراحة – بأنه يريد أن يكون بنتاً لا ولداً، ويسأل لماذا لم يستشره أحد فيما يريد أن يكونه؟

جنّ جنون غيضة وهي ترى الصبيّ يسجد مطولاً ويرفع يديه صوب القبلة.. يا رب حولني إلى بنت، يا رب حولني إلى بنت! تقول شهلة بأنه يتحقق من جسده كل صباح، يقف أمام المرآة عارياً وينتظر حدوث المعجزة، كانت العجوز ستفقد صوابها، وأخذت – لأول مرة منذ مولده – في ضربهِ بعصاها، والتلفظ بالمشين من السباب والشتائم، غاضبة وعاجزة أمام هاجس التأنيث الذي استولى عليهِ، كل القصور التي دشنتها في أحلامها على أكتاف هذا الصبيّ، الولد ابن الولد، كل شيء سيذهبُ الآن، هدراً! كيف يمكنها أن تقبل بنهايةٍ كهذه تتوج تاريخ كدحها الطويل؟

ذات يوم لوّحت غيضة بسكين المطبخ في وجه شهلة وهي تتوعد: أذبحه بسكيني هذه قبل أن أرى ابن علي يخصي نفسه بيديه! أي خبالٍ أن يقايض رجل ذكورته بأنوثة شائهة! أقسم بالله سأذبحه! أذبحه وأغسل عاره! وشهلة تتوسل إلى غيضة، امسحيها بوجهي يا خالة تراه بزر.. ما يفهم! خليه! أنا أفهمه! أقسم برب العزة إن ما عقل ورجع رجال لأدفنه حيّ في حوشي! لأنه موب كفو يشيل اسم علي! موب كفو يكون رجال! لم يسبق أن غضبت غيضة بهذا القدر في حياتها كلها، كانت ملامح وجهها تموجُ وتتداخل، وعينها تحمرّ متوعدة، وجسدها يصرعُ في قلبِ غضبته الهائلة، وأنفاسها المهتاجة تتلاحقُ محدثة شخيراً معطوباً.. وفيمَ أنا أتأمل المشهد من زاويتي الصامتة في مؤخرة المطبخ، كان الشيء

الوحيد الذي يجول برأسي أن غيضة ستموتُ خلال لحظاتٍ، وتدفن بوجهٍ عابس وقلب غضبان.. احتضنت كتفيها.. كافي يمه، ارتاحي يمه! ولكنها دفعتني عنها بقوة وغادرت المطبخ، ذهبت لتتمدد على جنبها، والسكين في يدها، تلعن وتحوقل.

عندما بلغ الغضب من غيضة كل مبلغ، تواطأت الأمهات الثلاثة بصمت ودونما اتفاق مسبق على مساعدة الصبي على الاختباء من جدته، وأوصينه بالاختفاء لبعضِ الوقت، تكتمن على أخباره تماماً أمام العجوز زاعماتٍ بأن الصبي فرّ إلى الشارع منذ أيامٍ ولم يرجع، ووجدت غيضة في أكاذيبهن بعض السلوى، "أحسن! خلّوه يهج! كود الشارع يربيه ويردّه رجال!".. وتوعدت بأنها لا تريدُ رؤيته أبداً، وبأنها غاضبة عليهِ حتى يوم القيامة إلا أن يثوب إلى رشده ويرتدي - مرة أخرى - جسده الذكر، كان الصبيّ يبيت معي خلال تلك الأيام، إذ كانت غرفتي مناسبة لابتعادهِ الوهميّ، كان يمضي أعظم وقته في قضمِ السكاكر والتفرج على الكارتون، وكنتُ أتأمله، في صمتهِ وعزلته.. ويبدو لي بريئاً أكثر مما ينبغي، الأرجح أن كل ما يريده هو أن يشارك موضي وفطومة عالمهما الورديّ، لأنه يشعر بالوحدة وحسب! ولم تكن رغبته بالتحوّل إلى بنت إلا تعبيراً عن رغبته بالاندماج في عالمه النسائي، تخفيفاً لغربته.

ولكنّ غيضة لا تفكر بهذه الطريقة، وإن خطر الأمر بهذه الصورة في رأسها فهي لن تقبل به على أيّ حال، وطوال تلك الأيام التي مكث فيها في غرفتي، لم يقارب دولابي ولم يتفحص أغراضي وأسراري النسوية إلا في وجود البنتين، فقط ليزيل عن نفسه شبهة الاختلاف، ورغم تحفظي على زيارات الطفلتين له، ولعبهم الطويل بالعرائس وتمددهم على سريرٍ واحد لمتابعة التلفزيون، إلا أن البنتين لم ترضخا لي ولم تكترثا بما أقوله، ولا بما يمكن أن يحدث لو اكتشفت جدتهم

معقل اللعب الجديد في بيتها.. غريبٌ أنه عندما يتواجد الثلاثة في مكانٍ واحد فإن الخوف لا يكون لهم شيئاً ذا معنى.

لـم أكـن بـذاتِ حيلـة، لـم أكـن في الواقع إلا رقية السـوداء، التي تعيش أيامها بين قدور المطبخ وتنظف البيت وتردد الحكايا الغريبة التي لا يصدقها أحد، من أنا لأخبر طفلاً بأنه لا يستطيع اللعب في غرفتي؟ استمرت المناورات طوال أسبوعين، ولا أعرف كيف.. ولكن غيضة كانت واقفة على عتبة بابي في ذلك اليوم، وجهها يغلي، والسكين في يدها! سـرعان ما تشبث الصغير الذي صبغ شـفتيه بأحمر الشـفاه بذيل ثوبـي واختبأ خلفـي وأنـا أحـاول عبثاً أن أبرر أمامها عصياني وعقوقي، فـي ذلـك اليـوم عرّفتني غيضـة على مقامي الحقيقيّ بينهم: يا كلبة! يا واطيـة! يـا نجسـة! يـا بنت الحرام! كان لازم أتـركك تهجين وتهرجين في الشوارع مع البهايم يا لقيطة!

الصبيّ بدأ في الهرب، والبنات تحلقن حول الجدة يحلفن عليها بـرأس المرحـوم أن لا تـؤذي الصبيّ، و.. أشـياء أخـرى حدثت، كنتُ خلالها غير موجودة، كنتُ قد عدتُ إلى حقيقتي، في الثاني من أغسطس سنة الـ 90 عندما كنتُ اللقيطة التي تركض في الشوارع بين قطيع من الحيواناتِ وسط وابل الرصاص، كنتُ أنا.

10

لا أحـد منـا يعـرفُ مـا حـدث في ذلك اليوم، كل ما شـهدناه هو غيضـة التي تشـد الصبـي مـن أذنـه إلـى غرفتها وهي تـردد "أ يا ملعون الصلايـب! إن مـا ربيتـك وسـويتك رجـال والله لا أقطـع صدري إلي أبوك رضع منه!".

. أطبق الصمت على المنزل بمجرد ما أقفل الباب، واستمر الصمت لثمان ساعات.. تساءلنا أثناءها: هل قتلته؟ ما الذي تفعله به/ له/ معه؟ تندبه؟ تجلده؟ تشرح أعضاءه؟ تخصيه؟! ما الذي يمكن أن يكون قد حدث هناك طوال ثماني ساعاتٍ؟

عندمـا صرّت مفاصـل البـاب أخيراً، وفُتـح.. كان وجه غيضة قد استعاد صفاءه، وأمست ملامحه أكثر استرخاءً، وعلى ثغرها امتدت ابتسامةٌ رضية، ونادتني: يا رقية! وينك يمه؟ وهكذا – ببساطة – صرتُ ابنتها مرة أخرى، لأنها تأخذني في كنفها عندما تريد، وتبصقني خارج عالمها عندما تريدُ، وأنا.. أمثل بين يديها مرتبكة، ملهوفة: سمي يمه!

– الولد جوعان، سوي له لقمة ياكلها..

11

بعد ذلك اليوم الطويل، تحول فهاد بن علي إلى عبدٍ لجدته، فصار لا يجلس إلا بين يديها، ولا ينظر إلا إليها، يناديها "يا أمي" بعد أن كفت كل أخرى عن أن تكون أمه، وصرنا في نظره زمرة الخالات الصيّاحات الموغلات في العماء الممعنات في الجهل، اللائي فرطن بذكورته مقابل أصباغ وردية ملعونة! صرنا – فجأة – بلا قيمة، وكأننا ما أحببناه قط.. شهلة كانت أسرعنا في التلاشي، حتى البنتينِ غابتا في مجاهل تاريخه السحيق، ولم يعد ينتبه لحضورهما أو لغيابهما أو لكلامهما معه، كان ينظر إلى جدته منتظراً أن تطلب فيلبي، وأن تأمر فيطيع، وأن تشير فيسعى، كانت ثقته بكل شيء قد تقوضت إلا بغيضة المتربعة بكل خيلاءٍ على عرش أمومتها.

حلَق الصبي رأسه، هجر ألعابه وتنازل عن طفولته، قرر أن يعجل من صيرورته إلى رجل، فصار يرتدي الدشاديش ويضع على رأسِه شماغاً أبيض، ويتفرج على برامج شعراء النبط التي لا يفهم منها شيئاً، لولا أنها تساعده على أن "يتعلم كلام الرجال" على حد تعبيره، سمعناهُ يقولُ مرة بأنه... لو كانت له ذقن لما حلقها، وكأنه كان يستبسل لكي يصبح أكثر شبهاً بأبيه، باهتمامه المفتعل بتجارة الذهب، والطريقة التي تتحسس فيها أصابعه خرز المسابيح.. صارت عنده مجموعة من المقتنيات التي لم يأبه لها من قبل، أشياء لا نعرف من أين أتت رغم أننا حدسنا بذلك منذ البداية، كانت بصمات علي تملأ جلده!

كذبت غيضة لمّا ادعت بأنها تبرعت بمقتنيات علي للجان الخيرية، كانت أغراضه مطوية ومخبأة بعناية في دولابها المقفل على الدوام، تخبئ مفتاحه في مكانٍ لا يعرفه سواها، ثيابه، مسابيحه، كاتالوغات بضاعته، مصحفه، دهن العود، مشط، نعل نجدية، حتى ماكينة حلاقته.. لم تغفل

183

غيضة شيئاً، وخلدت عالماً كاملاً لولدها داخل دولاب / تابوت.. تحسباً ليوم كهذا.

تخوفنا من معرفة شهلة بالأمر، خشينا أن انبعاثة المقتنيات من قبر المتوفى سيثير حنينها، ويستنهض أوجاعها الغافلة، خفنا من اللا مبالاة التي أبدتها غيضة صوب كنتها الوحيدة، ولكننا سرعان ما أدركنا بأننا قد بالغنا في تقدير الموقف، فبعد كل هذي السنيّ المتطاولة في الاهتراء والتلاشي والتضخم والترهل.. تراها ستكترث للأمر حقاً؟ رأيتُها، بعينيّ هاتين، تتحسس أحد المسابيح بأصابعها، ترمقه بعينٍ باردة، ووجهٍ مصمت، ومشاعر مشلولة، تعيده إلى مكانه وتمضي لشأنها، لمشروع موتها الخاص.

أثثت غيضة عالم الصبيّ بمخلفات أبيه، فقد بدأت تدرك أخيراً مدى ضرورة أن تملأ الفراغ الفاحش في قلبهِ بالشخص الوحيد القادر على ملئه، الأب الذي لم يحظ به للحظة. هي التي طالما رددت بأن الأم تساوي ثلاثة آباء، وبأن ثلاث أمهات هن أفضل ما يمكن أن يحظى به أي طفل في العالم، انتبهت إلى الاعتوار الذي يعتري عالمها، فأصبح علي، الميت منذ سنوات، سيد المنزل مرة أخرى، ولكن من خلال أمه! وبعد أن كالت الجدة على الحفيد بمفردات الإرث الغالي، أصبح الولد عبداً لأحلام جدته، لا يداخله إلا خاطر واحد، أن يحقق لها ما تريده منه، أن يشب كوالده!

12

عندما أتمت موضي عامها السادس، رغبت نورة بأن تقيم لها حفلة عيد ميلاد، فأعدت لها – بشجاعة بالغة – قالب كعك، واشترت لها دميةً جديدة، ثم دعت جميع من في البيتِ إلى الحفلة، بعد أن أشعلت الشموع، وألبست الطفلة ثوباً أبيض بتنورةٍ منتفخة، وزينت شعرها بتاجٍ من الدانتيل الورديّ، وملأت قلبها بالأمل.

عندما وصلتنا الدعوات، مغلفة بورق وردي جميل، تحمل أسماءنا، تخبر عن مكان وميعاد الحفل.. جنَّت هيلة من الغضب، وصعدت درجات السلّم إلى شقة أختها، اقتحمت المكان، أفسدت الزينة وألقت بقالبِ الكعكِ في سلة القمامة، وسط صراخ نورة وبكاءات موضي.. قالت بأن ما فعلته نورة ليس فقط هو الإخلال بالقسم الذي أقسمته الأمهات أمام الجدة بأن يساوين بين الأطفال في الأمومة، بل هو أيضاً اقترافٌ صريحٌ للحرامِ وتعاليم الشريعة، صاحت نورة بدورها بأن الاحتفال بيوم الميلاد هو احتفالٌ بالحياة، وأنها تريد لابنتها – ولجميع الأطفال – أن يتعلموا الاستمتاع بكونهم أحياء.

في تلك الأثناء – طبعاً – كانت موضي تبكي وهي تحتضنُ سلة القمامة وتردد "ماما هيلة ليش! ليش!"، والأخرى المختبئة خلف "دراعة" أمها، تتلصص على قرينتها بشيءٍ من الحزنِ، وشيءٍ من التشفي.. في ذلك الوقت كادت الأختانِ أن تتشابكا بالأيدي والأظافر، قالت هيلة لأختها بأنها رغم ثقافتها الواسعة وتعليمها الأكاديمي إلا أنها مربية سيئة للطفلة، عاصية للتعاليم الدينية، تلقن ابنتها فنون الشطن خارج خارطة السراط المستقيم.

بحسب رأي هيلة، ليس ثمة ما يعطي الإنسان سبباً لكي يحتفل بكونه حيّ، أولاً لأن الله لم يمنحه هذه الحياة لكي يحتفل بها، بل

185

على العكس، لكي ينصب فيها من خلال اختبار طاعتة أو عصيانة، ولأن كوننا أحياء هو دليل قاطع على قلة عقولنا، لأننا رضينا بحمل الرسالة التي أشفقت منها السماء والأرض وأبين أن يحملها، وحملها الإنسان.. "إنه كان ظلوماً جهولاً".. وإذا كان الله في عليائه لم يمتدح الإنسان على حمل رسالته، فلماذا يمنح الإنسان نفسه كل هذا الخيلاء الذي لا حق له فيه، ويحتفل بوجوده، وبيوم ميلاده!

قالت نورة بأن هيلة ليست مضطرة للمشاركة في أي احتفال تعتبره محرماً، وبأن بوسعها أن تغادر إن شاءت، هي وابنتها، وأن تمضي كل أيامها في ندب اللحظة التي دبت فيها الحياة في أوصالها، وعندما وصل الحديث إلى تلك النقطة حسمت غيضة الأمر بأنها لا تريد أعياد ميلاد في بيتها، وبأن على نورة أن لا تعزز في طفلتها هذه الفردانية المفسدة، فطلبت نورة أن يقام يوم ميلاد للأطفال الثلاثة كلهم لكي تتجنب شبهة عدم المساواة، ردت عليها هيلة بأنها غير مستعدة لهدر مالها وجهدها على احتفالات محرّمة، ثم كررت على مسامعها أسماء للفقهاء الذين أفتوا بحرمة عيد الميلاد، وبأن الأمر برمته هو تقليد أعمى لليهود والنصارى..

أجهضت حفلة الميلاد سريعاً، وانتهى الأمر بنورة وموضي تجتران دموعاً مرة، وطوال تسع سنوات، لم يحتفل أيٌّ من أفراد قبيلة غيضة بيوم ميلاده.

استمر العمل بقانون (منع أعياد الميلاد) حتى حان عيد الميلاد الخامس عشر لفهاد بن علي، اليوم الذي احتفلت به غيضة بحياة حفيدها بكل صراحة، بدون أن تواجه بالمعارضة أو الامتعاض أو فتاوى التحريم، وقررت أن يكون احتفالها بحفيدها بمنحه الهدية الأكثر ملاءمة وتعزيزاً لحلمها بأن تراه رجلاً.

وهكذا، بمناسبة عيد ميلاده الخامس عشر، أهدت غيضة لحفيدها الأثير.. سلاح أبيه.

13

لـم يكـن سـلاحاً بمعنـى الكلمـة، ولكنـه كان قـادراً على الإيذاء، كانت "أم صجمة" استخدمها علي في رحلاته للقنص مع بعض رفاقه وأبنـاء عمومتـه، فانتقلـت البندقيـة – بمباركـة الجدة – إلى حيازة الابن لكي يتدرب بها على الرماية، ويذود بها عن خشونته، وينشغل بها عن إغراءات اللعب بالعرائس ووضع المساحيق، قالت غيضة بأنها هواية ممتازة للأولاد، ووعدت الصبي بأنه إذا أصبح قناصاً بارعاً وصاد لها من الحمائم ما يكفي لوجبة عشاء عائلية، فستشتري له "فرساً" لكي يمتطيها، وستدشن لفرسه في الحديقة إسطبلا صغيراً، ليكبر متمثلاً بأجداده، أمراء القبيلة، ويصبح فارساً حقيقياً في زمن سيارات الفراري وألعاب الفيديو.

شعرنا بالزمن يعود إلى الوراء عقوداً، فبعد السوني والبلي ستيشن وكل ألعـاب الفيديـو وسيارات الريمـوت كنتـرول، تهديـه جدته بندقية وتمنيه بفرسْ! حاولت الأمهات – ببالغ الهلع – أن يبدين احتجاجهن، فمن المخيف أن يترك سلاح كهذا – مهما بدا بريئاً ومصمماً للعصافير – في يد صبي في الخامسة عشر من عمره، ولكنّ الجدة صمت أذنيها عن مخاوفهن، وقرّعت شهلة – الأكثر ملاءمة لهكذا مواقف – لضعفها وجبنهـا، وقالـت بأنهـا لا تسـتطيع أن تتخيـل مـا هـو أفضل للصبيّ من هديـة كهـذه، وأنـه واجب دينيّ علـى كل أم وأب، أن يعلمـا أولادهما "السـباحة والرماية وركوب الخيل"، ولم يكن بوسع أيّ منا أن تقارع حجة كهذه.

انطلق الصبي في رحلاتِ الصيد الافتراضية، وغاب أياماً في عالمِ البنادقِ وأحلامِ الفروسية، ولكنه لـم يأتِنا بشيءٍ مما وعد به، لا عصافير، لا حمائم ولا حتى قبّرات، مجرد سلاح يحملهُ على كتفه وينطلق، وقد احتشـد حولـه عشـرات الصبيـةِ والفتيانِ ممن سـال لعابهم لبريق ذلك

الشـيء، وطارت ألبابهم على لونهِ وملمسـه وقسوته وفداحة إمكانياته، فتن فتية "الفريج" بفهاد، الصبيّ الذي يحملُ سـلاحاً حقيقياً وبمباركة جدته العظيمة، معظمهم لم يجسروا على إخبار آبائهم وأمهاتهم بالأمر حتى لا يحرموا من التمتع بصحبته، أولئك الذين سربوا الخبر إلى الكبار مطالبين أهليهم بشراء أسلحةٍ حقيقيةٍ لهم بحجة أن فهاد بن علي يملك سـلاحاً، هم الأقل حظاً، الذين عانوا الأمرّين بمنعهم من الخروج من المنزل ومصاحبة فهاد بن علي بتاتاً.

بفضل ذلك السلاح، أصبح فهاد بن علي زعيماً روحياً لكل صبيان الفريج والفرجان المجاورة، وهو ما سرّت له غيضة، واعتبرته الحصاد الأهم الذي اقتنصه السلاح بدون معركة تذكر، أن يصبح فهاد "سيداً" لأترابـه، وينسـى كل مـا يخص البنتيـن، الاختيـن، والحبيبتين وزوجتي المستقبل..

الغريـب في الأمـر، هـو أن الصبـي صـار – بمجرد حيازته لهدية ميلاده تلـك – يكثر مـن استخدام "الفصحى" في كلامـه اليومي، مع نفسه، مع أصدقائهِ، وحتى معنا إذا أمن سخريتنا منه، كان هاتف المنزل يرنّ طوال الوقت لنسمع على الضفة الأخرى أصوات صبيانٍ يتكلمون لغـة فصيحـة تشبـه تلـك التي يهـذر بها أبطال أفلام الكارتون، هل فهاد موجـود أيتهـا السيدة! هـل فهـاد موجـود أيتهـا الأخـت الكريمة! ليس هنا؟ وأين أستطيع أن أجده؟! كانوا يلعبون لعبة طالت لأيامٍ بلياليها، يمثلون، يعيشـون أدواراً برعوا في تدشين معالمها بخيالاتهم، يحيون قصص الأبطال، الأموات، المحاربين الشـجعان الذين تكدسوا – من كل صفحـات التاريـخ – داخـل حيّنـا، وفي أجسـاد أولادنا، منذ الظاهر بيبرس مروراً بخالد ابن الوليد وانتهاءً بتيمورلنك، الأرجح أن كل واحدٍ منهم نقب طويلاً في بطونِ الكتب لكي يأتي بتلك الشخصية التي من شأنها أن تثير إعجاب وغيرةِ أقرانه.

عندما عرفت العجوز عن اللعبة التي تجتاحُ المنازل، وترف لها قلـوب الفتيـة، وتغمرُ الأحيـاء والمنطقة المحيطة برمّتها، بسبب بندقية صيـد صدئـة، اقترحت علـى فهـاد أن يلعـب دور والـده، البطل الهمام الذي يسافر إلى قندهار ليساعد منكوبي الحرب ويستشهد في الأرض الغريبة بمنتهى البسالة، ولما احتجَ الصبيّ بأن بطولة والده ليست ذائعة الصيت إلى هذا الحد ولا يمكن قراءتها في الكتب، قرعته بشدة وقالت بـأن واجبه يحتـم عليـهِ أن يكـون أكثر اعتزازاً بوالده مما هو عليهِ، وأن يبـذل قصارى جهـده لكـي ينشـر قصتـه العظيمة على نحوٍ أكمل، وأن الكتب ستنتبه له في النهاية..

كانـت الأخبـار تردنـا، مبتـورة ومحوّرة، عـن آخر مـا أثارته تلك (الأم صكمـة) في المنطقـة، وعرفنا بـأن تلك اللعبة باتت تسيطرُ على العالم.

مضاوي وفطومة وجدتا نفسيهما ملقاتين على هامش الأحداث، وكأنهمـا مـا عادتـا بطلتيـن فـي الحكايـة، وكأن كل الضـوء الـذي كرّس لهمـا يومـاً، مـن قبلنـا جميعـاً، كان بفضلِ الصبيّ وحده، الصبي الذي لفظهما خارج حياته منشغلاً بمفرداتِ عالمِهِ الجديد، السلاح والفرس الافتراضي والأصحابِ الذيـن تدفقوا من جميع البيوتِ القريبة لتمجيد السلاح الحديدي، والفتى الخرافيّ، ابن الشهيد وسليل فرسان القبيلة!

14

لا تعرف فطومة كيف تعيش حياتها بدون أن تكون جزءاً من حياةِ فهاد، لا تعرف لحضورها معنى أو هوية، وكانت تتصرف كما لو أنها قد تيتمت فعلاً! كانت بمجرد ما تسمع صوته، وهو يدخل البيت، تركض لتكلمه، حتى لو لم يكن عندها شيء تقوله، وكان بالكادِ ينظر إليها وإذا ما فعل، فهو – محلقاً داخل لعبته العظيمة – يردّ عليها: ابتعدي عني يا فتاة!

ذات مساء، دخل إلى البيت ومعه اثنين مع أصدقائه الجدد، ولما لمحها واقفةً في الزاوية ترمقه بتردد، نادى عليها: أيتها الجارية! هل لنا ببعض الماء؟! في ذلك اليوم كانت فطومة سعيدة لأنه سمح لها بأن تكون جزءاً من قصته / لعبته، وعندما خبّرت مضاوي عما جرى معها، على الأرجح مدفوعة بهاجس إثارة غيرتها، وبختها الأخرى بكثيرٍ من الغضب لأنها سمحت له بأن يتطاول عليها بهذا القدر.

كانت موضي تغلي غضباً من فهاد، ومن جدتها التي ما عادت تبالي بها إطلاقاً، ولم تعد تمانع أن تشتري لها أمها الهدايا، وأن تلعب بالباربي المحرمة وما إلى ذلك، لم تعد قضاياها مهمة للجدة التي اعتادت أن تتصدر جميع القرارات، وكأنها كفت فجأة عن أن تكون حفيدة لغيضة.. القسم الأمومي والمساواة في الحب فيما يشبه الأنظمة الاشتراكية المنقرضة، كلها تداعت، شأنها شأن كل الأنظمة التي نخرها الفساد، واقتاتت على الدكتاتورية، لم يبق شيء من الحياة التي اعتادوها، ولم يعد للحفيدتين وجود بالنسبة للجدة، بعد أن حلق فهاد بجناح ذكورته، خارج فلك البنتين، لم يعد هناك ما يهم، ولا حتى.. البنتين نفسهما! وبقدر ما يحق لموضي وفطومة أن تشعرا بالسعادة، لهذه الحرية الجديدة التي لم يحسب لها حساب، ولانهيار النظام الأمومي الفاشي

باسم الحب، ولقدرتهما أخيراً على أن تختلفا عن بعضهما البعض بدون حروبٍ تذكر، بقدرِ ما خلف الانهيار إحساساً عارماً بالمرارة، لفرط ما أصبح واضحاً بأن الجدة، جدتهما العظيمة، لم تحبهما قط.

هل هذا يعني أنها يوم طلبت من الأمهات الثلاث أن يساوين في الرعايـة والحـب بيـن الأطفـال الثلاثة.. كانت تعني فهاد وحده؟ لو لم يكن هناك فهاد بن علي، هل كنا لنعيش حياة أكثر طبيعية؟ هل كانت ستحظى بمدرسة أفضل يوم أرادت أمها أن تدرس في مدرسة خاصة؟ هل كانت ستحصل على فساتين أجمل؟ أساور فضية ربما؟ أو على أقل تقدير، هل كنت ستحظى بلذة أن تجلس في حضن أمها – طفلة – دون أن تثيرا الشبهات كما لو كانتا تقترفان منكراً؟

هكـذا، ورغـم ارتياح نـورة لانتهـاء الأمـر، وللحريـة الجزئية التي تمتعـت بهـا مـع ابنتهـا، وخلاصهـا من تدخلات أختها، وتثاؤبات أرملة أخيهـا، وغطرسـة أمهـا، كانـت موضـي تتجـرع مرارة الهجـران، وعلقم التخلـي، وقـررت منذهـا أن تتخلـى بدورهـا عـن جدتها، وعن فهاد بن علي أيضاً، بقـدر مـا تخليـا عنهـا، وإن لـم يكن بوسـعها أن تهجرهما مكانيـاً، فإنهـا تعتـزم أن تتخلـى عنهما داخـل قلبها، وكان ذلك بمباركة الأم التي دججت كل حججها لكي تعزز في ابنتها إحساسها بالاستقلالية والاكتمال، بعيداً عن غيضة وفهاد ولعبته التي ابتلعت العالم.

كانت موضي تلمع من العناد والشيطنة، وبدأت أحلامها بالتحليق خارجاً، فكفت عن الاهتمام بمنافسة فطومة على مجدٍ أو حب، لا يغريها أن تلبس الثوب الأجمل، ولا أن تحوز على العريس الأفضل، وهامت في عالم من الكتب المغبرة، ترسمُ اللوحات وتكتب مذكراتها الخاصة، تحلق في فضاء لا يخص غيرها، ولا تريد فيه أحداً غيرها، وكما أصبح لفهاد ذلك العالم المحدد الذي ليست هي جزءاً منه، أصبح لموضي عالمهـا الخـاص، الـذي دشـنت معالمه بقـوة الحلمِ وحدها، كانت هي

الأخرى تسبح في لعبتها الخاصة، لعبة الممكن!

حاولت الطفلة مرة أن تأخذ فطومة في رحلة داخل عالمها وتريها ما تملكه، أفكارها وأحلامها وأشياء أخرى تشدها خارج الهواء والهراء الخانق للبيت الكبير، أرتها كتباً ولوحات، أسرت لها بأحلام ترجو أن تحققها يوماً، وربما همست لها بهواجس مراهقة داهمتها مؤخراً و.. كانت في الحقيقة كمن يتحدث إلى نفسه، لم تستطع أي منهما أن تتحسس حضور الأخرى مرة ثانية، كانتا مختلفتين أكثر من اللازم، غريبتين أكثر من اللازم، ومنفصلتين أكثر من أي وقتٍ مضى.

لم يعد فهاد مركز لعالم موضي، وبقدرِ ما بدت في تلك الأيام، بعنادها وصلابة روحها، كثيرة الشبه بجدتها، بقدرِ ما فزعت العجوز من قـدرة البنـت علـى أن تشـعر بالاكتمالِ والتحرر والفاعلية والأهم.. بالسعادة! دون أن تدور في فلك الصبي، الولد ابن الولد، تمتمت غيضة مرة، بأن البنت ستصبح زوجة ناشـز، لأنها لم تتدرب على الخضوع كما ينبغي، ولأنها تضع نفسها في المقامِ الأول على عكس ما ينبغي للمرأة فعله!

15

في صباح يوم الخميس ذاك قرّر فهاد أن يقتل رجلاً.

كانت الساعة لما تتجاوز العاشرة صباحاً، والهواء طلق والنسيم والبلاد تبدو أكثر خفة وقابلية للهضم، كان أحد تلك الأيام التي يشعر فيها المرء بأنه مستعد للحب أو للموتِ أو للانتماء لأي شيء، لشخص أو فكرة أو وطن أو خرافة على أقل تقدير، أحد تلك الأيام التي تبدو فيها أحلامنا، خيالاتنا، في أكثر حالاتها صفاءً ووضوحاً، في وقتٍ غاب فيه كلُّ منا داخل حلم، لم ينتبه أحد إلى أن أجمل أحلام الصبي متمحورةٌ ببساطة حول القتل: سقوط الجسد، صعود الروح، اختبار الوجود والعدم.

حمل بندقيته على كتفه، واتصل ببعض رفاقه الذين خرجوا مغيّبين، مسرنمين، هائمين في بهاء الفكرة وثنايا العبارة، سيكون لدينا – اليوم – قتيلاً، سنجرب الموت (بكل جبروته وغموضه) على آخرين، وسيكون هذا من أجمل الأيام على الإطلاق! لم يخطر ببال أي من الأولاد بأن فهاد بن علي يعني ما يقول، ظنوا بأن الأمر سيقتصر على أن يوجه سلاحه إلى رجلٍ ما، ويتظاهر بإطلاق النار، وكانت تلك اللذة ستكفيهم بكل تأكيد.

مشي الصبي مسافة مئتي قدم، وهم يدمدم بكلام الأفلام ويوغل في لعبته، سأريك! سأقتلك! النصر لنا والموت للعدو! يقف الصبيّ فجأة أمام الرجل الغريب الذي قرر – بلا سبب واضح – أنه عدوّه، ليوجه بندقيته إلى عامل البناء الذي كان يقف في رأس البيت، يثبت الأخشاب تأهبا لعملية ترميم جذرية، شعر الصبيّ بعداءٍ غير مبرر تجاه البنّاء الصعيدي الذي لم يمنحه حتى لمحة من عينيه، وأراد أن ينتقم من العدو الذي لم يكترث له، ولا لحضوره المسرحي، ولا حتى لسلاحه / سلاح أبيهِ وكل ما يعنيه ذلك من ألق.. ستموتُ الآن! و..

مـات الرجـل في اللحظـة التي قرر فيها الصبيّ ذلك، انطلق دويّ الطلقة في الهواء واستقرّت الإصابة في ساقه.. رآه الأولاد وهو يلوّح بيديه ويصرخ ويسقط منكبا على وجهه ليرتطم بالقارِ ويغسل دمه وجه الشارع.

وفيمـا المشـهد يتمـرأى أمـام أعيـن الفتيان، أكثر وحشـية من أكثر خيالاتهـم جموحـاً، متجاوزاً كل مـا حلمـوا به وكل ما أرادوه في وقتٍ مـا، حملـوا أزواج نعلهـم وعضـوا على أطراف ثيابهم وانطلقوا هاربين، واحدٌ فقط قبض على فهاد من عنق "دشداشته" وهزه بعنفٍ وهو يصرخ داخـل وجهـه "ذبحتـه! ذبحتـه!" رفع فهاد سـلاحه في الهواء وهوى به على رأس الصبي الذي سقط – هو الآخر – في وسط الشارع، وسط بحيرة من الدم.

لا يمكـن سرد مـا حـدث في ذلـك النهار بطريقة أكثر حيادية، أو أقل براءة. لا يمكن صب ما حدث في أسباب تستوعبها الجريمة، أو يفهمهـا القانـون، لـم يكـن بالإمكان جعل الأمر معقولاً أو مجنوناً، كان الموقف بسيطاً وحسب، أراد الصبيّ أن يلعب بالموت، أن يجرب القتل لمرة واحدةٍ في حياته، وقد فعل.

16

عاد الفتى إلى البيت بجسد محموم وأوصال مرتجفة، اندس تحت لحاف جدته وراح ينادي على أمهاته أن دثروني، تحققت النبوءة إذاً يوم شب الابن على أبيه، قاتلاً وبجدارة، لقد علمته جدته يوماً بأن عليهِ إذا قتل، أن يدفن ضحاياه، وجثة الرجل ما زالت مسجاة على جبين الشارع تسحّ منها الدماء بسخاء، لم يعرف أين أخطأ بالضبط، هل أخطأ بالقتل، أم أخطأ بالهـرب، أم أخطأ بالاثنيـن معاً؟ عندمـا ساق الخبر لجدّته، وأخبرها بأنه قتل إنساناً لا يعرفه لمجرد أنه أراد أن يجرب به حقيقة الموت، جفت الدماء في وجهها وتخشبت ملامحها، لم يكن بوسعها أن تهتدي لما ينبغي فعله، أو قوله، أفلتت الأمور بسرعة من بين يديها، وسـرعان ما جاءوا لأخذهِ، الذين لم يكتفوا بالوقوف عند عتبة البيت، أخذوه.. رغم أن شفته تقوست، ورغم أن عينه جحظت، ورغم أن ذقنه ارتجفت طـوال تلـك الخطـوات إلى السـيارة، لـم تمنعهم تلك الأمور من أخذه.. أخذوه إلى قبضتك أيها القانون، أيها الجسد العظيم العامر بالثغرات والمسامات والثقوب...كيف أصبحت عصياً هكذا؟ بحثنا عن ثقوبك المزعومة ولم تكن واسعة كفاية لكي ننفذ منها، لنستعيد وليدنا من قبضتك، ونستله من زنزانتك، ونعيده إلى حضنِ أمه، عجز المحامون ولو كذبوا، قلنا بأن الطلقة استهدفت عصفوراً وأصابت ساق البنّاء خطأ، قلنا بأنه أخذ السلاح بدون علم أيٍ منا، قلنا بأن فتانا بريء صغير محب للسلام، لا يؤذي ولا يضر، لولا أن تضافرت أقوال الشهود، الأصدقاء السابقين والأعداء الجدد، وأهليهم، لكي تفند زيف ادعاءنا، قالوا بأنه أراد أن يقتـل رجـلاً، وبمتهـى البسـاطة قتـل رجلاً، جاء أحدهم برأس ملفوفة وجرح بالغ، قال بأن فتانا قد ضربه بسـلاحه، استعصت علينا ثغراتك أيها القانون، وشـهدناه يجر إلى زنزانته، ويحكم عليهِ بالحبس

مع النفاذ لخمس سنوات، على أمل أن يعاد تأهيله مرة أخرى من قبل الدولة لكي لا يشب قاتلاً على أبيه، جلسنا على كراسي قاعة المحكمة الخشبية الزلقة، وقد غطينا وجوهنا بالبوشيات السميكة السوداء، أخفينا فضيحتنا ودموعنا، ولم يعد بوسعنا أن نفعل شيئاً، عدنا إلى البيتِ يلفنا صمت غرائبي، وبمجرد ما دلفنا البيت رأيتهن.. كل واحدةٍ تتخلى عن حقيقتها، وتضحى روحاً تهيمُ في فضاءاتِ الزمن، أجسادهن تصبح أكثر خفة وخفوتاً، رأيتهن يفارقن العالم، يمارسن موتاً طفيفاً، لحين عودة الولد بن الولد، إلى أحضانهن الجائعة، ونهودهن النافرة، رأيتهن يجبن جسد المكان بلا صوت ولا رائحة ولا مغزى، يمعنّ في الغيابِ، يستجلبن السحالي والأفاعي والأعشاب الضارة والغبار، يستثرن الدمار في جنباتِ المكان، رأيتهنّ..

هل متنَ وبقيتُ؟

.. أم متُّ وبقينَ؟

أَنْهارٌ مِن مَـاء

(عودٌ ذميمٌ لِمجارِي الصَّدأ)

موضي

1

- موضي!

- ..

- قومي موضي!

- ..

- قومي!

عندما فتحت عينيّ، وجدتها تقبض على كتفي بيديها وتهزني، وكانت المرة الأولى التي أرى فيها أمي بهذا الحضور، منذ ثلاث سنوات.

- موضي!

- شفيك يمه؟

- فهاد بيسرحونه.. فهاد بيرجع!

بصوتٍ متحشرجٍ هتفت: والله؟!!

- ايه موضي! ايه يمه! فهاد بيرجع!

- بس يمه.. هو مو باقي له سنتين؟

- بيرجع يا موضي! شفيك ما تسمعين؟ فهاد بيرجع!!

شعرت بشفتي تتقوسان منجذبتين إلى الأرض، تدفقت في جسدي حرارة غريبة، ضمتني أمي إلى صدرها، وأجهشتُ في البكاء. فهمتُ لاحقاً بأن العفو الأميري قد طالك بمناسبة حلول رمضان،

وأنك ستسرح مع آخرين تمتعوا – بحسب تعبير السلطات – بحسن السير والسلوك. وتساءلت كيف بوسعي أن أتلقى، أو أمنطق، أو أفسر، أو أشعرن.. شيئاً كهذا، عودتك! لا أدري إن كان عليّ أن أكون بهذا الفرح.. مثلهن، جدتك العظيمة، أمهاتك الثلاث، فطوم ورقية وأنا، كان أمراً مدهشاً أن ترى الحياة تدب في أطرافِ المكان وتنتشر في عظامه، الأجساد تتخلى عن شبحيتها وتنفض ما تراكم على أكتافها من حزن وغبار ونمالٍ، حتى السحالي شرعت في مغادرة المكان، أليس مدهشاً؟ عرفنا بأن المعجزات ما زالت قابلة للتحقق، الأصوات عادت، والألوان، والحياة، وجدتك.. وقفت وقفتها العظيمة على الكرسي وبدأت في إملاء الأوامر، هذه تكنس، وتلك تجلي، والأخرى تغسلْ، فقد عاد العالم إلى الدوران، وكنتُ.. فيمَ أنا مشغولة بغسل الأواني المغبرة، وكل الأشياء التي جعلها حزننا عليك بلا قيمة.. أتساءل وأبتهل: هل من الجيد أن يعود العالم كما كان؟ وأنا التي بتّ أعي.. قليلاً قليلاً.. طبيعته الشاذة؟

هل كنت أريد أن أعود إليّ قبل ثلاث سنوات، فأكون ذلك العرض الجانبي في حياتك؟ هل أريد حقيقتي القديمة؟ حقيقة أن كل ما يتحرك هنا، هو صدى لما يحدث هناك، حقيقة أنك المحور الأبديّ الذي تدور حوله حياتي، وحيوات جميع من أعرف؟

كان السؤال – على الأرجح – هو خطيئتي.

2

في تلك الليلة، بعد أن أنهينا غسـل الصحون وجلي الأرضيات، صعدنا - أمي وأنا - إلى شقتنا، وكنتُ أرى في جسدها بداية انتفاضات تفصح عن حضورها، كانت أمي - بفصاميتها المعتادة - منقسمة بين فرحها اللا نهائي بعودتك، وخوفها العظيم من عودتك.

أقفلت باب الشقة وأمالت رأسها عليهِ للحظةٍ.. تستجمع أنفاسها، ولعلها - مثلي - تحاول أن تفهم سـبب خوفها من الآتي، فليس من شـيمِ الأم أبداً.. أن ترهب عودة ابنها، أن ترهب ابنها! ينبغي أن تعثر على مسوغات شديدة الإقناع لمشاعرها تلك..

- مضاوي؟

وكنتُ أتوجس مما تريدُ قوله.

- مضاوي كتبتي شي جديد؟

- لا.

واعتصرت وجهها تقطيبة تأثر: ليش يمه؟ ليش ما كتبتي..؟ ليس بإمكاني إفهامها، بأن الكتابة باتت أكثر استعصاءً عليّ مؤخراً، وأنني كلما توغلتُ في عالمِ الكلمة أكثر، كلما بتّ أكثر إدراكا لمدى جديـة الأمـر، كنتُ قـد بـدأت بـأن الكتابة لا تعني أن تعيد كتابة مجموعة قصصك المفضلة بشكل محوّر، ثـم تحـوز على صنوف التصفيق والتهليل المبالغ فيهما من أمٍ محبة!

كانت أمي مولعة بنصوصي، بما فيها أخطائي الإملائية وسرقاتي الأدبية، وكانت تعرف بأن معظم ما أكتبه مستعار من كتب زودتني هي بها، ولكنها مع ذلك لم تكترث، أرادت لي أن أكتب، رأت فيّ ما لم أره فيّ، وآمنـت بـي بمـا لا يـدع مجـالاً لتخاذلي، كان علي - في تلك

201

الأيام على الأقل - أن أجاريها، أن أكتب لها، أنسخ أي شيء من أي كتاب وأعطيه لها.. شوفي يا ماما كتبت قصة! وكان وجهها يشرق، وكأن كل شيء تفعله هو من أجل هذه اللحظة، لحظة أضع نصاً بين يديها، حيث وجهها يشرق.

المفارقة أنني بت أقرأ أكثر، ليس بفضل إلحاحها ولا آمالها العريضة المعلقة على كتفيّ، بل من أجل ذلك الجوع الفادح الذي صار ينخرني من الداخل، الجوع الأبدي الذي يتعذر إطفاؤه إلى قصيدة أخرى، وحكاية أخرى، وفكرة أخرى، جوع إلى النافذة اليتيمة صوب العالم المتعذر، العالم الذي لا يشبه هذه الحياة، في هذا البيت.. حيث كل شيء يبدو غريباً وجديراً بحكاية، حيث تعرف - جيداً - كم هو مفجع أن تكون بطلا في رواية.

ما حدث هو أنني تقت إلى نصي الخالص، إلى عالم روائي أخلقه أنا، أقطر فيه دمي، ألوثه بأفكاري، أنشر في هوائه برادة عظامي، كنتُ أنتظر أن يهطل عليّ ذلك النص الذي أكون سيدة لحظته، ولم يعد بوسعي أن أمنحها ما تريد، إشراقة الوجه، وموجة التصفيق، وجملة الآمال العريضة المثبتة على كتفيّ بالمسامير والخطاطيف.. لو أنها تفهم فقط، بأن هذا الخرس الكتابي، هو أول ملمح من ملامح حقيقيتي ككاتبة، لما قتلتني إلحاحاً وأشعرتني بلا جدواي!

بدأ جذعها يهتز وهي تذرع الغرفة بمشيها، وتردد: لازم تكتبين.. لازم تكتبين! يبدو أن أمي قد جنت، ولم أفهم لماذا كان الأمر بهذه الأهمية، لم أكن بذات السذاجة لكي أفسر الأمر على أنه محض إيمان بموهبة واعدة، كانت الكتابة - على حد تعبيرها - هي النافذة الوحيدة التي سأحظى بها لسنوات طويلة، وتساءلت، لماذا لا تكتب هي إذاً؟ لماذا لا تفتش هي عن تلك النافذة.. بين بضعة أسطر، ما الذي يجعلها تلقي بالعبء كاملاً عليّ وأنا لما أبلغ الثامنة عشر من عمري؟

جلست على حافة الطاولة الدائرية في وسط الصالة..

- مضاوي.. ما أدري.. ما أدري شلون أشرح لك.. بس..

- شفيك يمه؟

- فهاد بيرجع.. بالسلامة.. و..

و في محاولة لاختزال المشوار الوعر، سألتُ: يمه إنتي مو فرحانة إنه فهاد راجع؟

- بلى.. فرحانة.. فرحانة حيل والله..

ومسحت دمعتين عالقتين في طرفي عينيها، وهمست "اشتقت له كثير".. وأطرقت هنيهة، ثم أردفت:

- بس إنتي.. أخاف عليك إنتي..

- ليش؟

زفرت طويلاً، ثم أردفت..

- مضاوي.. لما راح فهاد... صار لك عالم... اهتمامات وهوايات.. مابي فهاد ياخذ منك هالشي!

- ..

- مابيك ترجعين مرة ثانية ما عندك سالفة إلا فهاد قال.. وفهاد فعل..

كانت أمي تحدس بضعفي، تعرفُ بأنني معرضة للانجذاب إلى ذات المدار، وتعرف كم أنا بارعة في أن أدور في فلكك، وأنا المدربة على ذلك منذ ولادتي، المهيئة لك منذ ولادتي، أنا التي ولدت من أجلك أصلاً! أليست هذه هي التعاليم التي لقنتها لي جدتي؟ والآن، تريد لي أمي أن أوجد لي كياناً مستقلاً في هذا العالم الأعور، وفي صمتي ذاك، عرفت أمي بأنني أتفهم مخاوفها، وأتواطأ معها، وبدا للحظة أنها سُرّت بالتعبير الذي اكتسى وجهي، ووجدت الميدان ممهداً لكي

تكون أكثر دقة، نهضت واقفة، ثم مالت بجذعها لكي تقابلني بوجهها، عيناها في عينيّ، كل شيء في وجهها يتكلم:

- أقولك بصراحة؟

- ايه؟

- أنا ما ودي تتزوجين فهاد!

وكانت تلك المرة الأولى، التي تطرح فيها فكرة زواجي منه بهذا الشكل العلني، المكشوف، المخيف، هي التي طالما رددت بأن الزواج بعيد ولا ينبغي لطفلةٍ مثلي أن تفكر فيه، ربما كان السبب أنني، في الثامنة عشر من عمري، وفي هذا الجزء من العالم..لم أعد طفلة! وجدت أمي أنها مضطرة لكي تناقش معي أمر زواجي، كان خوفها أبلغ مما ظننت.

- يمه..

ولـم يكـن أمـراً مريحـاً بالنسـبة لـي، أن أناقش فكـرة كهذه معها، وأنـا المدربـة علـى الصمـت أمـام خاطر الزواج، كيف يسـعني الآن أن أتنكر لتلك النواميس التي من شأنها أن تجعل (أو لا تجعل) مني فتاة فاضلة؟ وضعت سبابتها على شفتيها مشيرة عليّ بأن أصمت، لتخبرني بأنها تتفهم جيداً كم هي الكلمات متعذرة، وكم هو الأمر مخيف وجدي أكثر مما تحتملهُ أعوامي الثامنة عشر، ولكنها مع ذلك واصلت:

- أنا أحب فهاد! لازم تتأكدين من هالشي.. بس يستحيل أقبل إن سعادته تكون على حساب سعادة بنتي..

وقبضت على كتفيّ.. بيديها..

- إنتي بنتي.. فهمتي؟ إنتي بنتي مضاوي! إنتي بنتي بس!

رددتهـا مـرات عديـدة، ربمـا لأنها تعرف كم هـو صعب عليّ أن أصدق أنني وحدي ابنتها، وأنها تمنحني كل هذا الكم من الخصوصية

بعد كل تلك السنوات من الأمومة المكممة، بدأت ملامح وجهها تتخذ شكلاً أكثر جدية وحدة، وبصوتٍ يشبه الفحيح قالت:

- إذا تزوجتي فهاد ولد علي عمرك ما راح تطلعين من هالبيت! وراح تظلين طول عمرك تحت جناح جدتك تامر وتنهي عليك، إذا تزوجتي فهاد عليك ما راح تكونين سيدة قرار نفسك ولا راح تحققين شي في حياتك.. إذا تزوجتي فهاد راح يصير فيك إلي صار ف شهلة!

هل هذا ما حدث لشهلة إذاً؟ أنها تزوجت خالي علي؟

3

ثمـة امـرأة مغربيـة تقـف علـى بـاب البيت تطلب جدتي، أرسـلتني جدتـي لأدخلهـا إلـى البيـت، ولكي أكون مهذبة حملتُ عنها أغراضها، كيس أبيض فيه الكثير من ليف التفريك وعلب سوداء غامضة، تنبعثُ منها رائحة غريبة.

جلست المرأة إلى جانب جدتي، وبدأتا – من فورهما – تتفاوضان على السعر: لا يا مليكة عشر دنانير واجد.. الماي ماينا والمكان مكانا.. تراه سعرك ما يسوى وأكثر من خمس دنانير منيب دافعة، وإذا ما عجبك تيسري وأنا أجيب غيرك بساعة زمان!

فشـرعت المرأة في فتح العلب السـوداء لتعرض على جدتي ما بحوزتهـا مـن "الخلطـات" المصممـة خصيصـاً لتلائـم طقوس "الحمام المغربي" وعلى مستوى "ملكي" أيضاً، وراحت جدتي تسخر – تقريباً – من كل ما عرضته المرأة عليها: وش ذي؟ طحينة وحليب وليمون.. عندي في بيتي طحينة وحليب وليمون.. تشترينها من البقالة بربع دينار وتبيعينها علي بعشر دنانير؟ وش ذي! يعني يكون خلطة ملكية! عسل وخالطة معه سكر.. عندي في بيتي عسـل دوعني أصلي، وسكر بني وسكر أبيض وسكر ناعم وسكر نبات بعد! يله امشي أهوه.. هي خمس دنانيـر مـا فيـه غيرهـا! وفري خلطاتك هذي حق زباين غيرنا، أنا عنديُ خلطاتي ومابي منك إلا الصابون المغربي و"تفريك" البنات!

اضطرت مليكة – بعد مشوارٍ وعـر مـن المهانة والإحباط – أن توافق على سعر جدتي على مضض، وما بدا في البداية مثل مشادة جادة حول مقادير "طبخة" ما.. كان في حقيقته مفاوضات حول ما ينبغي أن يتضمنه "الحمام المغربي" الذي سيشملني وفطوم بمناسبة.. بمناسبة أي شيء؟! بحثتُ بين الأعينِ عن أمّي، رأيتها تتأملني من ركنها الفصامي

وهي تغالب مشاعرها بالفزع بشعورٍ كاذب بالأريحية، تحاولُ أن تضاحك جدتي: يمه.. وش له تحممين البنتين.. وراهن عرس؟ حدست جدتي بالأفكار التي تصول في رأس أمي الفزعة إزاء كل هذه الطقوس التي تلتهم ابنتها، لأيّ شيء؟ والفتى يخرج من السجن قريباً؟ وعوضاً عن أن تفصـح عـن أفكارهـا، أفكارهـا الحقيقية، البـاردة، العارية والمخيفة، تقدمت خطوتين مني وقامت برفع كمّي لتكشـف عن زندي، ثم لوت ساعدي مشيرةً إلى كوعي: شوفي كوع بنتك شلون أسود!!

4

يا جسدي المنفي المقصي المطرود المحتجب إلى ما وراء الما وراء، يا جسدي العصي الغامض المستحيل المبهم البهيم المتعدد الكثير الذي لمّا يُكتشف بعد معناه ومغزاه ودلالاته ومفرداته! هل يمكن أن يكون كوع الفتاة بهذه الأهمية لكي تخصص لتفريكه خمسة دنانير؟! تساءلتُ وأنا أنظر في عينيها وهي تنظر في عيني، وأنا أتوحد بها وتتوحد بـي، أذوب معها فـي كلانية واحـدة، وأنا أنظر في وجهها وأقرأ أسئلتي، متى أصبح العري مستباحاً هكذا؟ كيف ألفنا الاختباء والاختفاء والغياب لكي نجـد أننا فـي نهاية الطريق، فـي معية المرأة الغريبـة، وسط الضباب، مستسلمتين، بمـا يكفي من الـلا فهم، ليديها والمـاء والصابون والعسل والحليب والليمون، الأشياء التي عرفناها طـوال حياتينا لمـاذا أصبح لها معنى جديداً هنا، ومغزى جديداً تماماً، وحكمـة تتفتـح متأخـرة أمـام عينيّ! أنا التي درّبتُ طـوال حياتي على أن أنكـرك يا جسـدي، علـى أن أنفيك فيمـا وراء إدراكي! لكي تصبح شـيئاً يتجـاوز حكمـة الظهـور وخرافة التجلي، يتجاوز مغزى الانبعاث في اللحم والرحيل في التجربة، يتجاوز حقيقة الميلاد وبدهية الموت، متى صار كاحلي (جوهرياً) هكذا؟! وأظافري! مالها وأظافري؟ لماذا ترمقني المرأة شـزراً، لمجرد أنني أخبئ الحبر الأزرق تحت أظافري؟ ويدهـا التـي باتـت تجوس في جسـدي، تـروح وتجيء، تفعل ما دربت علـى فعلـهِ تماماً.. يدهـا تلـك، لمـاذا صـار لها كل هـذه الصلاحيات، وتحت أي مبرر، أي مسـوّغ، باتـت المرأة الغريبـة تتمتع بحقوق على "جسـدي" لم أنعم بها يوماً! تتناولنا واحدة فأخرى: ساقها فساقي، كاحلها فكاحلي، إبهامها فإبهامي.. وأنا التي لم أنظر إليها يوماً، وهي أختي الوحيـدة فـي هـذه الدنيا، على هذا القدر من القرب، وهذا الكم مـن العـري، وهـذا الحجـم مـن الافتضاح، رأيتها تتشبـث بعينيّ وغصة

208

بحجـم سـؤال عالقـة فـي حلقومهـا.. تبحـثُ فـيّ عـن ردّ! أنا التي كنت دائماً النصف الذي يحظى بالأجوبة، ويتباهى بالفهم، ويبدد الغموض، تحاشـيت عينيها، أسمّر نظراتي إلى السـيراميك الأبيض، والبخار الذي ملأ المكان: عينيّ ورئتيّ، أسمّر عيني إلى الفراغ الذي تحمله الحقيقة في بطنها، وأتساءل عن خرافة الجسد، وأوهام الاختلاف! يدها فيدي، جبينها فجبيني، أنفها فأنفي! وأنا التي ظنت، بكل سـذاجة العالم، بأن لا شـبيه لـك يـا جسـدي، وأنـا التي سـحرتها أحـلام التغايـر، والتميز، وكل هـذا الدجـل، أصبحتُ هـي! في خضمّ العري، ووسـط الضباب، ليـس ثمـة مـا يجعلني أختلـف عنها.. يدها يدي، ساقها ساقي، بطنها بطني.. في غرفة السـيراميك والبخار والصابون الأسـود الذي يملأ أنفي، كانت المرأة تتعامل مع جسدينا بأقصى ما يمكن من العدل والمساواة! تراودني تلـك الفكرة المفجعـة إلـى حد بعيـد، الحزينة إلى حد بعيد.. أنني، وبكل بسـاطة، كان يمكـن أن أكون هي، أن أولد هي، أنني على بعد شـعرة مـن أن يكـون لي جسـدها ويكون لها جسـدي، وأننا وسـط الضباب والبخار مثل روحين هائمتين فوق جسدين يتعرضان لصنوف الإرهـاب التجميلـي، تحـلّ الواحـدة - بالخطأ - في جسـد الأخرى ثم ما تلبث أن تنسـلخ ثانية، وتساءلتُ مراراً.. وأنا أسـكنها، وأنا أحل في جسـدها وأحرّك سـاعدها / سـاعدي كما لو كنتُ أكتشفه، لماذا لا أشعر بأنني أخرى.. وأنا هنا، وأنا هي، لماذا أبدو وكأنني أنا في جميع الأحوال؟ لماذا؟!

نورة

استمرت طقوسـك التجميلية أسـبوعاً، وأنا أراكِ، يا طفلتي التي صار لها جسد امرأة، تختزلين إلى جسدكِ، وتعاينين على أساسه، أرى جدّتـك تتفحص فخذيـكِ وتطعمـك المزيد من اللحـم، عظامك ناتئة، هزالكِ حزين.. وهي تبحث فيكِ، لهُ، عن مزيد من الاستدارة.. لماذا؟ وأنتِ لما تتجاوزي الثامنة عشر؟ يخيفني السـؤال، وأنا أراك مخطوفة مـن يـدٍ إلـى يـد، تتناوبك النساء، واحدة تملس شـعرك، واحدة تهذب حاجبيك، وتلك التي استطاعت - بقدرة قادر - أن تقنع جدتك بأنها تستطيع بالمساج والكريمات أن تجعل وركك أكثر امتلاءً، وخصرك أكثر نحولاً! تجيئك كل يوم، تمدك على السرير وتبدأ في (تكوير) وركيك بالمساج والكريمات.. وجدتك العصية على الاختراق، كيف تستسلم لكذبة بهذه السخافة؟!

أرى ابنة أختي تنسابُ مثلكِ، مستسلمة لطقوس التجميل والدجل الجسدي، وأعرف بأنه قدركما أنتما الاثنتين، أن تشارك الواحدة الأخرى مصيرها، ولكنني في الوقتِ ذاته كنتُ ألمحُ في طرف عين جدتكِ شيئاً يخصكِ وحدكِ! كنتِ أجملْ، وكان هذا قدركِ وحدكِ، كان لعنتك وذنبك وامتيازك الذي لم تحوزيه عن رغبة أو سعي، كنتِ تكافَئين / تعاقبين عليهِ، في مساءِ كل يوم، عندما تنصرف النساء، وتمكثان لساعة العشـاء.. ملتصقتين مثل قطتين، كان ضوؤكِ واضحاً، وكانت بسـاطتها جلية، وكان الأمر يخيفني.

كنـت أرمقـكِ مـن نافذةِ عجزي وأهمس بصلواتٍ تخصكِ، لكي يخلصك الله من براثن النساء، وعبثاً يا بنيتي حاولتُ أن أخترق رأسكِ، أن أفهم تلك المعاني الجديدة الـ باتت تتكشف في عينيك، تتفتح مثل

نباتات سامة! تـرالِ كانـت تروقلِ تلك الطقوس؟ ترالِ فتنتِ بسطوة الجسد ومدى حساسيته؟ ترالِ أخذتِ بمدى الأهمية التي يوليها العالم لكوعكِ وكاحللِ و...! ترالِ تتوقين لاكتشاف جغرافيتك أخيراً؟!

لم تمر بي لحظة إلا وهكذا خواطر تدور في خلدي، حتى عندما تأمرلِ جدتك فجأة أن تأكلي تفاحة حمراء من شأنها أن تهب بشرتك شـيئا مـن نضـارة وخديـك بعضـا مـن تـورّد، كان كل شـيء تفعلينه لها وتفعله بلِ يصبح له مغازي مخيفة في رأسي.. وحاولتُ، يشـهد الله أنني حاولتُ، أن أكون صوتك الحيّ الذي يختلي بك ليلاً، يخبرك عن كل إمكاناتك واحتمالاتك، عن لا نهائية أحلامك، يخبرك بأن بوسعك أن تكونـي أكثـر مـن جسـد طازج في سـرير زوج، أن تكونـي أكثر من أملِ! فهل كنتِ لتسمعي؟ وهل حسبتِ للحظة بأنني لم أنتبه للِ وأنت تحولين عينيك عني لكي لا ألحظ فيهما هذا البريق الجديد، وصنوف الافتتـان التي تعتريلِ؟ رددتُ عليـك: إذا تزوجتِ فهاد ستصبحين لا شيء سوى زوجته، فهل يكفيلِ ذلك؟ هل تريدينه؟ وأنتِ بهذا السن.. بهذا الجهل.. بهذه السـذاجة؟ هل تريدينه؟ وكنتِ تردين دائماً.. آه يا ماما أنا تعبت.. بـ أروح أنام! وكنتُ أموتُ كمداً.. يا صغيرتي.. كنت أموتُ كثيراً.

موضمي

لم أنم تلك الليلة، من شدة الإعياء ومن شدة الإثارة، وقفتُ أمام المرآة وخلعت بنطلوني وأنا أتساءل هل أصبح وركي أكثر تكوراً حقاً؟ شرعتُ أتفحصني شبراً شبراً، كلما عثرتُ على شامة أو ندبة طفولة أو ذكرى حطت بالخطأ على أديمك يا جسدي.. أشعر بأنني أجنحُ خارج خارطة المفترض، لأكون الأنثى البضة رقيقة الجلد ممتلئة الجسد وكل الأشياء التي عملنا معاً لتحقيقها فيّ، جدتي والنساء الغريبات ورقية وخالتي هيلة وأنا وفطوم، تدهن يدي بالكريم وأدهن يدها بالكريم في صمتٍ متواطئ، لم أكن أدري بأن هناك أشياء كثيرة أفعلها لك وبك يا جسدي! علي أن أعوض خلال أسبوعٍ ثمانية عشر عاماً من الإهمال، وأنا أصبح في كل يوم أكثر إدراكاً لمغزى الأمر ولا أمانع، رغم صوت أمي الذي ينخر رأسي أن لا أنخرط في الأمر، أن أحضر كجسد وأسافر كروح، أن أعلق قلبي بأي شيء إلا هو.. ورغم كل شيء، كل شيء، كانت شياطيني يقظة تماماً وكنتُ راغبة!

جلستُ على طرفِ السرير بعد ساعة من الوقوف أمام المرآة، الساعة تجاوزت الثالثة فجراً بدقيقتين، خطرت شهلة ببالي عنوة ورغم محاولاتي لتجنب ذكراها، تساءلتُ كيف هي، لم نرها منذ بلغنا الخبر، وكأن الفرحة لا تخصها، كيف حدث لها كل هذا، ألم تكن الكأس المقدسة التي حدث كل شيء من خلالها؟ لماذا تبدو اليوم، على الأقل في ميزان جدتي.. بلا قيمة؟ هززت رأسي، آملة أن تتساقط أفكاري من رأسي، أقنعت نفسي بأن شيئا كهذا لن يحدث لي أبداً، لا بد وأنها أخطأت في أمرٍ ما، وأنها تدفع ثمنه اليوم كل هذا الصمت والغياب وأرطال من الشحم..

الثالثة وعشرون دقيقة..

مساء الأمس كنت ممددة على بطني والمرأة الغريبة تعمل عملها، تكنس اللحم من هناك وتكدسه هنا، تملأني هنا وتفرغني هناك، فطوم أيضاً ممددة على بطنها، فيم رقية تفرك ظهرها بالفراولة والكيوي والسكر البني، جدتي توبخها كل يوم لأن ظهرها زاخر بالبثور الحمراء، دخلت جدتي إلى الغرفة التي تحولت في الأيام الأخيرة إلى صالون تجميل، وانخرطت مع المرأة في نقاشٍ طويل.. حاولت المرأة – عبثاً – أن تقنع جدتي بأن جلسات المساج تلك قد أفضت إلى بعض النتائج المرجوة، وتخبرها كم إنشا ازددت هنا ونقصت هناك، كل شيء مدون على الورق، وجدتي لا تصدق الورق، لا تصدق إلا عينيها، بدأت تتحسس تقعر خصري وتمتمت للمرأة هامسة بشيءٍ ما، فاطمة جسدها يحمل مقومات لأنوثة أكثر ثراءً، تهمسُ لها المرأة، يستبد الضيق بوجهِ جدّتي، تخبرها: لا، لا.. خليكِ ف مضاوي..

تقولُ أمي بأن اهتمام جدتي منصب عليّ هذه المرة، ولأول مرة في حياتي: جدتك تقدر الوجه الجميل، عندما خطبت شهلة لخالك كان كل ما تراه جدتك هو حلاوة وجهها، جدتك تخلط وجهك بوجه ابن خالك كل يوم وتخطط لما ينبغي أن تكون عليه وجوه أطفالكما! جدتك كبرت وتريد أن ترى أولاد فهاد أكثر مما تريد أي شيء في حياتها، الأمر لا يخصك ولا يعنيك بأي شيء، وهي لا تريد منكِ أكثر من وجهك، وما تملكينه عدا هذا الوجه تملكه فاطمة شبراً شبراً، جدتك لا تحبك بشكل خاص فلا تغرنك هذه المعاملة الخاصة.

كلام أمي موجع، وهي تقوله خصيصاً لكي تصادر بهجتي بخصوصية حلمت بها طوال عمري، وفي رأسي، كنتُ واقفة إلى جانب فطوم، نرتدي ما يشبه مريول الروضة الأزرق في مكان يشبه فاترينا محل رخيص، وفهاد.. فهاد سيختارْ؟ هل هذا ما سيحدث؟ هل

ستحدثه جدتي بأنه بات رجلاً الآن (أليس السجن أيضاً للرجال؟) وبأن عليه أن يختار امرأة؟ امرأتين؟ هل سيفعل؟ هل ستكون جدتي واضحة ومباشرة معه، أم تراها تنفق كل تلك الأموال في تجهيزنا لكي يحدس بالأمر بنفسه؟ لكي يرانا نحن الاثنتين وقد نضجنا وامتلأت تفاصيلنا بالأنوثة؟ ما الذي سيحدث لنا، بعد كل هذا؟ وأرواحنا التي تورطت في رغبات جديدة؟ ما الذي سيحدث إذا اختار واحدة؟ ماذا سيحدث للأخرى؟ ولماذا سيختارني أنا؟ ما الذي يجعلني بذات الاختلاف؟

الثالثة والنصف..

أغادر غرفتي، فالشقة، أنزل الدرج إلى خارج المبنى، أبحث عن نافذة فطوم، أنقر الزجاج، متأكدة أنا بأنها – مثلي – لا تنام.

– مضاوي؟

تفتحُ فطومة الباب، وجهها يعرف الكثير عن زيارة من هذا النوع، تحدسُ بما سأقول، تفتح النافذة على مصراعيها:

– تعالي.

– لا، فتحي لي باب الشقة.. أخاف أوسخ ملابسي!

وليس من عادتي، خاصة بالنسبة لزيارات في مثل هذه الساعة، أن أكترث لملابسي، لعلي أردتها أن تعرف كم أنا جادة فيما يتعلق بهذا الجنون الشكلاني الفجائي؟ هل كانت ملابسي تهمني إلى هذه الدرجة أم أنني أردتها أن تحسب لي ألف حساب؟

دقيقة وكانت واقفة عند الباب، تهمس لي بأن أدخل، دلفنا على أطراف أصابعنا إلى غرفتها، أسرعت تندس تحت لحافها وتمددت على ظهرها وهي ترمقني بنظرة ثابتة، كانت تعرف – مسبقاً – كل شيء عن زيارتي، أوليتها ظهري، واتجهت صوب مرآتها، أفتح علب الكريمات والمكياج والمفردات التي أصبح لوجودها معنى مؤخراً، أحس بعينيها

214

تتفحصان جسدي، إنها لا تحاول استعجالي كي أتكلم، كنا متفاهمتين على أتم وجه، نقول الأشياء كلها في تواطؤ الصمت والليل والأحلام الوشيكة، التفتُّ، وجهها البريء، الممعن في السذاجة، طفولتها الـ ما زالـت، وفكـرت – رغمـاً عنـي آه يـا فطومـة كـم أحبّك، أيتها الشـقيقة الغريمة!

– شوفي فطوم!

رفعـت عينيهـا إلـى عينـي فـي ترقـب فظيـع، ازدردتُ ريقـي و.. واصلتُ:

– أوعدك، إن إذا اختارك فهاد، إذا طلع يحبك إنتي.. إني ما راح أشاركك أو أنافسك أو.. أخرّب عليك.. أو أحاول آخذه منك.. أو..

– أنا بعد.

– وعد؟

– وعد.

آه، ها قد حصلتُ منها على ما أريد، أن لا ينتهي جنوننا الجديد إلـى حـربِ شـوارعَ بينـي وبيـن الأخـت الوحيـدة التي حظيت بها طوال حياتي، كنا قد قررنا أن نلعب بنزاهة، إكراماً لتلك السنوات، قررنا أن لا نجعل الأمر أقبح مما هو عليه.

رقية

1

أي بنيّ! افتح باب البيت على أتم ما يمكن من الرفق، وأرق ما يمكن من الفرح، وأبهج ما يمكن من الألم، افتح باب البيت وشد مصراعيهِ على جانبيك، وادخل حزننا - يا صغيري - باتساع صدرك! وفيم أنتَ تيمم شطر الوله، وتتأهب لاحتضانِ عالمكَ.. عالم النساء السابحاتِ سبحا.. السابقات سبقا.. المدبرات أمراً، توضأ يا صغيري بوجهِ جدتك، بالزمن إذ يتغلغل في السحيق من محياها، بالأخاديد التي تشق حضورها عميقاً صوب الوجهِ الموجوع، المفجوع بحضورك، الفرح بما يتجاوز الفرح، الثمل بما يتجاوز اللغة، ادرس المشهد كما ينبغي، من يدري.. قد تكون هذه أول وآخر مرة، تشهد فيها جدتك خروجك من السجن! وفيم أنت تمد ساعديك على جنبيك، تخاصر بكل واحدة أماً، فيم أنتَ تهمسُ، إذ تريحُ رأسك بين صدرين ناهدين.. اشتقت لك يمه! لتذوب الأمين بكاءً في حضورٍ واحد، بين عينيك، وبين ساعديك.. جسدين لأم واحدة، تسأل.. وين أمي شهلة؟ طلتك تبتسمُ، جبينك يشتعل ضوءاً، جدتك ترتجف وهي ترى وجهه في وجهك، صوته في صوتك، قلبه في قلبك، يجيئك الجواب من أكثر من فم: أمك شهلة في غرفتها.. أمك شهلة، ما عادت تستطيعُ نزول الدرج، اصعد لها أنت! تتسلقك الأعين، اللثمات التي تحط على جبينك باتت تحط على كتفيك، أصبحت لك قامة رجل، امتد جذعك عالياً، ونبت ذقنك، و.. آه يا ولدي لو تعرف كم هو قاسٍ ورائع، أن يعود عليٌّ حياً من خلالك! أن تجيئنا اليوم بالرجل الذي اختل عالمنا بمضيه، كانت قلوبنا

تضجّ بك، تهتف لتفاصيلك، فيم أنت تجلس – مثلك مثل أبيك – بين قدمي جدتك، تدلك أصابعها، تبتسمُ بعينيك.. شلونك يمه؟ وترى عيناها تسحان الماء الأليم، أمك غيضة يا فهاد! أمك غيضة تبكي.. تخيل! لأن مضيك لا يكون إلا فاجعة، ومجيئك – أيضاً – إلا نكبة من فرح، وجدتك التي باتت تتعثر بالكلمات، تبحث عن حرفٍ سقط هنا، عن حزنٍ عثر هنا.. يا ولدي كيف كان سجنك! كيف كان حزنك؟ ماذا فعلوا لك وفعلوا بك.. وكيف يسعك بعد كل هذا الوقت أن تعود بهيا هكذا، وسيماً هكذا، كيف يسعك أن تتحول – فجأة – إلى الرجل الذي أردت لك، دون أن أشهد أنا ذلك؟ كيف يسعك يا علي أن تموت، أن تقنعني بموتك ثم.. تعود إلينا أجمل! وهذا الفتى الوسيم، الذي حط خفيفاً بين يديّ، وعلى كتفيّ، وفي قلبي.. أليس ابني الذي ربيت، أليس طفلي الذي أنجبت؟ لو شققت صدره بالسكين ألن يسـح من عروقه أنا؟ أليست هذه اللحظة هي كل شيء، كل ما أردته في حياتي، وكل ما عملت عليه طوال سنيني؟ وكنتَ تراها، فيم عيناها تغوران في مجاهيل الذكرى، كل شيء في وجهها يرتجف، تمد ذراعيها صوبك.. بوهنٍ، بكل إعياء العالم، تحاصر وجهك بكفيها، تزم شفتيها لتشهد – بأم عينك – وجه جدتك وهو يستسلم للزمن، أمام سطوة انبعاثتك وتفجر رجولتك، أمام وجهه الذي أزهر – أخيراً – داخل وجهك، جدتك التي استعادت عنفوانها عنوة، منـذ مـوت أبيك، التي ترفض بكل شبـرٍ من جسدها أن تكون تلك العجوز.. تذبل الآن أمام ناظريك، يتقوّس ظهرها ويرتخي خداها ويترهـل جبينها وتهن عظامها، في لحظات معدودات أسلمت غيضة جسدها للزمن.. يمه شفيك؟ تعبانة؟ رأيتها تشيخ، أمام شبابك ووجه أبيك، ورحت تصفّ لها الوسائد، ارتاحي يمه! ارتاحي.. بسـم الله عليـك.. بسـم الله عليـك الرحمن الرحيم.. يـدك تمعن في تدليكِ كتفيها، تغمضُ جدتك، تفتح ثغرها بصعوبة.. رح يا يمه سـلم على أمك تراها ناطرتك منذ مبطي! أمك شـهلة، لماذا تذكرتها غيضة

الآن؟ تنهض واقفاً، تخاصر أميك الأخريين وتمشي وسط ابتهالاتي.. تمشي.. وأنا أشهد انبعاث أبيك وقيامته تحل في جسدك، تمرّ بي.. تبتسم لأمك السوداء في ظهر الخارطة، تخبئ دموعها في شالها الأسود وتمسح أنفها بكمّيها.. يمه رقية شلونك؟ وألثمُ وجهكَ، تشد على يدي وتمضي.. تمضي وأميك الأخريين تمشيان على الهواء، ترقصان وتبكيان وتضحكان.. ولم أرى في حياتي شيئا أجمل، ولا تعبيراً أبلغ عن الفرح، من أقدام حافية تطيرْ..

تصعد الدرج أربع فأربع، تحلق ونحلق وراءك، يمه! صوتك ينادي شهلة، محفوفاً بالزغاريد، أبشري يا أم فهادي ولدك وصل! تدفع الباب، تراها.. وقد تضخم حجمها ثلاث مرات أخر، جالسة على رأس سريرها تحاصرها الوسائد، لا تستطيع النوم أو الوقوف أو المشي أو الحراك، لا تستطيع إلا أن تتضخم أكثر، تشلك المفاجأة.. تراها وتراك.. تفجع أنت بدمامتها وتؤخذ هي بجمالك.. تمد لك ساعدها الضخم، جلدها المترهل يتأرجحُ ويترجرج أسفل زندها، ملامح وجهها غارت عميقاً في الذاكرة، المرأة التي تتضخم في الوجع وما انفكت تتوجع منذ ميلادك.. تمـد لـك يـداً، إن جاز أن نسمّيها يد! تـرى عليها آثار عضاتها الآثمة، ينبعث صوتها من قاع ألمها: علي!

– يمه أنا فهاد!

– علي!!

– يمه..

تتجاسر، تخطو خطوتين أخريين.. تطبع على رأسها قبلة..

– علي!

– لا يمه أنا فهاد..

– علي إنت رجعت!!

- لا يمه..
- خالتي باعت المحلْ..
- يمه؟
- ولدك خذوه..
- يمه!
- وإنت توك تجي؟
- ..
- لا هلا ولا مرحبا!
- !!!

2

تبعناك إلى غرفتك، رأيناك تقبض على رأسك بيديك وتسند كوعيك إلى الحائط، تولينا ظهرك، لعلك كنت تبكي؟ شفيها أمي شهلة؟! سؤالك الحائر يرفرف ذبيحاً فوق رؤوسنا..

– أمك تعبانة..

– شفيها أمي؟!

– أمك ارتفع عندها الضغط والسكر.. وصارت فـ آخر الأيام ما تشوف زين!

– إلا تشوف زين! هي شافتني زين! تقولي إنت علي.

– تخربط! تخرف!

– شنو يعني تخربط وتخرف؟ هي مجنونة؟

– هي تعبانة!

– أمي تحسبني أبوي.. وتقولي.. تقولي..

تشهق بصعوبة تطلق نشيجاً:

– تقولي لا هلا ولا مرحبا!!

– لا يمه هي ما تقصد!

– إلا تقصد!

– لا يمه..

– هي تقولي.. لا هلا ولا مرحبا.. ليش؟ أمي شهلة ما تحب أبوي؟! هاه؟!

– إلا تموت فيه!

– لا تضحكون علي!

220

- أمك تعبانة..

- هي تقول..

- هي انجنت يوم خذوك.. محتاجة وقت حتى ترجع زينة.. تلتفت نحونا، تغرز عينيك في عيوننا.. تمسحنا بناظريك..

- من متى وهي بهالحالة؟

أي حالٍ.. تقصد؟ حال المرأة التي تحمل في جسدها سبع بقراتٍ سمان؟ أم حال المرأة التي جننها الخذلان وأطارت صوابها الوحدة؟ أم تراهُ حال المرأة التي باتت "تجدف" ضد كل ما أردناك تؤمن به، ضدك وضد أبيك وضد إرثك وكل ما أنت عليهِ اليوم؟ تبادلنا نظراتٍ متواطئة: لا ينبغي لغيضة أن تعرف بما حدث!

رفعت رأسك، وكأنك ما عدت راغباً بجواب، ثمّ سألت أخيراً، عن الشيء الوحيد الذي يهمك..

- يمه..

- سم يمه؟

- وين فاطمة وموضي؟

فاطمة

.. قالت أمي غيضة بأن علينا أن نبقى في غرفنا لكي يلتقي أمهاتِهِ أولاً، لماذا قالت ذلك؟ هل تظنين بأننا لو كنا معهن في لحظة اللقاء كنا نسرق منهن لقاءه؟ أنا تساءلتُ عن ذلك، وأنتِ.. ماذا كنتِ تفعلين؟ عندما نادتني أمي، وقالت بأن ابن خالي يريد أن يسلم عليّ أتيتهُ راكضة، هكـذا أنـا، مـاذا أفعـل؟ لا أستطيع أن أتصنع الكبريـاء والغموض، أنا أبسـط من ذلك، ولكن أنتِ يا موضي، أنتِ داهية، تواريتِ عندما بلغ شـوقهُ إليكِ تمامه، عندما لفظ اسـمك جهراً، تعمدتِ ذلك، تعمّدتِ! قد أكون فتاة بسيطة يا موضي، ولكنني لسـتُ غبية أبداً، عندما قالت أمك بأنك لا تستطيعين رؤيته الآن لأنك مريضة.. آآآآه يا موضي كم أنت كاذبة! وشعرتُ أنا، وأنا في خضم لهفتي ووضوحي، بأن سقفا قد تهالك فوق رأسي، هل تدركين ما فعلته بي؟ أولاً، جعلتني أبدو تلك البسـيطة المفتقرة للغموض وما إلى ذلك من أمور عرفتُ متأخرة كم يقدرها الرجل، وثانياً احتفظتِ بلحظة لقائكِ به لكِ وحدكِ، بعيداً عني، وعـن أمهاتنـا الثـلاث ورقيـة و.. آه يـا موضـي كم أنتِ بارعة! وأنا التي احمرّت خجلاً وتأثراً بإفراط: شلونك فهاد! يا لسخف المشهد! كنتُ قد مشطت شعري وعطرت ملابسي وفعلت كل شيء بصورة صحيحة، ابتسـمَ لي بلطف، آه يا موضي لو أنك رأيتِ ابتسـامته.. كانت جميلة ولطيفة وكانت تخبرني بالضبط ماذا أنا، وماذا أنتِ! كنتُ الأخت العزيزة التي لعب معها في صغره، وأنتِ، كنتِ ابنة الخالة، البعيدة العصية التي تسرح في عالمٍ مفارق، التي ينبغي على المرء أن يخترق في سـبيلها مناطق نائية، مناطق لا يلتقطها عقلي يا موضي، ماذا أفعل! هل أدعي بـأن في جـداري نافـذة؟ وأدعي بأن لـي عالمـاً آخر، وأدعي بأن كل ما

يحـدث في هـذا البيـت لا يخصني ولا يعنيني ولا تدور حوله حياتي؟ لم أكن مثلكِ! كنتُ ألبس مثلك وآكل مثلكِ وأقلدك في كل ما تفعلين حتـى بـدأت جنوحـك صـوب.. صـوب ذاتك ربمـا؟ لا أدري، تخليتِ ببسـاطة، وأنا الممعنة في الوضوح، التي تنشـر دواخلها على السـطوح، التي يقـول وجههـا كل شيء.. أنا التي.. آه يـا موضي يـا لكيدك! أنا التي جئـتُ ركضاً لأكتشـف بـأن الرجـل لا يريد امرأة تركض، بقدر ما يريد امرأة تغيب، تجمدتُ يا موضي، تجمدتُ تماماً.. عرفتُ لحظتها بأنني خسرتُ أمامكِ، بأنه سيدخل إلى غرفته وهو يفكر بكِ، بكِ أنتِ، أنتِ الوحيدة التي بقيت.. مشروع لقاء مؤجل.

‫- فهاد يمه إنت تعبان.‬

‫- رح غرفتك نام لك ساعتين.‬

‫- أنا أصحيك حزة الغدا.‬

تزاحمت أصوات الأمهات، نظرَ إليّ مرة أخرى.. ولمستُ خيبته، كريهـة وبـاردة، ابتسـمَ ابتسـامة أخيـرة ثـم دخل غرفتـه وأقفل من دوني الباب.

هو

لم يكن لينامْ.

مضت سبعة أيـام بـدون أن يراهـا، وظلت بدورها تفتعل الحجج واحدة بعد أخرى، سبع حجج لسبع أيام من التنائي، تتمنع وتمعن في الغيـاب حتـى مـا عـاد يفكـر إلا بهـا، كيف هي؟ هـل كبرت؟ ولماذا لا تريدُ أن تراه؟

الليلة لديه إحساس مختلف، ثمة ما يجره من تلابيبه يدفعه للقفز من سريره، يشعر على نحو حتمي وغير مفهوم بأنه سيراها بعد قليل، يسمع صوتها من داخل رأسه، كان متأكدا من أنه صوتها، كان أوضح وأنقى مـن أن يكـون حلمـاً، ألقى عنـه اللحاف والوسائد، قفز يرتدي بنطلونه وركض يصعد الدرج، هذا الشعور القوي الذي يجرفهُ إلى أعلى، إلى فوق، هذا الشيء الملحاح في داخله الذي يشـده من قلبه وأُذنيهِ وجميع جوارحه.. لم يعهد جوارحه وقد اتفقت في رغباتها هكذا قط، يقفز الدرجات، يطير.. يطير.. يطير.. يفتح باب السطح، يندفع للخارج، يملأ صدره بالهواء الحيّ و.. يراها، كما حدس تماماً، كما رآها بعين يقينه، ها هي وقد أسدلت شعرها، وأسندت ذقنها على كفها، ترتدي بلوزة بيضاء وبنطلون أبيض، وتطلّ - تقريباً - على نافذة غرفته.

التفتت صوبه وابتسمت على حياء، هل يفرح أم يغضب؟ يسألها معاتباً:

- طبتي أخيراً؟

- ايه.

أشارت له بيدها كي يقترب، كي يريح ساعديهِ على سور السطح

ويتأمل معها - تقريباً - نافذة غرفته، تعترف.. لم أكن لأقبل بأن نلتقي، بعد كل هذا الغياب، معهن! يحتج: لم تتصلي! ترد بعناد: لم أكن لأقبل بأن أراك، بعد كل هذا الغياب، بناء على رغبتي وحدي! يرد محتجاً.. أنا طلبتك كل يوم، اتصلت بك كل يوم، رغبت بك كل يوم! بات كل شـيء واضحاً ومتطرفا مثل هذا الليل، اقترب خطوتين، أسـند سـاعديهِ على السـور، امتلأ بعطرها، سـرب إليها نظرات سـريعة، شـعرها أطول، وجهها أحلى، وثمة أمر آخر..

تفتـح ثغرهـا ثـم تطبقـه، تفتحـه وتطبقـه.. وكأنهـا تبحثُ عن كلمةٍ ما، وعلى مهل:

- الحمد لله ع السلامة.

- اشتقت لك.

لا يبدو عليهِ أنه يواجه أي صعوبة في أن يقول شيئاً كهذا.. يسألها صراحةً..

- ما اشتقتي لي؟

- يعني!

- كذابة..

وابتسم حتى بانت نواجذه..

- اعترفي مثل ما اعترفت لك..

- ومثل ما اعترفت لها؟

- منو؟

- فطومْة.

يضحك: بعد كل هذي السـنوات ما زال يطيب له أن يرى أنهما تتقاتلان حول حيازته، تماماً كما الأيام الخوالي، ومنذ سـني الروضة، وحتى قبل ذلك..

وساد صمت، تلكأت لتسأل:

- كيف كانت أيامك؟

- سؤالك غبي مضاوي.

وابتسم بأسى، ثم أردف معاتباً:

- ما زرتيني..

- أمي غيضة ما رضت أنا وفطومة نزورك...

- ليش؟

- ما أدري.. تقول المكان مو للبنات.

- في آخـر الأيـام، مـا قـام أحـد يزورنـي أصـلا، ولا حتـى أمي غيضة.

- في آخر الأيام ما عاد أحد يحس بأحد...

- ..

- البيت مات!

وساد صمتٌ حزين، تجرأت ثانية، كررت السؤال:

- ما قلت لي.. كيف كانت أيامك؟ شسويت هناك؟

- سؤالك غبي! غبي!

شدّ خصلة من شعرها كما كان يفعل طفلا، لولا أنه ما عاد طفلا، وهي.. أمست امرأة، يمتلئ صدره برائحتها، الأنوثة التي باتت تبزغ على السطح باستحياءٍ وكل هذا الليل، لو أنك - أيها الزمن - تتجمد، ألن يكون ذلك رائعاً؟!

حوارية جسدين

أتدرين؟ قالت عيناه: هذا الموقف أكبر من قدرتي على الاحتواء، وأنا – مؤخراً – مهووس بالاحتواء! ما الاحتواء؟ الاحتواء هو تلطيف ساذج لمعنى السيطرة، بعد أن تفني ثلاث سنوات من عمرك في زنزانة ما، حتى لو كان سجناً طيباً يعلمونك فيه القرآن والنجارة ومسح الممرات، فأنت تخرج من ذلك السجن الطيب، السجن السخيف فعلاً، وكل همك هو أن تصحح خطأ العالم.. عالمك، فما بالكِ لو كنتِ أنتِ الخطأ الوحيد في المشهد؟ تحاول ترتيب الأمور، تنفخ الغبار من هنا وتسكب الماء هنا.. (يعني!) أشياء من هذا النوع، تدربت على فعلها لثلاث سنوات! والآن أخرجُ لأحط ثانية في الأرض التي أقصيتُ عنها وأقصيت عني، وأرى النساء اللواتي أؤثث بهن حياتي يملأن عالمي وأراكِ.. جميلة بشكل مربك، أين ضفائركِ؟ وماذا حل ببطنك المدورة، كيف تقعر خصركِ هكذا وأصبحت تشبهين نساء الحلم؟ اللعنة! – هتفت عيناهُ – اللعنة يا موضي على كل شيء جميل لا أستطيع السيطرة عليه، اللعنة على هذه الاهتزازات البذيئة التي تنبت في أطراف جسدي، تشدني إليكِ.. نحوكِ، صوبكِ و.. اللعنة على الانجذاب غير البريء، خبيث أنا، مخيفٌ وضعيف – صوبكِ – كما ينبغي لرجل، لو تأخذينني إليكِ، لو..

أتدري؟ قالت وجنتاها: لو أنك تبتعد خطوة إلى الخلف لنعيد ترتيل المشهد على مهلٍ؟ متخلفة أنا عنك.. قليلاً، أحاولُ أن أمنطق يدك التي تلتف حولي، وأنفك الذي يبحث في شعري عن عصفورٍ ذبيح، صوتٌ في رأسي يصرخ بي لأركض، لأذر ساعداك ممدودتان

في الفضاء وأركض حتى يبتلعني الهواء، خارج السطح والبيت والطفولة وكل شيء يشدني اليوم إليكِ، وصوت.. صوتٌ رذيلٌ ورخيمٌ وذو سطوة يهمسُ لي لأرضخ، أليس هذا ما أردتهِ طوال حياتك؟ يسألني الصوت الرذيل، وفيم أنا أنقسم فيك ولك وبك.. أتشظى وأملأ هذا الليل و.. أرسل عينيّ صوب نجمة يتيمة تلمعُ وحدها مثل شامة بيضاء تنبت في جلدِ الليل، كانت عينك تقولُ شوقاً وتوقاً وأشياء أخرى..

أتدرين؟ قالت يداه: أتحسس أجساداً غريبة داخل رأسك، طوال ثلاث سنوات بقيتُ أتساءل عما يحلّ بكِ، فيم أنا أمسحُ الغبار، أكنس نشارة الخشب، أطقطق مسامير مخلوعة، أرى كائنات جديدة تسكنكِ، تبعث ذبذباتها اللعينة في الفضاء وتخبرني بأنك لستِ أنتِ تماماً، رغم أنك – وبكل جوارحكِ – أنتِ! لن يفهمك أحد كما أنا.. تريدين أن تعرفي ماذا يعني أن تمضي ثلاث سنوات في "الأحداث"؟ يمكنكِ أن تستلقي على ظهرك، تغمضي عينيك نصف إغماضة و.. تفتحي عينيك لتري جسدكِ في الأسفل ممدداً، يمكنك وقتها أن تطيري إلى مجاهيل كثيرة، إلى غرفة فتاة نصبت أرجوحتها بين الصمت والكتب، إلى رأس فتاة شدت رحالها صوب مدنٍ لا توجد إلا في رأسها، إلى دمى محشوة بالقطن وقصاصات قصائد... أو تصدقيـن؟ كنتُ أزور عالمـكِ – في رأسي – كل يوم، كلما انصرف عني الناس تمددت على ظهري وطرتُ إليـك، أتجسـس علـى روحـكِ وهـي ترفرف – جميلـة ومرتبكة – هنا وهناك، ما حاجتك بالعالم وأنا هنا... ألا أملؤكِ كفاية؟!

أتـدري؟ قـال صدرهـا المشـرع للمـدى: كما لو أنك تتسـرب من ثقب مـا، تسـيل على مهـل وتعبئ كل شـيء، هـذه اللحظة تمتلئ بكَ، وذلك الثقب الصغير! لماذا احتقرته إلى هذا الحد؟ كيف كان بوسعي أن أتجاهـل أمـره، لمـاذا لـم أرقعـهُ بجلـدي، بربلـة أذنـي، بأرنبة أنفي، بكعب حذائي؟ سـمحتُ لـك بالنفـاذ عـن عمد وكأنني أختبر قدرتك

على السيلانِ، أختبر حجم رغبتك في أن تنفذ إلي من الثقب الصغير مدججا بكل ما يلزم، التاريخ المشترك واللغة المشتركة ووحدة المصير، وأنا ما فتئت أمتلئ بهذا الهواء الجديد ذي النكهة الغريبة، أشهق الأسئلة وأنفخها في الهـواء، أراهـا تطيسسسسسسسير.. انفخها معي يا ابن خالي، لننفخ الأسئلة معاً!

أتدريـن؟ قالـت بطنه: عندمـا تجوعيـن يكون أمامـك خياران، أن تجهزي على جوعك أو أن يجهز عليكِ هو.. وأنا، مدفوع بكل غرائز البقـاء، التهمتُ جوعي كلـه، وطوال ثلاث سـنوات كنتُ أقتاتُ عليهِ، بمعنى آخر كنتُ أعتادهُ.. ولكن الآن، الحياة تشرع فاها، وكل احتمالاتها أمامي مثـل وليمـة، هـل أثِبُ؟ هل أغرز نواجذي في كبد العالمِ وآخذ اللحظة – كاملة – إلى قلبي؟ يقولون بأن أولئك الذين تضوروا طويلاً إذا جربوا الشبـع سـيموتون، وأنا أريد أن آكل بقدر ما أريد أن أعيش، أريد أن يمتد الزمن، أقصد: يتجمد الزمن، وأتذوقكِ على مهل، أخبئُك تحت لساني، تذكرين كيف كنتِ تخبئين مكعبات السكر في جيبك لكي تدسيها خلسةً في فمي، بدون أن ينتبه أحد؟ آه يا قطعة السكَّر!

أتدري؟ قالت ربلة ساقها: في كل لحظة تمرّ تبدو فكرة الهروب أكثـر منطقيـة، التفاتـة فاستدارة فوثبـة فـ خـلاص.. طوال عمري أردتُ أن أتمرد على جاذبية مدارك، أن أنطلق – وحيدة – في فضاءٍ مفارق، طوال حياتي صليت لأجل التيه، بقدر ما وجدتُ أمامي صنوف الأجوبة لأسئلة لم أسألها ولم تخطر ببالي! بقدر ما شككت بك آمنتُ بك، بقدر ما كرهت سطوتك انحزتُ لك، بقدرٍ ما تجاهلتُ وجودك داخل رأسي أحببتك، هذه اللحظة حيث أنا لا أهربُ منك، وكل شـيء فيّ يصرخ بـي للهـروب.. هـذه اللحظة هـي اختياري المحض، اخترتُ أن أعيد ترتيب العالم معك.

موضي

1

الساعة الثانية إلا بضعة دقائق بعد منتصف الليل، ساعة الوعد ومنذ عشرة أيام وعشرة لقاءات، أخلع بيجامتي وأبحث عن فستاني الأسود قصيـر الأكمـام، أو الأبيـض الـذي يتنفـخ كالبالون، كلما عثرت يدي بـ بنطلون أو بلوزة رميتها على الأرض، ها هو، فستاني الأبيض! أنتزعُه من أحشاء الدولاب وأنسلّ إلى داخلِه، أمشط شعري على عجلٍ، كيف غفوتُ؟ هـل يعقـل أن أغفـو؟ سـأذهب هكذا، بوجهِ الطفلة هذا؟ يردد علي طـوال الوقـت أن لا أتأخـر، كيـف يعقـل أن يطلـب أحد ذلك من حبيبتـه؟ إذا تأخـرتُ في الحضـور.. ألا يجعلني ذلك أجمل؟ لا يهم! أستطيع أن أتسلق حائطاً وأصل إلى السقف متأخرة ومبكرة بما يكفي ليرضى كلينا، أليست هذه هي معادلة السعادة؟ أسمعُ معدتي تقرقر، لم آكل شيئاً منذ مساء الأمس، نقص وزني عشرة أرطال في الأيام العشرة الأخيرة، بنطلوناتي تنزلق عن جسدي، لا أنام ولا آكل.. أحبه وحسب، أنتظره عند النوافذ، أتنهد وأفعل كل ما تفعله سعاد حسني وفاتن حمامة وسميرة توفيق، عاشقة نموذجية أنا، أضع الوسائد تحت اللحاف وأتمنى لها أحلاماً سعيدة، أطفئ النور وأتسلل على أطراف أصابعي..

- موضي؟

رأيت عيناها تلمعان في الظلام.. بيضاوان عميقتان مثل مغارتين موغلتينِ في الكآبة، أفزعُ بوجودها: بسم الله! يمه؟!

تمتد يدها صوب قابس الضوء، تنير الغرفة، تراني متأهبة وراغبة

وذاهبة، تفتعل الهدوء والروية والحكمة، تحاول أن لا تفزعني أكثر مما هي تفزعني، واضح أنها تأهبت لهذا اللقاء جيداً، تحفظ كلماتها عن ظهر قلب، تتقن دورها الأمومي المفترض، وتعرف بالضبط ما هي على وشك أن تقول:

- موضي ممكن نتكلم شوي؟

- آه.. آه..

فهاد ينتظرني فوق، لا يحب أن أتأخر.

- ما أقدر يمه.. مرة ثانية، أنا بروحْ!

- قعدي، ليش مستعجلة؟!

و بنبرة ساخرة..

- الليل طويلْ!

أجلسُ على مضض، عيناي تجوسان في الغرفة، الضياع يغمرني، كل ما يحدث يخبرني بأنني في مأزق، وكل ما أقلق عليهِ هو أن لا أتأخرْ على لقائه، أحتضنُ ساقي بيدي وأشيح بوجهي بعيداً، أحدق إلى النافذة وأنا أشعر بألذ وأقسى صنوف الحرمانْ، كم اشتقتك في هذه الثواني القلائل يا حبيبي!

- مضاوي.. كلميني، أبيك تكلميني مثل ما تعودنا أنا وإنتي..

- ...

- شاللي صار وخلاك بعيدة عني هاليومين؟

- ...

- أنا أدري عن كل شي، لا تظنين إنك طول هالأيام تتصرفين بدون معرفتي..

- ..

- أدري إنك تحبينه..

- ...

- أعرف بالضبط شنو تحسينْ!

- ..

- و فاهمة إلي تمرين فيه..

- ..

- بس كنت أتمنى إنك ترجعين لعقلك..

- ..

- كنت أظن إني ربيتك صح عشان تدورين على مصلحتك إنتي..

- ..

- كنت أظن إني عزلتك عن تأثير أمي وأختي و..

- ..

- إني حميتك منهمْ..

- ..

- بس.. واضح..

وتتحشرج قليلاً، بدون أي تأثرٍ مني:

- واضح إني فشلتْ!

- ..

- وإلي حاز بخاطري أكثر.. إنك عزلتيني أنا عن حياتك، صرنا ما نتكلم.. صرتي تتحاشيني.. أنا ما أقدر أشوف بنتي الوحيدة تجني على نفسها وأسكت!

امتلأ صدري فجأة بأشياء كثيرة، لا أعرف كيف تدفقت الكلمات من فمي بهذه السرعة، وكأنه شيء أردت أن أقوله طوال حياتي:

- يمه أنا ما أجني على نفسي، أنا أحب فهاد وفهاد يحبني بغض النظر عن موقف أمي غيضة، فهاد ما له ذنب في أي شيء، فهاد ضحية لنفس الأفكار إلي سيطرت على حياتي، إذا كنت أنا ضحية، فهو أكبر ضحية.. هو ماله ذنب إذا كانوا صنعوا منه ولي أو نبي أو قاتل أو أي شي! ليش ندفع أنا وفهاد ثمن أخطاء ما ارتكبناها؟

وبدا لي لوهلة أنها سرّت لمجرد أنني بدأتُ في الكلام، بقدر ما سررتُ أنا بقدرتي على الرد! بدأت تهز رأسها.. تظهر لي - بقدر الإمكان - أنها تهتم بما أقول، وتأخذه على محمل الجِدّ، وفيم هي تهز رأسها بشيء من الاصطناع، كنتُ قد بدأت في الانفجارْ:

- أنا أحب فهاد بغض النظر عن أي شيء! ما يهمني شنو الناس تشوف فيه، كافي إني أحبه!

- إنتي تظنين إنك تحبينه، بس فعلياً إنتي ما تدرين! إنتي قاعدة تسوين إلي تبرمجتي عليه طول عمرك، الشي إلي كل الناس إلي حواليك أقنعوك إنه الطريق الوحيد لسعادتك.. إنه يكمل حياتك ويحقق لك كل شيء، إنتي يا يمه تتصرفين مثل ما قالوا لك، مو مثل ما إنتي متصورة! إنتي مو طرف حر في هالعلاقة، إنتي طرف مسيّر يتصور إن الحب اختيار..

- الحب مو اختيار يمه، الحب قدر! أو مثل ما تقولون قسمة ونصيب، وأنا أحب فهاد، لو ما كان ولد خالي علي، هم كنت راح أحبه!

جسدي يرتجف وشفتيّ.. قوة عظمى تجتاحُ روحي، الحوار الذي ابتدأ بمنتهى النضج استحال إلى صراخ طفلتين مذعورتين.

- لا تخدعين نفسك بهالأوهام! أنا أمك وأدرى بمصلحتك..

- وأنا مو صغيرة!

- لا تتكبرين عليّ! مو بنتي إلي تتكبر على الحقيقة..

- الحقيقة إلي هي وجهة نظرك؟

- الحقيقة إلي هي الحقيقة! الحقيقة إلي أي إنسان عاقل راح يقر فيها..

- الإنسان العاقل يعني إنتي؟!

وفي ثـورةٍ عارمـة طـارت ذراعـي في الهـواء، في وجهها رميت علب الأدوية ومضادات الاكتئاب المرصوصة على الطاولة منذ سنين، اشتد جذعي واقفاً، صحت بأعلى صوتي (يمه إنتي شتبين مني؟ تبيني أعيش وأموت وحيدة معاك بهالشـقة! تبيني طول عمري أكتب قصايد عن الحرمان إلي أحسه عشان تقرينهم وتفرحين فيهم؟ تبيني كل يوم أشوفك تدمنين هالحبوب وتنامين وتهلوسين ومحد في البيت هامّه! أنا تعبت! مـاني قـادرة أتحمل هالعيشـة! مليـت! حرام عليك يمه مليت! والحيـن تبيني أسـوي مثلـك؟ أضيـع حياتي فـ هالغرفـة آخذ مضادات اكتئاب وأتمنى أموت؟ حرام عليك يمه! حرام عليك!)

رأيـت عينيهـا محمرتيـن غاضبتيـن، رأيتهـا تنفـث تلكم الكلمات بصوتٍ لا يشبه صوتها: يا خسارة تربيتي فيك يا بنت الكلـ...

ابتسم وجهي ساخرا، أوليتها ظهري ومضيت لألتقيه.

- وين رايحة؟!

تشدّني من شعري.. أتملص منها..

- قلت لك وين رايحة؟!

- محد له شغل أنا وين رايحة!

- بتروحيـن لـه؟ شتـروحين تغبريـن معـاه فـوق.. بروحكـم بالسطوح؟!

- محد له شغل فينا!

- يا وسخة!

- أنا حرّة.

- يا قذرة!

أنتفـض، أعـض علـى يدهـا، أركض، تسـبقني إلى البـاب، تشـدني من فستاني، أدفعها، يرتطم رأسها بالجدارْ.. أفتح الباب.. تستدركني بوعيدها الأخير..

- يكـون بعلمـك يا مويضـي! زواجـك من فهـاد لا يمكن أوافق عليه!

- مو لازم!

- أ يا قليلة الأصل!

- أصلا إنتي عمرك ما وافقتي على شي يخصني، وطول عمرك كل شي يصير عكس رغبتك، شمعنى هالمرة لازم توافقين؟!

وأوصد الباب في وجهها بعنف..

أهمسُ لي:

- كافي أمي غيضة موافقة!

2

كنتُ قد تأخرت على موعدنا لساعتين، لأظهر أمامه - فجأة - وأنا ألهث وأبكي، بأنف محمر، وأعين متورمة، بفستاني الذي قدّ من دبر، بكيتُ بين ذراعيهِ وسط ذهوله العارم..

- مضاوي! شفيك؟!

- ...

- قولي لي مضاوي! شصاير؟ شفيك؟؟

- ...

- شفيك مضاوي!

- فهاد!

- سمي!

- اليوم..

- أيه؟

- اليوم أنا تخليت عن أمي.. علشانك..

- شنو؟! شلون!

- اليوم أنا أثبتّ لك إخلاصي..

- موضي! إنتي مو بحاجة لهالإثبات!

- فهاد!

- لبيه!

- يا ويلك..

- ..

- يا ويلك تخذلني!!

فطومة

وبختني أمي طوال خمسة عشر يوماً، وصار عندي عشرات الألقاب الجديدة (غبية، بليدة، قبيحة، و"معفنة")، عندما يبلغ قنطها منّي أوجه تخبرني بأنني قد خيبت جملة آمالها، بأنني البنت التي تتمنى لو أنها لم تحظى بها يوماً. لو أنك تحسين يا موضي بي قليلاً، كنتُ أحترق منه ومنكِ ومنها.. أختبئ في غرفتي طوال النهار لأواري سوءة خزيي، ليس ثمة شعور أسوأ من أن يلفظك الآخرون هكذا، كنتُ أموت كمداً أمام عينيه في كلّ مرة ابتسم لي فيها ابتسامته اللطيفة الكريهة، وأعرفُ بأنك تظنين بأن القدر قد أنصفك، وبأنك أحق به منّي، تظنين بأنني أريده لأحوز على حظوة جدتنا العظيمة، أو لأجعل أمي امرأة فخورة، أو لكي أنتسب – بشكل أو بآخر – إلى ابن الشهيد، وتظنين بأنك تريدينه لأجلك أنت فقط، ولكن الحقيقة أنني أردتُ – مثلكِ – وبمنتهى البساطة أن يحبني وأحبه، كان كل شيء حولي يابسا ومجدباً، تمددت على ظهري ورحت أحدق في السقف، الصمت الجليدي الذي ملأ عالمي وقلبي كان شيئاً يصعب اختراقه، للحظة، لتلك اللحظة على الأقل، كان جل أمانيّ أن أنتحر وأرتاح منّي.

دخلت أمي غرفتي، وقفت على الباب هنيهة تتفحص ابنتها، ولا يعجبها ما تراه، أسندت جذعها على الباب، وكانت بطنها – مرة أخرى – مكوّرة بطفل جديد، أوليتها ظهري، وصممت في داخلي أن أكون صماء طوال الساعة المقبلة، يخترقني صوتها خادشاً روحي: بعدك منسدحة؟ إنتي ما وراك هاليومين إلا التسدح!

و في رأسي كنتُ أردد "طوط، طوط، طوط".. أنغمس في مكالمة متخيلة من طرف واحد، الخط مشغول يا أمي اذهبي أنتِ وبطنكِ إلى حربٍ أخرى، تمايلت وتهادت حتى باتت قريبة من سريري، أشارت لي أن أزيح جسدي لكي تجلس، على مهل باعدت ما بين ساقيها وجلست، نظرت إليّ ثانية.. هي كريمة جداً معي اليوم! تمنحني التفاتات مجانية

وغير مسببة! تنهدت بعمق، أنفاسها تغوصُ عميقاً في روحي.

– فطومة يمه.. هي كلمة ورد غطاها..

التفتُ صوبها، كانت المرة الأولى التي تستخدم معي فيها تلك الكلمة الطيبة: يمه!

– كلمة ورد غطاها!

تكرّر..

– إنتي ما ينقصك عن مضاوي شي، ومضاوي ما تزيد عنك بشي.

وكان ذلكَ – كما يمكنك أن تتصوري – أجمل شيء سمعته في حياتي! كانت المرة الأولى، والوحيدة، التي لا تحط فيها من قدري وتشعرني بأنني أمامكِ أقل وأحقر و.. شدتني كلماتها من أذنيّ لكي أجلسَ، متربعة أمامها، أسألها أن تقول المزيد! كنتُ جائعة إلى كلمات حلوة.

– إنتي بنتي وأنا أعرف بنتي عدل، إنتي مو ناقصة، ولا عايبة، ولا ينقصك شي، وإلي ما يشوف زينك هذا حمار عينه مخرومة!

وبدأتُ أضحك، راق لي أن أتخيل فهاد بن علي تنبت له أذنا حمار، ابتسمت أمي، متى كانت آخر مرة ابتسمت أمي في وجهي؟!

– بس فهاد..

– فهاد مو حمار، محشوم ولد أخوي! بس بنت ابليس خلته يركض وراها مثل الأهبل، محشوم ولد أخوي!

ابتسمتُ، يبدو أن أمي لا تستطيع الكف عن الشتم على أي حال، وسبابها لا يخصني وحدي.

تدير ذقني صوب وجهها وتصرّ:

– بس مو معنى هذا إنك تستسلمين بهالسهولة!

- يعني شسوي يمه؟! خلاص هو حب مضاوي وهي حبته.

- بـلا حب بـلا بطيخ! ماكـو شـي اسمه حب! هذ اسمه هبال مراهقين!

تعرفين بأن أمي لا تؤمن بالحُب!

- سـمعيني زين! أنا بأعلمك شتسـوين.. وإذا سـمعتي كلامي – بحيل الله – بتشوفين ولد علي يرجع لك ركض.. يشتريك إنتي ويبيعها بترابْ.

- شلون؟

- أنا أقولك شتسوين.

أوليتها كل ذرة من اهتمام وتركيز، وأردفت:

- شـوفي يمه، أبيك تروحين كل يوم عند شـهلة وتاخذين معاك صينية الغدا، وتأكلينها.. طبعاً لازم تبينين لها إنك تحبينها صدق، وتقولين لها مثلاً.. هذا زين لصحتك، هذا مو زين، سوي لها عصير أناناس خليها تخس شوي.. يعني صيري ذكية! عرفتي شلون؟!

- زين!

- و أهم شـي إنك ما تطلعين من عندها إلا فهاد شـايفك ومار عليك ومسلم عليك بعِد، وتقولين له إنك مسوية له شوية سندويتشات، وكيك.. وجايبة له ككاو!

- فهاد يحب الككاو!

- أدري يالهبلة! صدق إنك على نياتك!

- يمه!

- صه بس! خليني أكمل.. طبعاً ما تطلعين من عند خالتك شهلة إلا إنتي منظفة المكان عدل، ومرتبته، ومبخرته بعد!

- زين يمه إذا أمي شهلة ما رضت تاكل!

- مصمة إن شاء الله! لا تقولين أمي شهلة.. من اليوم ورايح تنادينها خالتي.. فهمتي؟ خ ا ل ت ي.. خاء ألف لام تاء ياء.. زين؟

- زين.

- إنتي لازم تكسبينها صوبك، سوي لها كل شي.. إن بغت تروح الحمام وديها، إن بغت أحد يقص لها أظافرها، قصصيها، وإن بغت تغير ملابسها ساعديها، وإن بغتك تتطمشين معاها على "دعاء الكروان" ولا أي هباب، خلك شاطرة وقعدي حولها.. ونسيها عدل.. طلعي زينك بنيتي فهمتي؟

- ايه!

- إذا كسبتي أم الولد تكسبين الولد، خليها حلقة بإذنك وأنا أمك..

- زين.

- والله الله بالمساج، تعلمي تتفننين فيه.. خليها تمدحك جدامه، تقوله إنك سويتيلها مساج ولا منه! خليه يكتشف فيك كل يوم شي جديد... فهمتي؟

- ايه.

- وإياني وإياك تروحين له فوق وإنتي لابسة هالخلاقين! أبيك تكشخين عدل، تسوين شعرك "بالششوار" وتلفينه "بشباصة" سنعة وتتعطرين من العود البورمي الأصلي، ولا تدخلين عليهم إلا وإنتي بيدك شي.. يوم كنافة، يوم عصيدة، يوم ككاو!

- يمه!

- مصمه! سكتي بس أهوه.. بدت تتدلع، موب لايق عليك بس

شسوي فيك! بنتي ومالي غيرك.. المهم قومي ألحين أهوه، قومي تسنعي ولبسي "نفنوفك" الأصفر.. وحطي "بخديداتك" شوية بودرة لا يقولون عنك فيها "بو صفار"! فزّي أهوه، وبعدين تعالي المطبخ أكون جهزت لك شـي تاخذينه معاك، ولا أبي أشـوفك إلا بالليل.. وإذا قالت لك خالتك تنامين عندها نامي عندها ولا عاد تجيني فاهمة؟ مابي أشوفك بعد.. فاهمة؟

هو

كانت هناك في تمام الموعد، ممددة على أرضية السطح في بقعة اللقاء إياها، الغبار يغطي ثيابها ويملأ منخريها ولا يبدو عليها أنها تمانع، تغطي عينيها بساعدها الأيمن، ترتدي بلوزة زرقاء وبنطلون رمادي، تساءل ماذا حل بالفساتين التي يحبها؟ إنها – ومنذ أسبوع على الأقل – تبدو متعبة بما يتجاوز التعب، لم يبتهج لرؤيتها، لماذا أتت طالما أنها بهذا المزاج المغبر؟ سألها ملاطفاً:

– مضاوي؟ شفيك؟

تردّ، بدون أن ترفع ساعدها عن عينيها، بدون أن تنظر إليهِ: أبي أنام!

– تنامين هنيه؟

– أي مكان!

رفعت ساعدها عن عينيها، كانت عيناها محمرّتينِ ومتورمتين، واضح أنها كانت تبكي قبل دقائق من وصولهِ.. تربع جالساً على شمالها، بدأت أصابعهُ تتسلل داخل خصلاتِ شعرها.. تجوسُ فيه، شعر بثقل نبضاتِ قلبه، بالعالم يتجرد من ألوانه، عندما يصب فتاته الحزن يصبح العالم كله أسود، همس سائلاً: شصاير؟

زفرت بضيق، وكأنها لا ترغب بالخوض في الأمر، بقدر ما هي لا تملك شيئاً آخر تفعله، وبدأت تشكو من فورها:

– صار لنا أسبوع ما نتكلم، أسمعها تبكي بالليل وطول النهار تنام، تاخذ حبوب تخليها تهلوس، وإذا حاولت أكلمها تقط بويهي أي شي: مزهرية، مخدة، نعالْ! إنت وحظك!

- طيب يمكن لو أكلمها أنا..

زفرت من جديد، ثم حسمت الأمر بردٍ مقتضب:

- بلاها هالسيرة!

واغرورقت عيناها بالدموع، سمحت لنفسها أخيراً بأن تخبره:

- أنا من وعيت على الدنيا وأمي تحذرني من إني أحبك وأرتبط فيك.

- ومع هذا حبيتيني؟

اعتدلت جالسة، وهي تنظر إليه.. الثقب الأسود في عينيها يمتص روحه، اكتسى وجهها فجأة بملامح قاسية لا يعرف من أين جاءت، وبصرامة قالت:

- لا تطلب مني في لحظة إنك تكون في حياتي شي أكثر من حبيبي.

ابتسم، قبض على يدها وسأل: فيه أكثر من هالكلمة؟

- بس أمهاتك..

- موضي! خلاص عادْ.. أنا أدري أنا منو بالنسبة لأمهاتي، وأدري أنا شنو بالنسبة لك.

وبدا أنها قرّت أخيراً، عادت تستلقي على ظهرها، تتأمله بعينيها الكبيرتينِ الحمراوينِ، شعورٌ بعدم الارتياح صار ينتابه من الطريقة التي تنظر بها إليه، شعر بروحه تشيخُ وتهترئ في مواجهة عينيها، تساءل كيف يسعها أن تكون سحيقة هكذا؟

- فهادي؟

- سمّي..

243

سألته وهي تبتسم: من إنت؟

حدس بضيق بما تريد الوصول إليه، فإذا كان يعرف من هو بالنسبة لهن، ويعرف من هو بالنسبة لها، فهل يعرف من هو بعيداً عنهن وعنها؟ هل يعرف من هو أمام نفسه؟ أبعد يده عن كفها وزفر: سؤالك ماله جوابٌ.

تصعر وجهها بابتسامة ساخرة،

لسان حالها يعاتبه: دائماً تهرب من هذا السؤال!

نهض واقفاً والضيق يعتمر فؤاده، أولاها ظهره وأمعن في تأمل الليل والسؤال.. ما الذي تريدهُ منه؟ ولماذا تجنح دائماً إلى فلسفة كل شيء، أي عاشقة هذه التي تحوّل كل لقاء غرامي إلى مناظرة فكرية؟ لا يمكن للإنسان أن يعرف ذاته بدون الآخرين؟ إذا كان ثمة من يعتقد بأنه ابن الشهيد الولي صاحب الكرامات فكيف يمكن أن لا يكون ذلك، وإذا كان ثمة من يعتقد بأنه القاتل ابن الإرهابي فكيف يمكن أن لا يكون ذلك أيضاً؟ إنه النقيضين معاً جنباً إلى جنب، ولا يستطيع أن يعرف نفسه إلا من خلال ما يعرفه الآخرون عنه، الآخرون هم المرآة الوحيدة التي نملكها عنا، أليس كذلك؟ لو ترك في صحراء جدباء مترامية وخالية، لو وجد نفسه وحيداً في الصحراء، فمن سيكون؟ سيكون لا أحد، لا أحد! إن صورته التي يملكها عن نفسه هي خلاصة الأفكار المتناقضة التي كونها الآخرون عنه، إنه مكتمل ومتحقق وواضح!

أما هي، فلا يمكنها أن ترضخ لأفكار الآخرين، أوأن تقبل بها كمسلمات، لا يمكنها أن تكون واضحة وبسيطة هكذا، كأن تكون الفتاة العنيدة، أو الابنة الناشز، أو الحفيدة صاحبة الوجه الجميل، تريد أن تكون أكثر من ذلك، تريد أن تختار ما تريد، لا أن تتورط بمجموعة مواقع تشغلها في شبكة العلاقات، ولا أن تُعرف على أساس ما تفعله فتكون "طالبة" أو "كاتبة" مثلاً، ولا تريد أن تنتسب إليه ولا إلى غيره..

كأن تكون حبيبة الفتى، أو ابنة الرجل الذي لا يريد أن يكون أباً، تريد الوجـه المجهـول منهـا، مـن قدرهـا، الجانب المعتم الذي لما يكتشف بعه، ولما يتحقق بعد، تريد أن تكون هناك.

كان الفارق بينهما شاسعاً! فطوال حياته، وحتى قبل ولادته، كان ابـن الولـد وصاحـب الكرامـات الـذي ضـخ اللبن في الضروع الخالية وعجـز الشـيطان عـن أن يلكـزه، كان كل المطلـوب منـه هـو أن يعبـئ القوالب المخصصة له سلفاً، وأن يقيس نجاحه وفشـله كإنسان بمدى قبول الآخرين ورضاهم، ولكن هي... التي تبحث عن ممكناتها، كل يوم في حياتها يضيف إلى رصيدها الذاتي، وكل يوم في حياته هو تحصيل لحاصلٍ مكتوب، كانت هي السؤال، وكان مزدحماً بالأجوبة!

غرق الاثنين من أفكارهما حتى الألم، كيف يمكن أن يتألم إنسان من فكرة؟ من كيان يستطيع أن ينفيه أو يثبته بنفس القدر، كيف يستطيع أن يغضب من مادة لا يفقه كنهها؟ شدها إليهِ من ساعديها ودفنها فيهِ عميقاً، يهمسُ بأذنها.. أحبك.. وهي.. يحس بوجعها وهي بين يديه، عصفـورة عديمـة المنقـار، تنقسـمُ بيـن رغبتها بدفعه وحلمها باحتوائه، يوشـوش في أذنها: شـش! شششششش! تشـد جذعها بعيداً عنه، تعتدل جالسةً وهي تضم ساقيها إلى صدرها بقوة، ترمقه بنظرة سريعة، تبتسمُ فيبادلها التبسم، يدس يده في جيبهِ ويخرج لها قطعة شوكولاتة، بقرطاس أصفر لماع، تدهش، تخطفها من يدهِ وترفعها في الهواء، لو أنها تلمع.. لو أنها تملأ العالم بريقاً للحظة... لو..

يردفُ..

- تذكرين؟ نفس الككاو إلي كنا ناكله في الروضة..

- من وين لك! يبيعونه في الدكان ليلحين؟

- عطتني إياه فطومة.

يتغير وجهها، تلتفتُ.. شياطينٌ تتوعد في عينيها، تهتف ذاهلة:

- فطوم؟؟

- ايه.

- آها..

بـدأ وجهها يكتسي حلـة بـاردة، ضحك مغتبطاً: يـا حلوك وإنتي غيرانة!

تبتسـمُ بوهـن، ترسل عينيها إلـى البعيـد.. تفكـر – للحظة – بأن عليهـا أن تنـامْ قبـل أن تنمسـخ إلـى خفاشْ، تطأطئ برأسـها، ابتسـمت بأسى، همست لنفسها: خاينة!

- غريبْ.

- شنو الغريب؟

- غريب إنك في كل مرة نكون في سيرتها تتكلمين عنها وكأنها عدوتك، بس وجهك يكون دايما مبتسم!

- لأنها أختيْ.

- و تحبينها موتْ!

- ايه، بس تقهرني..

- ليش؟ عشان عطتني ككاو؟

- لأنها ما عزت نفسها قدامك.

- يعني لأن البنت عطتني ككاو صارت تتذلل لي؟ البنت هذي على نياتها وما تقصد شي..

- والله إنت إلي على نياتك!

قامت من مقعدها بعصبية، تحاولُ أن لا تنظر إلى وجهه، انفرجت شفتاها بآلية: تصبح على خيرْ، ومضت تنزل الدرجات على مهل، هزيلة، مريضة، ومتعبة.

فاطمة

علبة "الكلينيكس" في وسط الطاولة، أشرطة الفيديو متحاذية، تقف على الأرفف تلتصق ظهورها ببطونها، بوسعي أن أضيف مزهرية هنا، اليوم سأطلب من رقية أن تشتري لنا ورداً أحمر، نعم لنا، أنا وفهاد وخ ا ل ت ي.. في هذه الشقة الصغيرة الدافئة، حيث الصمت لا يخدشه إلا شخيرها الذي يتسلل عبر الباب، كل شيء في مكانهِ الصحيح.. أنـا، في وسط غرفةِ الجلـوس، أرتب الوسائد، وهي، الموشكة على الاختنـاق أبـداً، في مكانهـا الصحيـح، وهـو نائمٌ لم يزل، ما الذي يبقيه ساهراً طوال الليل لكي ينام حتى المساءْ؟ أين يذهب وماذا يفعل وما علاقتها هي بالأمر؟

أنهيت عملي تقريباً، ملأت الهواء بالبخور، مسحت الغبارْ، نفضت الوسائد، غسلت الصحون، سقيتها عصير الأناناس مع جرعتها اليومية من الأدوية، ولبيت جميع طلباتها الأخرى، أخذتها إلى الحمام، مشطت شعرها لأنها لا تستطيع أن ترفع يدها، وكلما نادتني "فطيط! فطيط!" بصوتها الذي يتسرب من منخري أنفها، ونخراتها التي لا تنتهي، أتيتها ملبية، سمي يا خالة، أبشري يا خالة، حاضر يا خالة، ولا يتوقف الأمر عند هذا الحد، صرت أخبرها بأنها تبدو جميلة في الصباح، بأن "الدراعة" الخضراء تلائم لون بشرتها، بأنها تبدو وكأنها نحفت خمسة أرطال من خديها فقط، أقول لها أشياء تجعلها تضحك وتترجرجُ.. الله يقطع سوالفك يا فطيط! تعالي بس شـغلي لي دعاء الكروان، ونتفرج معاً على دعاء الكروان، نبكي على ذات المقاطع، نردد حوارات الفيلم ونرتله ترتيلاً، كان فيه بنتين حلوين.. لقد قمت بكل شيءٍ على نحوٍ جيد، ولأنني - وأنا في عقر داره - يندر أن أراه، فأنا لا أنصرف حتى

أترك أثراً في المكان، أترك بخوراً، أترك زهوراً في المزهرية، أترك عدد من مجلة "سيدتي"، أو أترك المكان نظيفا ولامعا على غير العادة، ذات مرة تعمدتُ أن أغفو.. تناولت أقراصاً منومة لكي لا يبدو الأمر مفتعلاً، يبدو أنني لا أخلو من الكيد النسوي بدوري، وفيما كانت هي تشخر في غرفتها كنتُ ممددة بشكل حقيقي جداً على أريكة الصالة أمام الفيلم، وشعرتُ به يقتربُ على مهل، يغطيني بلحافٍ ما.. ما كان أروع ذلك! لقد وجدتُ مكاني، مملكتي، وليس ثمة قوة في العالم تستطيع انتزاعي من هـذا المكان، ولا حتى قوة الحب، إن كان للحب قوة أصلاً، إن لـم يكـن الحب في مجمله مجرد "هبال مراهقين" و"كلام فاضي" كما تقـول أمي، اليـوم أنـا لن أنصرف، سأبقى فـي مكاني الصحيح، متربعة فوق الأريكة، أشـرب الشـاي بالليمون وأطقطق الجوز بأسناني وأتفرج على التلفزيون، سأبقى كما أنا حتى يستيقظ، لن أغادر حتى أحصل منهُ على تحيةٍ ما، ابتسامةٍ ما، شيء ما..

استيقظ أخيراً: صباح الخير!

طق.. أكسر جوزةً بلساني..

– أي صباح؟ الساعة أربع العصر..

– مساء الخير طيب؟

– مساء النور.

وأربت على المكان الفارغ بجانبي..

– تعال شوفْ!

– هباب جديد؟

– ايه، هباب أمريكي.. تخيل؟

يجلسُ، يدعكُ عينيه..

– شصاير اليوم؟

- شفت هذا الرجال الجثل؟

- ايه..

- زوجته هذي..

- جنيفر أنيستون؟

- مدري! إلي هي!

يضحكُ، تسترسل:

- تخونه مع إلي يشتغل في بقالة الفريج..

- والله؟ فيه فرجان بأمريكا؟

أرتشف الشاي وأرد:

- أمريكا فيها كل شي!

- صرتي تعرفين ما شاء الله!

- التلفزيون يعلم!

- صدق..

يتثاءبُ طويلاً..

- تصدق يوم عرف إنها تخونه قام يصيح..

- أفا!

- كنه بزر..

- كر يا وجهه!

- على قولتك! أنا قلت راح يذبحها مثلاً.. يبرد كبدي

شوي..

يضحكُ..

- يعني ما تبرد كبدك إلا بالذبح؟

- ويشرب دمها!

- الله يقطع سوالفك يا فطومة..

- فطيط رجاءً!

- أووه، نسيت.. فطيط! إلا على طاري فطيط.. شلون أمي؟

- خذت الدوا ونامتْ.

- عساك ع القوة.. ما تقصرين، كله - إن شاء الله - بميزان حسناتكْ.

- ايه ايه! درينا! كل يوم تقولي ميزان حسناتك وميزان حسناتك، خلك فـ ميزان حسناتك إنت.. إلا أصب لك شاهي؟

- شاهي!

- ايه، خالتي شهلة تسميه شاهي! ولا؟

- إلا.. صبي لنا شاهي يله.

يتناول "الاستكانة" من بين يديّ، أراه يسرحُ بعيداً.. أتساءلُ، ما مدى اقترابي (أو ابتعادي) عن أفكارك هذا المساء يا فهاد؟ أشعرُ بي قريبة.. ق ر ي ب ة.

موضي

.. منذ ثلاثةِ أيام وأنا أقبضُ على رأسي بيدي، أعتصرهُ، وأضربُه بظهر الدولاب، أرى أسئلتي الفادحة تنسابُ بين أصابعي، لو هجرتنا الأسئلة، ماذا سيحدثُ لنا؟ هل ينتهي وجودنا أم يبتدئ؟ ثلاثة أيام وساعتين من النوم، أغفو في أغربِ الأماكن، وغالباً ما يحدثُ ذلك بأعينٍ مفتوحة، أرحلُ عني وأعودُ إليّ وأسمي الأمر نوماً، وأزعمُ بأنني أكثر راحةً، بالأمس رأيت كابوساً بعينين مشرعتين على الآخر، كنت عروس الحفلة، أرتدي ثياباً ملونة وغير ملائمة، وأسألُ أمي بعصبية أين أزهاري؟ كنتُ غاضبة من فستاني، من أمي ومن جميع الحضور، ولما وصلتُ إلى نهاية الطريق لم يعجبني الكرسي، رغم أنه مغطى بالتبر والـورد، ولكنـه ليـس كمـا أردتـهُ، عندما أغمضتُ عيني كان الحلمُ قد انتهى، بحثت في كل كتب تفسير الأحلام التي أملكها، منذ بن سيرين وحتى سيغموند فرويد، ألا تقول الكتب بأن الأعراس جنائز؟

يرنّ هاتفي..

إنه الشـخص الوحيـد الـذي لم يغادر عالمي، الحبيب الذي جاء وبمجيئـه ذهب كل شـيء: الأم والأخـت والأمهـات الأخـر، أتجاهلُ الرنين، لا أريد أن أسمعه صوتي مغبراً إلى هذا الحد، لن أرد، سيظن بأنني قد نمتُ أخيراً، ستعجبهُ الفكرة لأن لقاءاتنا لم تعد مفرحة، يومٌ آخر يمضي بسلام، أليـس هـذا حـلاً معقولا؟ فأنا مؤخراً لا أجيد إلا الانفجار في وجهه.

فتحتُ الدولاب، امتدت يدي صوب الشـال الأسـود ولففتهُ على رأسي، يجب أن أخرج من هذا المكان! خلال دقائق كنتُ في الشارع، ألف رأسي وأخبئ وجهي وأمشي، هل يهم الطريق حقاً أم أن المشي

بذاته كافياً؟ لو أن هذي الرأس تكف عن فلسفة كل شيء! أريدُ أن أمشي، هذا كل ما أريدهُ، وبقدرِ ما يبحثُ رأسي في الأسئلة المستحيلة، أردتُ لجسدي أن يبحث أيضاً، أن يمشي، وطوال تلك الخطى كنتُ أتساءل، هل أستطيع أن أحرر حبي لهُ من غضبي عليهِ؟ وهو الذي يحمل على أكتافه ذلك الإرث الطويل الذي ما فتئ يردد على مسامعي بأنه جزء من هويته، وربما.. جزءٌ من حبه لي! بقدر ما أردتُ لهذه العلاقة أن تكون بالغة النقاء والتحرر من كل شيء، بقدر ما هي مليئة بالشوائبِ والديدان.. تعبتُ من المشي! تعبتُ من كل شيء: أريدُ أن أموتَ لبعض الوقت، ثم أبعث لأجد عالمي مرتباً، أم سعيدة وأبٌ محب وجدة حنون و.. كل المعاني التي أمعنت في التساقط أمامي، جلستُ على الرصيف، وأمامي تماماً.. البيت الجديد الذي انتقل أصحابه للسكن إليهِ مؤخراً، لكم هو رائع أن يغير المرء عنوانه، بيته، وطنه، أسرته! أملتُ رأسي على كفي و، آه... هنا تماماً – حيث أقف – قام حبيبي بأول جريمة قتل في حياته!

رقية

لأول مرة منذ عشر سنوات تنام غيضة قريرة العين، غير راغبة بالسيطرة على العالم، الحربُ التي خاضتها طوال سنوات كانت قد انتهت دون نتيجة بيّنة، وهي تستريحُ أخيراً، تنفرطُ التجاعيد في وجهها ويصبح جسدها في كل دقيقة أكثر وهناً، ولكنها مع ذلك تبتسمُ ابتسامةً مطمئنة عميقة المغزى، تسألني عن الفتى كيف أخباره؟ هل عشق العنيدة حلوة الوجه، أم طيبة القلب بسيطة الشكل، أم الاثنتين معاً؟ أسرّ لها، كل يوم يلتقيان في السقف، الله وحده يعلم ماذا يصنعان! تضحكُ، يصبح وجهها أكثر خبثاً كلما ضحكت: الله يهداك يا رقية يعني شيسوون؟ يطيرون حمام؟ تغمزُ لي، الله يا أمي، لم تكوني يوماً بهذه العذوبة معي! ماذا حصل لكِ؟ تغمضُ وتميل برأسها إلى الوراء، تتكئ على مسند السدو، أحدق في وجهها المستغرقُ، أنتظرُ أن تدلي بكلمةٍ منها، ألن تطلب أن يحدد موعد الزواج بأقربِ فرصة؟

- يمه أجيب لك شي؟

- سكري اللمبة يا أمك..

كانت غيضة قد وجدت السلام الداخلي أخيراً، وقررت أن تترك للحياة حرية اختيار مجراها الطبيعي، وكان كل ما تريدهُ هي أن تغمض في الظلام.

عبرتُ الحوش إلى شقة نورة، آخر مرة رأيتها كانت محمومة تهذي، هل يمكن أن يكون تعلق البنت بابن علي بهذا السوء حقاً؟ فتحتُ الباب، الفتاة في غرفتها والباب مقفل، كما هو الأمر منذ ما يزيد عن أسبوعين، دفعتُ باب غرفتها برفق، صمتٌ وظلمة.. هل هي نائمة؟

اخترق صوتها عتمة المكان وسكونه: منو؟ مضاوي؟

- لا يا عيني أنا رقية.

- رقية؟ تعالي رقية! تعالي يا خيتي.

أدنو من وجهها الشبحي، أراها نمشاء وشعثاء وبالغة الهزال، يهتز قلبي تأثراً.

- ليش يا نورة تسوين بروحك جذي؟ مو حرام عليك!

- وين مضاوي؟ مريتي عليها؟

- مضاوي في غرفتها نايمة.

- ما تنام، البنت هذي ما تنام.. أسمع حسها طول الليْل.

- طيب إلى متى ما تتكلمون؟

- مو المفروض هي إلي تجي وتتسامح مني؟ مو أنا أمها؟

- هي "بزر" وما عليها شرهة.

- طيب روحي طلي عليها، شوفيها شلونها..

ولحظة هممتُ بالوقوف رأيت الصغيرة تقف على الباب، مثل طيف شـارد، جذعها ممتد ويداها الهزيلتان تتدليان على جنبيها، لشدّ ما أخافني حضورها المفاجئ!

- أخباري طيبة يمه، إنتي وش علومك؟

ولشدة عجبي، أدارت الأم وجهها وراحت تبكي.

أفسح للفتاة مكاناً على سريرِ أمها وأناديها.

- مضاوي تعالي يا أمك قعدي جنب أمك تراها مشتاقة لك..

تقتربُ الفتاة خطوتين، كانـت هزيلـة على نحوٍ مخيـف، عيناها جاحظتان وشفتاها قاسيتان متشققتان، جلست إلى جواري، تمعنُ النظر في الأم التي استسلمت للبكاء بصمت.

- شلونك يمه؟

كانت الطفلة قد كبرت ونضجت قبل أوانها وعلى نحوٍ محزن، وصار بكاءُ نورة أكثر وضوحاً.

- يمه إذا بتبكين ترى بطلع وأخليك.

نهرتها: بالذمة هذي طريقة تكلمين فيها أمك؟

ردت بعصبية: أنا ما أتحمل أسمعها تبكي، إذا إنتي تتحملين – خالتي رقية – إنتي خلك معاها وأنا بطلع، أنا جاية أسولف بس، سمعتها تسأل عني وجيت.

بدأت نورة تنشج..

- شاهدة يا رقية؟ شفتي بنتي شلون صارت تكلمني؟

وكان وجه الطفلة بارداً ويابساً:

- خلاص يمه لا تبكينْ، إنتي مو تبين تسولفين معاي؟ أنا جاية أسولف.. يله سولفي!

أدارت نورة رأسها، وبدأت كل واحدة في تمعن الأخرى، شحوبها وهزالها وحزنها الأسود، تحاملت الأم وابتسمت:

- شأخبار دراستك؟

- أي دراسة يمه؟ ما خلصت العطلة..

- ومتى بتخلص؟

- باقي أسبوعين..

- طيب وإذا بدت الدراسة من يوديك ويجيبك من المدرسة؟

- مو مشكلة، السايق موجود، فهاد موجود، خالتي هيلة..

وإنتي..

- أنا أوديك وأجيبك!

- خلاص، إنتي توديني وإنتي تجيبيني.

ابتسمت نورة، على نحوٍ جعلني أذرفُ دمعة يتيمة في قلبِ العتمة التي تلف المكان، كيف يمكن لقلب الأم أن يتهج إلى هذا القدر بمهمة توصيل!

- كلها كم شهر وتتخرجين من الثانوي!

ردت الطفلة باسمة / ساهمة: ايه.

- طيب، شنو قررتي بخصوص الكلية؟

- ما أدري.

- ما ودك تصيرين دكتورة؟

- لأ.

- مهندسة؟

- لأ.

- محامية؟

ابتسمت مضاوي وأضاء وجهها، هتفت والبريق في عينيها:

- محامية ممكن! إلى ألحين ما فكرت في الموضوع.

- بس لايق عليك محامية..

- عشان لساني طويل؟

- أيه!

ضحكنا جميعاً.

حملتني خطاي إلى الخارج، تركت الأم والابنة تتجاذبان حديثاً عادياً، كما ينبغي لأم ابنة.

فاطمة

.. كل شيءٍ يلمعُ ويشرقُ ويضيء، باستثناء الفتاة الساذجة التي تنفضُ الوسائد وتغسل الأواني منذ الصباح، على أمل أن يلحظها، أن يحييها في مرور عابر، لحظة يغادرُ إليها، أو لحظة يطيرُ إلى الأريكة المجاورة للهاتف، يتربّعُ وتطلب أصابعهُ رقمها.. كل شيءٍ أفعلهُ هنا متعب، شاذ، مهين! كان قلبي يذوي ويذبل في كل لحظة لعينة أمضيتها في هذا المكان.

– فطيم! وين خالتك؟

كانت أمي تطل برأسها من الباب شبهِ المغلق، أنفها يقتحم فضاء الغرفة وجسدها منتصبٌ خارجه، وبدأت من فورها تبحلق في أرجاء المكان لتقيّمُ مهارتي في التدبير المنزّلي.

– خالتي نامت.

– زين.. و..

بدأت تبالغ بالهمسِ حتى استحال همسها إلى ما يشبه الفحيح:

– وين فهاد؟

– وين بيكون يعني؟ مع مضاوي!

تجرأت بالدخول أخيراً، دون أن تكف لحظة عن تفحص المكان.

– ما شاء الله على بنتي ربة بيت وعلى الأصول! بخور وطيب! والخدود موردة والشعر مرتب والمكان يبرق من النظافة! تبارك الرحماان! عين الحسود فيها ألف عود.. تف! تف! تف!

بعد أن شبعت من النفث في وجهي.. كنتُ قد بدأتُ أذرف تلكم الدموع:

- لا تقصين علي وتقصين على نفسك يمه! أنا ربة بيت؟!

- ربة بيت ونص! وش ناقصك؟ وش عايبك؟ ما فيك إلا الزود والسـنع.. أسنع مـن هالخبلـة إلـي مـو فالحة إلا تتلقاه فوق السطوح! أستغفر الله العظيم! أنا ما أدري ليش أمي ليلحين ساكتة عليهم!

- شتبينها تسوي يعني؟ تزوجهم وتخلص الموضوع؟

- فال الله ولا فالك! لا الشر بعيد إن شاء الله! خليهم يهرجون لين يفطن إنه مهوب لاقي راحته إلا معاك!

.. مسـحتُ عيني بمنديل ورقي وطويته برفق، على شـكل مربع متقـن، ثـم ألقيتـه فـي كيس المهملات، ثم انتزعتُ الكيس ولففته بيدي لكي ألقيهِ فـي سـلة مهمـلاتِ المطبخ و.. هكـذا دواليك، أخافُ على سلال القمامة من أن تبدو وسخة!

- أمي غيضة تبيه هو إلي يختارْ.

- وهو.. بيعرف مصلحته أحسن من أهله؟

- أي أهلْ؟

أشيرُ برأسِي إلى الباب الموارب.

- أمه ما وراها إلا الزحير والشخير..

- وطي حسك!

تربعـت على صـدرِ الأريكـة، وراحـت تمـد يدها صوب الفستق والكاجو والمشـمش المجفف الذي صففته على الطاولة، صحت فيها بحرقة:

- يمه لا تاكلين!

- ليه؟

- تبين فهاد يرجع ويلقى الصحون خالية.. شبيقول عني؟

- يا بعد عيني يا فطيم! والله وصرتي تعرفين السنع.

ورحتُ – من فوري – أنتـزع حبـات الفستق مـن بين أصابعها وأعيدها بترتيبٍ إلى الصحون الصغيرة المتراصة على الطاولة في خطٍ مستقيم متقن.

- طيب قولي لي.. هو شلونه معاكِ؟

- حليوْ..

- وش فيك ميتة من الحيا؟

وبـدأت تلكزنـي بكوعهـا وتغمـزُ، شعـرتُ بحـرارة وجهي تتضاعف..

- يعني شلون يكلمك؟ شلون تحسين نظرته؟

- عادي!

- شلون يعني عادي؟

- عادي يمه! عادي! أنا قاعدة أضيع وقتي، وأتذلل قدامه.. وهو يشـوفني عادي! مثل أخت.. ولما يتصل فيها، وأسـمعه.. صوته يكون غير، عيونه غير.. كل شي غيرْ يمه! هو بحياته ما راح يعطيني هالنظرة، ولا هالصوتْ.. ولو تشوفينه شلون يطير لها لما تواعده، يطير لها طيران! ينسى حتى يسلم علي..

وبدأت أخيراً تتخلى عن مزاجها الرائق، وراحت تفكر في "خطة" جديـدة أو مـا شـابه. كنتُ متعبـة، كنتُ لفرطِ التعب أقيس المسـافة ما بين الشمعدانين بالمسطرة.

- أحس إني راح أنجن! أقعد نص ساعة أحسب مكان المزهرية في الطاولة! أحس إني لازم أقيس كل شي بالمسطرة، أحس إني لازم..

لازم.. أسـيطر علـى كل شـي.. حولـي، بـس الصـدق يمـه، مانـي قادرة أسيطر على الموقف أبد، هو يحبها والموضوع محسوم من زمانْ.

سـاد صمتٌ غريب، تفرغت فيه أمي للتطلع إلى وجهي، فيم أنا أعيـد غسـل الصحـون النظيفـة، أبحـثُ عن شـيءٍ آخر جديـر بالترتيب والتنظيـف، شـيء مـا.. عـدا الفوضـى التي تمـلأ عالمنا نحـن الثلاثة، وللحظةٍ واحدة، لم أكن أستطيع أن لا أفكر بها، وعدي لها ووعدها لي، سـعادتها به وخيبتها مني، للحظةٍ مارقة شـعرتُ بشـيءٍ من التواطؤ معها وكنتُ سـأجرجر نفسي خارج اللوحة، لحظة واحدة فقط حالت بيني وبين ذلك.. لحظة قفزت فيها أمي من مكانها كالملدوغة، وبدأت تزيل دبابيس شعري وتنكشـه بأصابعها، ثم فتحت أزرار قميصي لكي يظهر بياض نحري وطوت أكمامي إلى أعلى و..

كانت الخطة واضحة! إذا كنتُ أنا "ربة البيت" المهووسة بوضع الأشياء في مكانها الصحيح، وكان هو يميلُ إليها، هي التي تثيرُ الفوضى وتخلخـل المـوازين أينمـا تذهـب، فالمخـرج الوحيد من هذا المأزق – بحسب أمي طبعاً – هو أن أشبهها..

هو

- أوه ما شاء الله..

تهلل وجهه بابتسامةٍ عريضة: جاية بكّير اليوم! تساءل لماذا يحرضه غنجها على أن يستعير لهجاتٍ أخرى؟ كثيراً ما سمع نفسه يطعم لسانه بكلماتٍ لا تمت له بقرابة، صباحية مباركة على الطريقة المصرية في الصباح، وحشتيني يا وحشة في فراغات غيابها، وأحياناً عندما يرغب بامتداح فستانها يجد نفسه يستخدم كلمة "مهضوم" لماذا، معها هي تحديداً، يعوج لسانه ويعرج إلى جغرافيا مغايرة، لو كان يجيد لغة غير العربية هل كان ليختارها لمغازلتها مثلاً؟ ولماذا لا يستطيع أن يحتكم إلى لسانِ الصحراء كما يليق بأي قصة حبٍ بدوية؟ فكّر لوهلة.. يلعنك يا زمن الستلايت! تذكر.. "فطيط" الملعونة! يحب أن يطعم لسانه بألفاظ بدوية عندما يكون معها، مع ضفائرها ودبابيس الشعر المليون المغروسة في كل شعرها، اللسانُ البدوي يناسبُ كل شيء في عالمه إلا حبيبته الغريبة، هي لا تشبهُ المكان، ولا لسانَ المكان.. سمح لنفسه بأن يشدها صوبه وأن يغرس أنفه في غابة شعرها، كانت نسماتُ الليل تراقصُ تلكم الخصل برفق، إذ الكويت تحن إلى ربيعٍ آخر، النسائمُ عذبه، وهي تبدو جميلة كما لم تكن منذ مدة طويلة، توردت وجنتاها وامتلأت شفتاها بعصارةِ الحياة، أغمضَ عينيهِ وسمح لعطرها بأن يملأ رئتيهِ: ما سرها؟ حوطت عنقه بذراعيها ومالت بجذعها إلى الوراء، تتعلق به كما تتعلق بعامود الأرجوحة وهي طفلة.. تفجر صوتها الضاحك بما يشبه الموسيقى:

- نمت!

- أخيراً؟!

ضحكا، هل يستطيع النوم أن يعيد إليهِ حبيبته حقاً؟! كل تلك اللقاءات "غير الممتعة" الغاصة بالأسئلة العبثية، مجادلات لا تفضي إلى شيء حول الحرية والقدر، هل يستطيع النوم أن ينتزعها من براثن الأسئلة، ويعيد إليه مضاوي الطفلة التي تلعب في "الحوش" مع المعزاتِ وفسائل البتونيا؟ لف ذراعهُ حول خصرها، تحسس نحولها ونتوء عظامها، سرت قشعريرةٌ غريبة في أنحائهِ.. ابتسم:

- نوم العوافي يا قلبي..

استندا إلى سور السطح الصخري إلى جانب بعضهما، كانت لحظةً من التواطؤ الغريب الذي تكف فيه هي عن كونها نداً، عن كونها منطوقة الشك المعبأة بالأسئلة، كانت لحظةً غريبةً من السلام، وخلال تلك اللحظة أراد أن يستعيدَ تلك الليلة، ليلة لقائهما الأول، الحوارية القدرية التي سرت في الجسدين حين كانت أنهارُ الجنة تجري من تحتِه.

- و شلونك ألحين؟ مرتاحة؟

- تمام!

مطت ذراعيها فوق رأسها، تثاءبت كقطة، بدت جفونها أكثر ثقلاً ورموشها أكثف حجماً، فتحت ثغرها أخيراً وأطلعته على الخبر الجديد: أنا وأمي سولفنا! وابتسمت كما لم تبتسم يوماً..

- يعني كل شي تمام ألحين؟

ومرة أخرى: تمام!

- زين زين! الحمد لله ع السلامة!

- سألتني عن الدراسة.

ازدردَ ريقه بصعوبة.. دون أن يفهم لمَ.

- تصدق؟ أمي أهم شي عندها في العالم دراستي.

- إيه! الدراسة زينة!

- أهم شي في العالم! تخيّل!

- وإنتي، شنو أهم شي في العالم عندك؟

صمتت هنيهة تفكر، ثم أطرقت برأسها واختفت من وجهها علائم التفاؤل سريعاً، تبخر كل شيء أمام جوابها الغريب: كل شي نسبي ومشكوك فيه!

لم يفهم ما الذي حدث، كيف يمكنها أن تتحول هكذا، من طفلة ضاحكة إلى امرأة بائسة بالغة القدم في حزنها؟

توجس من الآتي، ومع ذلك تجاسر وسألها: حتى الحب؟

ابتسمت: لا، الحب مطلق.

فكر.. من حسن حظه! من حسن حظه أنها تحبه بطريقة غير ملفقة، لا تقبل التجزئة ولا الانقسام، حيث كل شيء واضح ومحدد سلفاً، لا مناطق رمادية ولا ظلال مارقة ولا أشباه أحاسيس، كل شيءٍ مسمى ومصنّف... أليس مريحاً أنها متأكدة منه إلى هذا الحد؟ أن تخبره صراحة بأنها إما أن تحب أو لا تحبه، ولا يمكن بأي طريقة أن تعلق في برزخ المابين، رائع! همس صوتٌ في داخله، ولكن إحساسه لم يكن بذاتِ الروعة، ازدردَ ريقهُ ثانية، وفكر: إنها تحبه بطريقة قاسية جداً، إن كل ما أراده من إلقاء ذاك السؤال هو أن تقول له بأنه "أهم شيء في العالم" أو أن تهمس له "أحبك" مثل أي عاشقة طبيعية، مثل أي ممثلة تسرح وتمرح في أفلام "الهباب" بالأبيض والأسود، لماذا لا يمكنها أن تمنحه لحظة بهذه البساطة؟ لماذا يتحول كل شيء في رأسها إلى قيمة، أفهوم، نظريات... وشعر بقلبهِ يغوصُ في اللحظة، كان يسمعها تهمهم وتبرطم ولكنه – لوهلة – ضاع في صمتٍ موجع: هل الحب مطلق بطبيعته كما قررت هي؟ ومن هي لتقرر أمراً كهذا؟ بأي صفة تعلن هذه الصغيرة أمراً كهذا وتسبغ عليهِ صفة الحقيقة؟ ألا يسعُ المرء أن يحب هنا قليلاً وهنا قليلاً؟ هو يجد الأمر طبيعياً ومقبولاً جداً، هنا في السطوح، يحب

أن يتشمم عبق شعرها ويمسح بيده على خدودها، وهناك في الأسفل، يحب أن يمصمص الفستق المملح برفقة...!

- على العموم، كلها أسبوعين ونرجع للمدرسة و..

لماذا لا يمكنها أن تشعر به ينحسرُ ويغيبُ مع كل لحظة؟ لماذا تلـح على موضوع "الدراسـة" هذا؟ ثلاث سنواتٍ مـن عمره ضاعت بسبب لعبة قاتلة! سلاح وضعوه بين يديه لكي يقتنص به حقيقة رجولته، وعليهِ الآن أن يلحـق بالركـب، أن يركـض خلـف الركب الذي تترأسُه هي، هي التي تشيـرُ إلى نقصهِ وخيبته بلا رحمة، والورقة التافهة التي تثبت أنه كان تلميذاً في مدرسة الأحداث، خريج سجون بمعنى الكلمة، هل سيأخذها إلى معهد ما ويطالب باستكمال المسير، وكيف سيجابه نظراءه الذين رأوه يردي البنّاء قتيلاً، هل يرغب بذلك حقاً؟ هل أحب الدراسة يوماً على أية حال؟

- أنا قررت أصير محامية! لايق علي؟

هل هذا هو السر إذاً؟ خدها يتوهج وعينها تبرق وكل شيءٍ فيها يتفجـر واعـداً، ألهـذا تبـدو حبيبتـه جميلـة هذه الليلـة؟ لأنها قررت أن تصير محامية؟ وكأنها لا تكتفي مـن هذه "القضايا" التي تأكل عقلها لكي تبحث عن قضايا الآخرين وتنادي بها، وماذا سيفعل هو، إذا ما صارت "الأستاذة" موضي محامية أشـهر من "النار على علم" - وهو ما لا يشك في حدوثه - فيم حصل هو على شهادة متواضعة بحضور بضعـة دورات تدريبيـة، أو ربمـا - إذا أسعفه الحـظ - حصـل بمباركة الواسطة على قبولٍ من معهد ما هنا، بمعدلهِ المتواضع، هذا إذا عقد العزم على العودة إلى الدراسة أصلاً وهو ما لا يريده، كل ما يريده هو أن يأتي إلى السطح في الليالي الباردة ويحتضن هذه الحبيبة القاسية في كل ما تفعل، حتى في الطريقة التي تحبه بها، لماذا سيحتاج إلى الشهادة أصلاً؟ عنده مالٌ يكفيه، وجدة عظيمة تحميه، وفتاة يحبها وأخرى تكنس

أرضه، وثلاث أمهاتٍ، وإرثٌ يحتكر مجده وحيداً، بوسعه في أي لحظة أن يمارس تجارة الذهب كأبيه وجده من قبله، هو الذي – بالصبر الجميل وحده – وصل أخيراً إلى هذه المرحلة، مرحلة أن يكون "رجل البيت" كما أردن له جميعاً، أليس هذا قدره؟ أليس هذا أوان تحقق الأقدار؟ لماذا أصبح كل شيءٍ يملكه ويحبه الآن محط تساؤل، ماذا حدث لفصول الحكاية؟ أليس هو – في النهاية – الذي عجز الشيطان عن لكزه؟ والذي أعاد الحليب إلى الضروع الخاوية؟ والذي استطاع دونما جهد يذكر، أن يجعل أوراق الشجر تطير، والمناديل ترفرف، والقصاصات تحلق.. بحركة من يده؟ أليس هو الذي يملك كل خصال الكمال من جميع الجهات؟ لماذا تجيء هي الآن لتزلزل معالم "كماله" وتخبره – دون أن تقول ذلك حقيقة – بأن عليهِ أن يتحقق، أن ينطلق وراء ممكناته! أي ممكنات؟ هل توجد مرتبة تماثل مرتبته في زمنٍ مثل هذا، لقد انتظر طوال عمره أن يكبر، ولم يكن وحده ينتظر شيئاً كهذا، كل شخص يعرفه كان ينتظر أن يكبر، أن ينبت ذقنه وتمتد قامته ويثقل صوته، وها هو قد حقق كل ذلك، لقد فعل بالضبط ما ينبغي عليه فعله، لقد تحول إلى رجل، ليس ثمة مقام يبلغه المرء بعد ذلك، وحتى لو كان ذلك فهو لا يريد الذهاب إلى أيِّ مكانٍ غير هذا السطح، ولا أن يفعل شيئاً غير حبها، لماذا أصبح الأمر صعباً إلى هذه الدرجة؟ الحواجز التي ما فتئت تنبتُ وتمتد وتكبر وتتطاول وتتعالى.. أدارها إليهِ من ساعدها بقوةٍ، أراد أن يضمها وهي في تمام تلك اللحظة من الدهشة واللا فهم، شيءٌ ما كان يثقل عليهِ، يمنعه، تبدو وهي في أقصى حالات حضورها بعيدة، مستعصية، مستحيلة، هل يريد أن يعانقها حقاً، أم يريد أن ينفذ إلى تلكم الرأس، أن ينظف مخها من كل أفكارها المجنونة، أفكارها بالانطلاق إلى العالم، نعم الانطلاق إلى العالم! هذا كل ما تريده، أن تندمج وتمتزج وتتحد و.. أن تصحح أخطاء العالم بالقلم الأحمر، يا عالمي يا صغيري هذا خطأً، تعال أمشط لك

شعرك وأربط لك خيوط حذائك، تريد أن تربي العالم هذه المجنونة، أن تعيد تشكيل كل شيء! وبقدر ما يبدو الأمر شاعرياً بالنسبة لها فهو مخيف بالنسبة إليه، لقد كان هناك مرة، في قلبِ العالم، وكان يصوب بندقيته صوب إنسانٍ وكان يقتل، ثم جاء العالم إلى باب بيته وانتزعه من أحشاء أمهاته الدافئة وزجه في السجن لثلاث سنوات، ليس العالم بـذات اللطف، المكان هنا أفضل، إنـه المكان الوحيد الذي يريد أن يكـون فيـه، لا يريـد أقـارب ولا جيـران ولا أصحـاب ولا غرباء، كل ما يريـدهُ هـو أمهاتـه وجدتـه، والطفلـة التي يحبهـا والطفلة التي تحبه، كل ما يريده هو موجود ملء يديه الآن فلماذا – بحق السـماء – سيـذهب ليبحث عن شيء لا يريده؟

رآها والعالم القديم في عينيها، اتسع بؤبؤاها وغمرهُ ظلامُ اللحظة، شعر بجفافٍ في حلقه وثقل في لسانه، كان يقبض على ساعدها بقسوة وهو متأكد بأنه يؤلمها.. الألم بداية اليقظة! هذا أفضل، ستفيق الآن، ستفيق لأجله على الأقل، يجب أن تفيق:

- موضي لازم نتزوّج.

- نعم؟

- لازم نتزوّج!

موضي

أهز رأسي كالمجذوبة يمنة ويسرةً، أنتظر أن تتساقط اللحظة من جعبة الزمن وأن نعيد صناعة المشهد، يداك، ساعدك العنيد الذي يسندني هنا ويجذبني هنا واسمي الذي كان يتطاير في هواء الليلِ مع رذاذ فمكَ، لماذا يبدو اسمي مهترئاً إلى هذه الدرجة؟ ومتى صرتَ تستخدمُ هذا الاسـم لتوقظ العاشـقة المسـرنمة من سكرتها؟ ألم نكن طوال عمرينا، مضاوي وفهود؟ لماذا كان ينبغي أن نكبر بهذا القدر في تلك اللحظة، في تلك النقطة و..

نفضتك بعيداً، دفعتك من صدركَ بكلتا يدي واستندت على جدارٍ من الخرسانة أمعن النظر في وجهك: لماذا؟ أردتُ طوال حياتي لحظة كهـذه، خططتُ لهـا، حلمـتُ بهـا، صليـتُ من أجلهـا و.. لماذا جعلتَ الأمر يبدو كما لو أنك تلف حبلاً حول عنقي؟

تـردد كالمجنـون "لازم نتـزوج! لازم نتـزوج! لا تصيرين محامية، ماله داعي!" وأنا أتساءل عن وجود علاقة بين الاثنين؟ هل تتزوج بي لكي لا أصير محامية؟ هل زواجك بي هو الحل النهائي لطيشي وجنوني وآفات أحلامي بعالمٍ أختاره أنا.. حياة أقررها أنا.. أنا وأنت يا حبيبي، أنت وأنا، لماذا كان عليك أن تكون قاسياً هكذا؟ مددتُ ساعدي أمامي، حيرتي تتطاول: ليش؟ جثوتَ أمامي، قبضتَ على كفيّ بيديك، وبدأت الكلمات تنفرطُ من شفتيك بسرعة..

- أمي غيضة كلمتني في الموضوع، قالت لي إذا تزوجت بتسوي لي مكان في البيت.. نبني لنا دور جديد نعيش فيه أنا وإنتي، كل شي نبيه موجودْ، كل شي متوفر، مو ناقصنا شي، مو هذا إلي تبينه موضي؟ مو هذا إلي تبينه؟ نتزوج؟

- موضي؟

- ايه موضي! مو إنتي موضي؟

- لا تناديني موضي..

صاح بها: موضي! مضاوي! شالفرق؟

صاحت به: فيه فرق! فيه فرق!

هكـذا إذا، سـننبني طابقاً ثالثاً ونعشـش في عـش جدتي، وننجب أطفالاً آخرين إلى هذا البيت الذي يكاد ينفجر من ساكنيه، سنلقنهم بأن جدهم استشهد في قندهار لنجدة المنكوبين، وبأن أباهم يأتي بالحليب من أنهار الجنة، ويجعل القصاصات تطير بحركة من يديه، سندشن لنا مكاناً في هذه المستعمرة النسائية الخالدة، مكان يتسع لسـرير ووسائد وكل ما يلزم لإنجابِ الأطفال واستمرار السلالة، وتكريس كل ما هو جدير بالتكريس، الخرافة والهرطقة والخرق البالية، هذا هو السر، سر الوجـود، سـر الأسـرار، هـذا هـو المعنى الخفي وراء كل شـيء: اللا معنى.

وبـدأت عينـاي تغورانِ في مجاهل الدمـع، بصعوبةٍ فتحت فمي، بصعوبةٍ سألت: شنو معنى الحيـاة في هالعالم؟ تبـدو الجملة ملائمة لفاتحة قصيدة، لولا أنك رحت تصرخ كالمجنون:

- العالم! العالم! طول الوقت تتكلمين عن العالم وإنتي عمرك مـا تركتي غرفتـك! إنتي مـا تعرفين عن العالم شـي! وجاية على آخر الزمن تبين تصيرين محامية!

- وليش ما أصير محامية؟

- لأنك بنت!

آه! إنه سبب الأسباب، الوصمة الأبدية، العارُ الموروث، الحقيقة الشائهة، الشيء الذي يفسر كل شيء، صنوف الظلم والتفرقة والقرف:

الأنوثة! وفيمَ كنتَ ترطنُ بالأسباب، تدجج حوارك بالبرهانِ العقلي والدليل المنطقي وخلافه من الترهات، كيف يمكن أن تسمح لأنثاك بأن تعمل في محيط المجرمين، أن تخلخل الزنازين وتراجع في "المخافر" وتقف مرتدية تلكم العباءة السوداء لكي تقنع قاضياً ما بقضيةٍ ما.. كان ذلك عالمُ الرجال، وكنتُ أتساءلُ، لماذا لا تقتحمهُ إذاً إن كنتَ رجلاً؟ لماذا تختبئ خلف أسوارِ جدتكَ العظيمة، وتملي عليّ أفكارك عن فظاعة المكان في الخارج، عن قبح العالم وشناعة الوجودُ.. الأمرُ غير جدير بالتجربة، من وجهة نظرك، فعل الحرية، فعل التحرير، كلها ترهات مضيعة لحياة الإنسان، عليّ إذاً أن أفعل كما تفعل، أن أخلع عني أحلامي بخلق علاقة مع وجودٍ مغاير وبعيد ومختلف عن هذا الماء الآسن الذي يملأ صدري، الذي يغرقني في قلبِ الجفاف، أن أجلس إلى جانبك، في هذا السطح أو في الشقة الجديدة التي ستهبنا إياها – مشكورة – جدتنا العظيمة لكي نتزوج ونتناسل وننجب آخرين، نقذف بهم إلى حياةٍ تافهة كهذه.

– شقلتي حبيبتي؟

أمعنتُ النظر في وجهكَ ببلاهة، تعاود السؤال:

– شقلتي؟

– بخصوص شنو؟

– بخصوص زواجنا أنا وإنتي و..

آه نسيت! الزواج! الحلم الذي يتحقق الآن على أقبح وجه، خلعتُ يداك عن يديّ، ببطءٍ مشيتُ، ببطءٍ أوليتك ظهري، سلختك عني، ببطءٍ وألم.. كنتُ أرحلْ.

كنتُ أتركك يا حبيبي.

هو

لو لم يكن هو الذي يتأمل هذا الشروق لكان هذا بالتأكيد مشهداً جميلاً، ولكنه لم يكن كذلك بالنسبة له، كان حزيناً، وكان كل شيء يبدو له حزيناً. حاول أن يستجمع داخل رأسِهِ نكهة الليلة المنصرمة، هل كان حلماً؟ كانت قد ذابت بين يديه، تبخرت في جنون الهواء وانتهى وجودها، تركتْ له أوجاعَ اليقظة وصمتٌ وفير، ماذا سيفعلُ الآن؟ تسمر في مكانِهِ متمسكاً بالأمل الهزيل بعودتها، هل كان يحلم؟ ربما عادت لتجده قد تحنط في غيبوبةٍ لحظية فعجزت عن النفاذِ إليه؟ هل كانت هنا حقاً؟ هل تركتهُ حقاً؟ بهذه السهولة؟ سهولة انفلاتِ خيط الحلمِ من بين الأصابع؟ وهو.. بماذا يشعر؟ هل هو حزينٍ حقاً أم أنه يشعر بالخفة وحسب؟

طلعت شمس يوم جديد، سالَ الدفء في عروقِهِ وشعر بثقل جسدِهِ على الأرض، هذه الأرض الناقصة مأكولة الأطراف كانت ترسمُ له درباً، فتح الباب، امتلأ أنفه برائحة "الغسيل الجديد" وأمه السوداء التي تستيقظ مع الفجر لتملأ عالمه برائحة الصابون، أولاها ظهره ونزل الدرج، عرجَ صوبَ الممر الهزيل، قبالةَ الباب وقف، كل ذرةٍ في جسده ترتعشُ، ماذا كان يتمنى أن يجد خلف باب شقته؟ عبر العتبة وتنشق البخور و"العود"، دخل الأرض الجديدة التي كانت تحت قدميهِ طوال الوقت، سارَ بمحاذاةِ الحوائط، يتبع أنفه، حدسهُ، يبحثُ.. في صالة الجلوس كانت الفتاةُ نائمة والتلفزيون مستيقظ، ولم يسبق أن رآها بهذا الجمال من قبل حتى خيل إليهِ بأن قلبه سينفجر في عميقِ صدرِهِ، كان شعرها الأسودُ ينفرشُ في جميع الجهات، وكان وجهها المغمضُ يبدو في أوج لحظاتِهِ بـراءة وجاذبية، لـم يسبق له أن لاحظ أن لها أهداباً

جميلة، وأن شفتاها قاسيتان بما يوحي بكثيرٍ من العمق على خلاف ما افترض عنها طوال عليه، كانت أزرار قميصها الأرجوانيّ مفتوحة، ازدردَ ريقـه وتتبـع بعينيـن حذرتيـنِ ذلك الانفلاتَ الطاغي للأنوثة في الجسد الغض، شعر بالحرارة تصعد حتى وجنتيهِ وعينيهِ و.. بدأ يدمعُ، لسببٍ غيـر مفهـوم، وشـعر بأنـه وصـل أخيـراً إلى المـكان الذي يفترض به أن يصله، وبأن من حقه الآن أن يرتاحْ، أن يدفن نفسه في غمرة تفاصيلها الفارهة، أن يتوسد بطنها كما كان يفعل في طفولته، عندما تدعوه لكي يسـمع "موسيقى" معدتها وقرقراتها المضحكة، هي دائماً سـخية معه، دائماً تعطيهِ، تؤثرهُ.. تذكر كيف كانت تهديه قطع البسكويت والكاكاو و.. سـال ريقه لهذا الخاطر، شـعر بكثيرٍ من الإعياء، خر على ركبتيهِ، دنا من وجهها، توسد كفها ونامَ..

نورة

كانت الساعةُ توشكُ على الخامسة فجراً، عندما فتحتْ باب غرفتي، تسلّلت إلى سريري، وجلست تتملى في الظلمة، تبحثُ عن وجهي.. يمه! قالتْ! يمه إنتي نايمة؟ ولم أكن لأنام، لا أنامُ حتى تعود، يخيل إليّ طوال الليل بأنها لن تعود من عنده أبداً، ولكنها كانت تعودُ دائماً، أكثر شحوباً وتهالكاً، كانت تعودْ لكي أنامْ. الشمس تبزغُ من ضفةِ العالم على مهلها، وتسلّل الضوءُ الأزرق شفيفاً عبر ستائر الشيفون، نظرتُ إليها ونظرتْ إليّ و.. في لحظةٍ وجدتها تتعلق بي، تحاصرني بذراعيها، تدفنُ وجهها في بطني، وقبل أن أسأل، قبل أن أفهم، كان صوتها هامساً يسيل: مخنوقة!

قالتْ بأنها تركتهُ وراءها وجاءت إلى هنا، فعرفتُ بأن عليّ أن أفعل شيئاً من أجل ابنتي، أعرفُ - غيباً - ما سيحدثُ الآن، ستجري الأمور بذاتِ التسارع والسهولة، ستتصل بي هيلة وتعلمني بموعد زفاف فطومة وفهاد، وسيكون على كلينا أن تتظاهر بأن الأمر عادي، وأن تجيب الأخرى بالكلماتِ الآليةِ إياها: مبروك وما شابه، سيكون علي أن أرى ابنتي تنهشُ لحمها بأسنانها أمام قدرته العجيبة على استبدال الحبيبة بالأخرى، سيبدو الأمر كما لو كان انتصارٌ لهم بقدرُ ما هو انتصارٌ لي، انتصارٌ لها، ولكنها مع ذلك - بحكم بشريتها على الأقل - ستحس بالإذلال وهي تجلسُ أمام "كوشة" الزفاف، لترى قدرته "الاستثنائية" على تجاوز حبها، وكأنها لم تكن قط، وسيكون علينا - بصفة القرابة - أن نشاركَ في إقامة هذا الحفل على أتم وجه، وربما سيكون عليها - بحكم الأخوة - أن تأخذ أختها إلى السوق، تساعدها في مهمة انتقاء "قمصان النوم" و"المكياج" و"العطور".. وربما تختارُ لها ما ينساب

ذوقه، فهادي يحب الطيب، فهادي يحب اللون الأحمر! لعنة عليك يا فهاد ابن علي، يا صغيري! ماذا سأفعل؟ سأطلبُ منها أن تصمت وأتأمل معها جريانِ الأمور، العفويّ والطبيعي، أصوات الزغاريد واللؤم المبطن والخبث المدسوس في بواطن الكلم و.. أراها تفجع مرة أخرى، لأنها تجد نفسها خارج جغرافيا المفترض، تراودها شكوك الخسرانِ أمام بهجة تلك التي أصبحت – على حين غرة – زوجة الولد ابن الولد وعلى هذا العالم اللعنة.. كان عليّ أن أفعل شيئاً، فيم ابنتي تهمسُ أريدُ عالماً آخر، كان علي أن أحفر في الجدارِ – بأظفاري – ثقباً وأتركها تسيلُ من خلاله، كان عليّ أن أفعل شيئاً من أجل ابنتي، أنا أمها، أنا الجانية، أنا التي جاءت بها إلى هذه الدنيا، أنا الكوة التي قذفت من خلالها إلى هذا الوجود، وفيمَ كنتُ أصول وأجول في الغرفةِ الزرقاء الصامتة، وابنتي تتكور بجسدها تحت اللحافِ، تبتهل وتبكي وتغني ملتاعة، ابنتي التي تريدُ عالماً آخر، عالم لا يدورُ حول الرجل مهما امتلأ بالنساء، عالم لا تنتقل فيه الامتيازات بالوراثة بل بالاستحقاق، عالمٌ لا يتمايز فيه البشر باختلافات بيولوجية لا فضل لهم بها، عالمٌ عادل، أراها ترتجف تحت اللحاف، أركضُ إلى الدولاب وأنتزع لحافين آخرين، ألقيهما فوقها، أدثرها، أزملها، أحتوي فيها ارتجافات النبوءة، هي في عالمها المفارق الذي لا يشبه "المفروض" ولا يوشكُ عليهِ، أحتوي فيها ذعر الاختلافِ وبطولة التمرد، عظمة العصيان وفضيلة الشطن، أرى جسدها يسكرُ في حمّاهُ، أرى جبينها يتفصد ويتندى، أرى عيناها تزوغانِ في الزرقةِ الشفيفةِ، تبحثانِ في وجهي عما لا أدري.. هذا العالمُ، كما هو واضح، أكبر من قدرتها على الاحتواء، أنا التي أردتُ لها دائماً أن تفكر، أن تفكر بنفسها ولنفسها، ماذا جنت من كل تلك الأفكار؟ صنوف الحمى وأشكالٌ جديدة للعجز والخذلان، أرى عيناها تستجيران، لماذا أحملها فوق ما تطيقه أعوامها؟ لماذا أتركها تنتزعُ من طفولةِ أفكارها وتزج في جغرافيا مجدبة وكل ما يسعني فعله هو أن أهتف من بعيد، فكري!

فكري! لا تصدقي إلا الصوت العميق في داخلك، لا تؤمني ولا تكفري حتى تفكري، هل هذا كل ما يسعني فعله لها كأم؟ ألا يمكن أن أصنع لها سلاماً من نوع ما، هدنة أو ما شابه، شكلٌ مختلفٌ للحياة، للقلق، للحب، للنسيان، للإيمان، للكفر، للشك، لليقين، شكلٌ أقل وطأة؟

.. كان عليّ أن أوقف هذا العالم عند حده، كان عليّ أن أفعل شيئاً من أجل ابنتي، سأفعل أي شيء، سأتذلل!

ـ ولا يهمك مضاوي، ألحين أتصل فـ أبوك أخليه ياخذك، وإن ما رد عليّ بـ أتصل في عمتك وأخليها تكلمه، أو تاخذك هي عندها، وجدتك ما راح تقول شي، خلاص يمه، ما عاد لهم حاجة فينا!

سأمسحُ حذاءهُ بلساني، سأكنس غباره بشعري، سأمنحه كل راتبي التقاعدي! سأتصل بهِ الآن وأتوسل إليهِ أن يخرجني وابنتهُ من هذا العالم الفخ، أن يعطيني غرفة خلفية في حياتهِ، ليس مطلبا كبيراً، وبدأت من فوري أرتل رقمهُ على الهاتف، سيأتي هذه المرة! لابدّ أن يأتي! سيأتي من أجل ابنته ويأخذها من هنا، ولن تكون أمي قادرة على فعل شيء لإيقافه، ولن تكون حتى راغبة بذلك أصلاً، الآن وقد انتفى سبب وجودنا، وما عادت هناك احتمالاتٌ لمصاهرة ومزاوجة، سيجيء ببساطة وينتزع طفلته من براثن هذا العالم ويأخذها إلى مكان آخر، له براثنه الخاصة، ولكنه آخر، لا يشبهُ هذا.. وتعطلت أصابعي، في منتصف الرقم.. هل نسيتُ رقم زوجي؟ أم..

علقتُ، وأنا أشهد بزوغ حمى البطولة في الجسد الذي أسلم نفسهُ للألم عن طيبِ قصد، كيف أبرر ألمي أمام ألمها هي؟ لماذا كان عليها هي أن تقول تلكم الـ "لا" بملء الفم، ملء الروح وملء الجسد، فيم أنا.. مرة أخرى أتحايلُ على عالمٍ أرفضه، أداهنه، أستخدم ذات الحيلِ المثيرة للشفقة، الكيد النسائي والدموع وما إلى ذلك، ما الذي أحاول أن أثبته لابنتي، هي التي وقفت وقفتها الرافضة أمام سطوة الخرافةِ

والتقديـس والإرث العظيـم، هـي المتفوقـة عليّ على جميع الأصعدة وبشتى الأشكال، أي حياةٍ سأهبها؟ حياةٌ كاذبة ما كانت لتنالها لولا التذلل والاحتيال؟ كيف أستطيع أن أبرر جبني أمام جسارتها؟ كيف أستطيع أن أبرر خنوعي أمام شموخها؟ لماذا أطالبها طوال حياتها بلحظةِ البطولةِ هـذه، لحظة الحمى والارتجاف، وأنسـحبُ أنا؟ أي كذبةٍ هي حياتي؟ كل شيءٍ فعلتـه، كل نصيحـة شـاحبة، كل قصيدةٍ باهتـة، كل شـيءٍ حاولتُ تعليمـه لهـا، كل كتـاب طالبتها بقراءته، كله.. كله كذب محض، دجلٌ محض! و.. (تفلتُ ضحكة).. ضحكة عملاقة ترتجّ في صدري، تخض بدني كله، ضحكة عظيمة تعتصرني، تفلتُ مني دمعة، دمعة واحدة، كنتُ – لأول مرة في حياتي – أكتشفُ كم أنا.. مهرّجة! كم أنا على نقيض كل ما أريد أن أكونه، والسعي السخيف لكي أكون مثقفـة، الكتب والـدورات والنـدوات وشـهادات تكفي لكي توزع على جيش، كل شيءٍ أصبح سـخيفاً وموغلاً في التفاهة، مثل هذه الدمعة، فأنا – بكل الشواهد – مجرد مهرجة، أواكبُ التيار وأطالب بمعاكسته، أسـايرُ العـادات وأنـادي بهجرها، أداهـنُ العالم وأصلي لانقراضهِ.. أنا، مجرد مدعية، ولأنني مدعية فأنا لا يمكن أن أكون إلا الجانية الأولى والوحيـدة على طفلةٍ تتفصـد تحت اللحافِ وترتجفُ، وترمق ضحكي بذعر وسماعة الهاتف التي علقت في يدي، ضحكتُ.. ضحكتُ على كل هذا الوضوح الذي ملأ حياتي فجأة، ضحكتُ وكنتُ سعيدة.. أعدتُ السماعة إلى مكانها، ألقيت زجاجاتِ الأدويةِ ومضادات الاكتئابِ وحتى حبـوب "البنـادول" إلى سـلة القمامـة، ثم عدتُ وجلستُ على طرفِ السـرير، أتملى في وجهِ صغيرتي وأبتسمُ لها مـن كل قلبي.. نظرت إلي متسائلة:

– رد عليك أبوي؟

– ما اتصلت.

وقبـل أن تفتـح فاهـا، قبـل أن تسـأل، انسابَ صوتـي ساكنـاً ورخيماً:

– أنـا أدري فيـك تعبانـة حيـل.. بـس ألحيـن لازم تقومين، ورانا شغل وايد، قومي جهزي أغراضك..

– أجهز أغراضي؟

هـذا صحيـح، املئي حقائبك بالبيجامات والدمى والكتب والدببة القطنية، سنخرجُ من هنا، أنا وأنتِ فقط، سنستأجر شقة على البحر، أو خيمة في البر، سنطالب بمكان يخصنا وحدنا، سآخذك – يا صغيرتي – إلى عالمٍ آخرا!

تمت..

الكويت

يونيو 2006 / يوليو 2009

بثينة وائل العيسى

مواليد 3 سبتمبر 1982
زوجة وأم لولدين.
موظفة في القطاع الحكومي.
حاصلـة علـى شهادة البكاليريـوس عـن تخصـص التمويـل
والمنشآت المالية كلية العلوم الإدارية – جامعة الكويت 2005
طالبة الماجستير في إدارة الأعمال – تخصص تمويل. كلية
العلوم الإدارية – جامعة الكويت 2007

صدر لها

1- ارتطامٌ .. لم يسمع له دوي (رواية) عن دار المدى – سوريا
2004 وعن الدار العربية للعلوم 2009.

2- سـعار (رواية) عن المؤسسـة العربيـة للدراسـات و النشـر
– بيروت 2005 وعن الدار العربية للعلوم 2009.

3- عروس المطر (رواية) عن المؤسسـة العربية للدراسات
والنشـر – بيـروت 2006 وعـن الـدار العربيـة للعلـوم
2009.

4- من تحتها الأنهار (رواية) عن الدار العربية للعلوم – بيروت
2009

عضو في

رابطة الأدباء الكويتية
اتحاد الكتاب العرب

الجوائز

حائزة على جائزة الدولة التشجيعية عن روايتها «سـعار» 2005/2006.

حائزة على المركز الأول في مسابقة هيئة الشباب والرياضة 2003 – فرع القصة القصيرة.

حائزة على المركز الثالث في مسابقة الشيخة باسمة الصباح – فرع القصة القصيرة.

حائزة على المركـز الثالـث في مسـابقة مجلـة الصـدى للمبدعين 2006.

للتواصل

http://www.Bothayna.net